特級ギルドへようこそ！

～看板娘の愛されエルフはみんなの心を和ませる～

13

著　阿井りいあ
イラスト　にもし

TOブックス

キャラクター紹介

メグ

気付けば美幼女エルフに憑依していた元日本人アラサー社畜の女性。前向きな性格と見た目の愛らしさで周囲を癒す。頑張り屋さん。

ギルナンディオ

特級ギルドオルトゥス内で一、二を争う実力者で影鷲の亜人。寡黙で無表情。仕事中にメグを見つけて保護する。親バカになりがち。

ユージン

オルトゥスの頭領。仲間を家族のように思い、ギルドを我が家と呼ぶ、変わり者と言われる懐の深い年配の男性。

ザハリアーシュ

魔大陸で実質最強と言われる魔王。まるで彫刻のような美しさを持ち、威圧感を放つが、素直過ぎる性格が故にやや残念な一面も。

Welcome to the Special Guild

リヒト

魔王城に住み込みで修行をする日本人の転移者。人間であるため、周囲の人たちよりも成長が早い。面倒見が良く、目標に向かって真っ直ぐに突き進む性格。

ロナウド

通称ロニー。オルトゥス所属となり、日々鍛錬に勤しんでいる。いつか世界中を自分の足で旅をするのが夢。

リュアスカティウス

通称アスカ。天真爛漫で無邪気なエルフの少年。自分が可愛いことを自覚している、真っ直ぐで憎めない性格。

シェルメルホルン

強力な自然魔術と人の思考を読む特殊体質を持つハイエルフ族長。悲願を果たそうと暗躍していたがすでにその意欲はなく、郷で隠居生活を送っている。

フィルジュピピィ

通称ピピィ。小柄で十代半ばの見た目のハイエルフ。絶対防御の特殊体質を持ち、いつもニコニコしている可愛らしい女性。

シュリエレツィーノ

穏やかで真面目な男性エルフ。腹黒な一面も。メグの自然魔術の師匠となる。その笑顔でたくさんの人を魅了している。

サウラディーテ

オルトゥスの統括を務めるサバサバした小人族の女性。存在感はピカイチ。えげつないトラップを得意とする。

Welcome to the Special Guild

目次

第1章◆世代交代の時

イラスト：にもし Nimoshi　デザイン：ヴェイア Veia

第1章・世代交代の時

1　不穏な予兆

ゾワリ、と魔力が揺れた。

それはほんの僅かな変化で、普通だったら気にしない程度の揺れだった。でも、なんとなく嫌な感じがする。それと、懐かしい感覚。あの時と同じ、リヒトと魂を分け合う前の、魔力が意思を持った時のようなあの感じだ。

これはあまり無視出来ないかもしれない。でも、なぜ今になって？　あれからかなりの年月が過ぎているし、私はもうじき成人する。魔力の制御だってしっかり出来るようになったのに。

ああ、違う。魔王となったその時は、また一気に魔力が増えるんだっけ。もちろん忘れていたわけじゃないけど、ここ最近はずっと幸せな日々が続いていたから気が抜けていたのかもしれない。

自覚が足りなかったのかな。覚悟を決めていたつもりになっていただけだったのかも。異変というものはいつだって突然起こるのだ。もっと危機感を持つべきだった。魔王として、力が流れ込んでくるということはつまり……その日が近づいている、ってことなのに。でも、悲しい気持ちで過ごすよりは良かったのかな、とも思う。

ああ、寂しいなぁ……。いなくならないでほしい、な。

『その願い、叶うぞ』

ふと、どこからともなく声が聞こえてきた。男の人とも女の人とも取れる、どこか神秘的な声。でも、なんとなく嫌な感じがする。

『私なら、その願いを叶えられる。さぁ、取引をしないか』

取引？　どういうこと？　というか、誰なの？　キョロキョロと辺りを見回す。何もない。ただの一面真っ白な空間だ。

あ、そっか。ここは私の夢の中なんだ。私は今、眠っているんだね。誰？　私の夢に勝手に入ってきたのは。取引なんて、出来っこない。いくら願いを叶えてくれるといっても、そんな怪しい言葉に惑わされたりしないんだから。

『大切な者の命を救いたい。それは誰もが思う尊き願い。お前が心の奥底で、本当は強く願っていることはわかっているのだぞ』

どういう、こと？　なんでそんなこと、どこの誰ともわからない人に言われなければならないの。そうは思うのに、まるで全てを見破られているかのような悪寒を感じる。ギュッと拳を握ると、喉の奥で笑う声が耳に残った。

なん、なの。夢渡りの術者でもある私の夢に入って来るなんて。私が未熟だから？　……って、それを考えるのは後。さすがにこれを無視は出来ない。しっかり覚えておかなきゃ。この人は誰なの？　モヤモヤする。

「ああ、今度こそ食い止めたいのに……！」

「⁉」

背後で、今度はハッキリとした声が聞こえて勢いよく振り向く。するとそこには、私を見て驚いた様子の青年が立っていた。

胸元までのサラリとした黒髪を軽く結い、片側に流した、どこかおっとりとした雰囲気の絶世の美青年だ。人……？　とは、何かが違う気がする。もっと神聖で、触れてはならないような雰囲気。

「僕が見えるようになったの？　メグ」

「な、なんで私の名前を……っていうか、貴方(あなた)は誰⁉　ど、どうして私の夢の中に……」

「ああ、良かった‼」

青年は私の言葉を遮(さえぎ)って腕を伸ばしてくる。そして何も反応出来ないうちに、気付けば私は青年の腕の中に閉じ込められていた。

え、待って。私は警戒していたんだよ？　それなのに、こんなにもあっさりと捕まるなんて。青年本人はとても無邪気にギュウギュウと私を抱きしめてくる。

意味不明さに拍車がかかって、背筋に嫌な汗が流れた。さっきの声といい、一体何者なの？

「ついに僕に気付いてくれたんだね。ずっと待ち望んでいたんだよ。君ならやってくれるって」

「あ、あのっ、離し……」

「君ならやってくれると信じていたよ。愛しい愛しいメグ。誰よりも神に近い子」

離してもらおうともがけばもがくほど、彼は私をきつく抱きしめてくる。い、痛い……！　夢の中なのに！　早く目覚めなきゃ……！

「ああ、目覚めるんだね。でも気を付けて。もう逃げられないところまで来ているから」

「え……」

「それと、このことは誰にも伝えてはいけないよ？　すごく危険だ」

「!?」

心が騒めく。悪寒が止まらなかった。だけど、この人は……。

「また、夢の中で。メグ、僕の愛しい子」

サラサラと景色が消えていく。不穏な言葉を最後に聞いて、私はゆっくりと目を覚ました。


「っていうか、なんて言った!?　あの人ぉ！」

ガバッと文字通り跳ね起きた私は、第一声にそんなことを叫んだ。

覚えている。もうバッチリ今の夢の内容を覚えてるよ！　子どもの頃とは違うのだ。大事な夢はちゃんと覚えていられる。

「愛しい子、誰よりも神に近い子。そう言った」

胸の前で手を握る。まだ心臓がバクバクと激しい音を鳴らしていた。謎の青年に捕まった怖い夢。だけどもっと怖いと感じたのは……実はあの青年ではなく、最初に聞いた声の方だった。

望みが叶うとか、取引だとか。その単語がすでに怪しさ満点で、絶対にあの声の言うことには乗ってはいけないってわかる。意味不明具合で言えば、青年の方だけどね。彼に関しては、驚きの方が強かったかもしれない。いや、怖かったけど。

一体、どういう意味で言ったのだろう。というかそもそも誰なのか。声の主も、青年も。そう考えながらも、私は不思議とその答えを知っている気がした。心当たりがある、と言うべきか。

「もしかして……」

そこまで呟いた時、今度は胸の奥からフワリとした温かな何かを感じて違う意味で鳥肌が立つ。な、何？　今度は何⁉　現実にも夢の影響が⁉

そう思って少し焦ったけど、たぶん違う。だって今回のこれは、なんていうかものすごい幸福感に包まれている感覚だから。

数秒間その場で停止して、ハッと気付いた。わかった、これは。

「……成人したんだ。私」

亜人が成人した時は、確実にそれとわかる感覚がある。感じ方は人それぞれだけど、間違いなく今自分が成人したと自覚するんだって前にレキが教えてくれたよね。

間違いない。たった今、私は成人したんだ。それがハッキリとわかるこの感覚がすごく不思議なんだけど、身体中が歓喜に震えていて、次から次へと幸せな気持ちが溢れてくるのだ。うわ、なにこれ。そうして溢れ出た幸せは、私の身体から一気に光の花びらとなって飛び出した。

「う、わぁ……！」

その幻想的な光景と幸福感にしばし呆然としてしまう。人によって感じ方が違うと聞いてはいたけれど、まさか光の花びらが身体から放出されるとは思わなかった。ただ、この光の花びらはたぶん私にしか見えない類のものだと思う。あ、いや違う。精霊たちには見えているっぽい。

『ご主人様ぁぁぁ！　おめでとうなのよ！　成人、おめでとうなのよーっ！』

『キャッ、すてきーっ！　大人になったのね、主様！』

『めでたいんだぞ！　宴（うたげ）するんだぞー！』

『うむ、ついにこの時がきたのだな。感慨深いのだ』

ショーちゃん、フウちゃん、ホムラくん、シズクちゃんが目の前に現れて、それぞれが祝福してくれる。いつも以上に精霊の光が輝いているようだ。

『メグ様ーっ、おめでとうやなぁ！　今日から大人の仲間入りやってー！』

『メグ様、成人おめでとう！　ボクも、ボクも嬉しい』

続けてライちゃんとリョクくんもお祝いのために周囲を飛び回ってくれた。ふふっ、みんなもいつも以上に綺麗（きれい）だよ！

「みんな、ありがとう……！　お祝いしてくれてすごく嬉しいよ！」

そうして我が精霊たちにお祝いされた後、次から次へと精霊の光が集まってきた。みんなが祝福するように私の周りを飛び回り、すぐにその場を去って行く。そうしたらまた違う精霊たちがやってきて同じようにしていくのだ。

じ、事前に精霊たちにお願いしておいてよかったよ……！　ちゃんと順番にお祝いに来て、すぐその場を去ってくれるからこの程度で済んでいるんだと思う。それでもかなりの数だけど。あ、目がチカチカしてきた。たぶん今日は一日中、こんな感じで精霊たちが入れ代わり立ち代わりでお祝いに来てくれるんだろうなぁ。自然魔術の使い手が見たら顔が引きつるかもしれない。私もつい苦笑を浮かべてしまう。

とても嬉しい。嬉しいよ？　実感がじわじわと湧いてきたし、成人したんだなぁって浸りたいところではある。しかーし！　しかしだ！

今日は目覚める前から情報量が多くない⁉　素直に喜びたいのに夢のことが気になりすぎるんですけどぉ！

ただ一つだけハッキリとわかるのは、今の私が一番にしなければならないのは夢の考察ではないということだ。スゥと息を吸って、大きな声で叫ぶ。

「ギルさぁんっ‼」

唯一の番（つがい）であるギルさんの名前を。だって、成人したら真っ先に知らせるって決めていたから。でも、なんかもう色々ありすぎてややパニックになってしまった感はある。声がちょっと焦っていたかもしれない。あと、無駄に大声を上げてしまった自覚もあった。

だからかな？　名前を呼んだ数秒後、ギルさんは影移動ですぐに私の部屋に来てくれた。めちゃくちゃ速い。

「メグっ！　どうし、た……」

焦ったような顔で私の近くに来てくれたギルさんに、申し訳なさが込み上げる。あ、ごめんなさい。心配させちゃった。

その心配を解消するべく、私はギルさんに向かって両手を伸ばす。そしてそのままベッドの上に立ち上がってギュウッと首筋に抱きついた。

「成人した！　今！　私、成人したよ！　大人になれたよ、ギルさんっ！」

「っ！」

興奮気味にそう告げると、ギルさんはハッと息を呑んだ後、やや躊躇いがちに抱き締め返してくれた。温かな体温をじんわりと感じて、ますます幸福感に包まれる。

「……おめでとう、メグ。真っ先に呼んでくれたんだな」

「うん。だって約束だったもんね」

首に回していた腕を緩め、ギルさんの顔を見る。優しくて愛おしい黒い目が私を見上げて微笑んでいた。一緒になって喜んでくれているのがわかって余計に嬉しくなっちゃう。

やっと、同じ立場になれた。やっとギルさんと同じ大人になれたのだ。幸せすぎてどうしよう！

「だが。いくら大人になったからといって、さすがに情熱的すぎるな」

「え？」

ふと、ギルさんが困ったように笑う。情熱的……？　その意味がわからなくて数秒ほど首を傾げる。だけどすぐに気付いた。あ、わ、わ……！　わ、私、今は寝起きで、つまりまだ寝間着のままで。

白いネグリジェ一枚だけで、ギルさんに抱きついていたみたい……？

「あ、わ、あわわ……」

「部屋の外で待っている。身支度を整えてこい」

一気に顔が火照って、もはや言葉が何も出て来なくなっていた。ギルさんもようやく私を離して、ゆっくりと下がる。恐る恐る見たその顔は赤くなっていて、私に出来るだけ目を向けないように逸らしているのがわかった。

「……次に寝室に呼ばれた時は、俺も何をするかわからないからな？」

「ひぇぇ……」

部屋を出る直前、少しだけこちらに顔を向けたギルさんはそう言い捨てて出て行った。

な、何をするかわからないって。えーっと。えっと。……さ、さすがにここで疑問符を浮かべるほど馬鹿じゃない。もう、私は大人なのだから。ぽすん、とベッドの上に座り込んで、そっと自分の唇に指を当てる。

「ここも、解禁、なのかな……？」

勝手に想像して、自爆する。枕に顔をうずめて足をジタバタさせてしまった。ごめんなさい、ギルさん。もうしばらく、外に出られそうにないです……！

そうはいっても、ギルさんは外で待っていると言った。いくら恥ずかしくてもさっさと身支度を済ませて出なければならない。

まったく、大人になったというのに最初から子どもみたいな迂闊さを見せてしまった。もう二度と、寝間着で人前には出ないようにしないと。子どもじゃないんだから。そう、子どもじゃないんだからね！

「お、お待たせしました」

きちんと身支度を整えて部屋を出ると、ギルさんは廊下でちゃんと待っていてくれた。さっきの恥ずかしさを引きずっている私を見て、ギルさんはフッと小さく声を出して笑う。ぐぬぬ。この状況では何を言っても裏目に出る気がしたので黙ったままホールに向かった。

なにはともあれ、他のみんなにも成人したことを報告しないとね。本当なら次はお父さんに伝えたいところなんだけど、今日は少し外に出るって言っていたから。なので、まずサウラさんの下へと向かっている。

「め、メグ……？　なんかすっごい精霊が集まってきてなぁい？」

「アスカ！」

その道中、背後からものすごく驚いたような声が聞こえてきた。振り向くと、やや顔が引きつっている。自然魔術の使い手なら気付くよねぇ。この尋常じゃない数の精霊に。私も苦笑を浮かべることしか出来ない。

「これはもしかして、メグ？」

「え、えへへ、そうなんです」

アスカの隣に立つシュリエさんは気付いたようだ。そりゃあ経験者だもんね！　だからこそ、驚きというよりは喜びの反応を見せてくれたのがなんだかくすぐったい。

「今日が記念日ということですね？　メグ、成人おめでとうございます」

「えっ！　メグ、成人したの⁉」

シュリエさんが国宝級の微笑みを浮かべてお祝いを述べてくれ、それに驚いたアスカの声がホール中に響き渡る。おかげでその場にいた皆さんに私が成人したことが知れ渡ることとなった。報告するつもりだったし、手間が省けたけどちょっと恥ずかしい。

「だからこんなに精霊が集まってたんだねー！　わー、わー、メグ、おめでとう！」

「あ、ありがとう」

真っ直ぐお祝いの言葉を言われるのもやっぱり照れちゃう。もちろんすごく嬉しいけど！

「それで、どうでしたか？　みんなに聞いて回っていたでしょう？　成人がわかった瞬間はどんな感じだったかと」

シュリエさんに言われてまたしても恥ずかしさが込み上げてくる。でも、みんなに聞いておいて自分は内緒ってわけにはいかないよね。ちゃんと教えるつもりではあったけども。

その質問の答えはアスカやギルさんも気になるらしく、黙ってこちらを見てくる。あ、あんまり注目しないでっ。

「えっと。すごい幸福感に包まれて、身体から光の花びらが出てきました。たぶん、私にしか見えないヤツですけど」

「光の花びら？　それはまた幻想的だねー。でもメグって感じー！」

私っぽい、というアスカの言葉に、その場にいた人たちが揃って同意を示した。そ、そうかな？　幻想的でほのぼのとした光景だなーとは思ったけど。普段ボヤッとしている私なので、確かに私らしいと言えなくもない。

他には何かなかったの？　とアスカに聞かれて、ふと夢のことを思い出す。あれってもしかして、成人したことと何か関係があったのかな？　そう思って。

だから、忘れていたんだ。夢の中の青年が、誰にも伝えてはいけないと言っていたことを。

「そういえば、不思議な夢を視たの。予知夢とも違う気がするんだけど。夢の中で声が……」

そこまで言ったところで、急にパァンッと乾いた音がギルド中に鳴り響いた。何が起きたのかわからなくて、呆然としてしまう。

ただ、その音が鳴った瞬間、目の前に小さな魔術陣が現れたのがわかった。なに、これ……？

「危ないって、言ったでしょう。気を付けて。彼が、気付いてしまった」

気付いた時には、真っ白な世界に立っていた。夢で会ったあの美青年が、心配そうにこちらを見ている。

ご、ごめんなさい。成人して浮かれていたから忘れていたの。もう絶対に言おうとしないよ。

「そうだね、これから気を付けて。でも、彼が気付いた。君と僕の繋がりに。器の争奪戦が始まってしまう」

器？　争奪戦？　よくわからないよ。何かを知っているのなら、教えてほしい。

「君は監視されているから。また、夢の中で。今はこれ以上を教えられない」

監視？　誰に？　……もしかして、あの声？　目の前の青年が小さく頷（うなず）いたのがわかった。

「あの人を頼るといい。思い出して。僕らのことを知っている人がいるはずだ」

あの、人……？　色々と、わからないことだらけではある。でも、きっとこれは大事なアドバイス。

「わかった。ありがとう。誰かはわからないけれど、貴方を信じてみる」

薄れゆく白い世界で、青年はとても悲しそうに笑った。

「————メグっ!!」

「っ！」

白い世界から戻ったみたいだ。私はギルさんの腕に抱かれているようだった。倒れた、のかな？

アスカや、ホールにいた人たちが周囲に集まって心配そうに顔を覗き込んでいるのが見えた。

「わ、たし、どれくらい気を失ってた……？」

「メグ、良かった……そうだな、数十秒ほどだ」

数十秒。そこまでのタイムラグはなかったみたいだね。ホッと安心したのも束の間、喉元にチリッとした痛みを感じて顔を歪める。それを見逃すギルさんではなかった。首を押さえた私の手をそっと取り、見せてみろと襟元を少し開けた。

「こ、これは」

ギルさんが目を見開いている。何があったんだろう？

「魔術陣……？　なんで？　メグにこんなのなかったよね!?」

どうやら、痛んだ喉元には魔術陣が刻まれているらしい。心当たりは……ある。白い世界を視る前に現れたあれじゃないかな。

たぶんだけど、私がもう夢の中の彼らのことを話せないようにわかりやすく刻まれたのだと思う。私が話しさえしなければ害はない。そのことがなんとなくわかった。

「メグ、体調に変化はないか？　これが何かわかるか!?」

「落ち着きなさい、ギル。魔術陣だから、そうね……誰か！　ラーシュを呼んできてちょうだい！」

ギルさんの焦りがすごく伝わってきた。そうだよね、心配させてしまっているよね。本当にごめんなさい。駆け付けてくれたサウラさんが冷静に専門家を呼んでくれるのがありがたかった。

「大丈夫だよ、ギルさん。この魔術陣は……とりあえず、危険はないと思うから」

「わかるのか」

それ以上は何も言えなくて、黙り込んでしまう。うぅ、説明が出来ないのは心苦しいな。

「と、とりあえず、ラーシュさんが来るまで待って？　身体は大丈夫。ちゃんと元気だから！」

抱きかかえてくれているギルさんの腕にソッと手をかけ、ゆっくりと立ち上がって元気なのをアピール。だけど、そりゃあ心配するよね。急に倒れて魔術陣が喉に刻まれて。逆の立場だったら私も取り乱していると思うし。

はぁ、つくづく魔術陣にはいい思い出がない。どうしても困ったようにため息を吐いてしまうのは仕方のないことだった。

「とにかく、まずは医務室に行くのはいかがです？　ラーシュにもそこに来てもらうように伝えましょう」

「それがいいよ、メグ。確かに元気そうには見えるけど……診てもらって何もなかったならそれでいいんだからさ！」

シュリエさんとアスカに提案され、私はゆっくりと頷いた。どのみち、あまり人には言えないことでもある。騒ぎを聞いて色んな人が集まってきたし、ここはホールで人通りも多い。邪魔になっちゃうしね。

「うん、そうする。なんか、ごめんなさい……」

せっかく成人してみんながお祝いを言ってくれていたのに。急にこんなことになってすごく悔しい。あの夢の内容をしっかり覚えておけば、少なくとも倒れることはなかったのに。迂闊すぎる。私の馬鹿！

「メグは悪くない。謝ることはなにもない」

「そうだよ！　メグだって倒れたくて倒れたわけじゃないでしょ！　謝るの、禁止ーっ！」

うぅ、ギルさんもアスカも優しい……！　ただ、今回のは明らかに私のミス！　ただそれも言うことは出来ないので一人で反省します。

「メグの性格上、気にしてしまうのでしょうね。けれど、誰も責めたりしませんよ。心配はしますが。そのくらいはさせてくださいね」

シュリエさんにもそんな言葉をかけられてしまっては、悲しい顔なんてしていちゃダメだよね。みんながこんなにも元気づけようとしてくれているんだから。

「……はい。じゃあ、ありがとうございます、だね！」

「そーそー！　メグはそうでないと、ね！」

それに実際、みんなが励ましてくれたおかげで元気が出た！　いつまでもここで立ち止まっているわけにもいかないし、移動しないと。

お祝いは改めて盛大にするから、というシュリエさんとアスカに見送られながら、私はギルさんとともに医務室へと向かう。集まっていた人たちにも、笑顔で大丈夫だと伝えてひとまずはそれぞれ仕事に戻ってもらうことにした。みなさん心配顔のままだったけど。

ですよね！　本当にご心配おかけしてごめんなさいっ！　私ってどうしてこうもトラブルを呼んでしまうのだろうか。心苦しくて仕方ないよ！

しかし、モダモダしていても仕方ない。それに、なんとなく予感がするのだ。この問題さえ乗り越えれば、全てが解決するって。もちろんただの勘でしかない。けどこういうのって当たるんだよね。

「医務室に向かおう」

「うん」

ギルさんがそっと背に手を当ててくれたので、そのまま二人で歩き出した。道中、喉に軽く手を当てる。指先からわずかに自分の物ではない魔力を感じるから、本当にここに魔術陣があるのだろう。うぅ、人体の急所に魔術陣があるっていうのは落ち着かないよー！

だけど、私を害するような類ではないことは確かだ。ただ、何も言えなくなるだけ。そして言おうとした時はさっきみたいに少しの間だけ意識が飛ぶ。

でもそのくらいなら大丈夫だって安心は出来ない。だって「器の争奪戦が始まる」だなんて物騒なことを言われたし。無視は出来ない、というかヒシヒシと危険だって予感もするから。

あーっ、でも！　わかっているのに伝えられないこのもどかしさ！　いやいや落ち着け私。オルトゥスの優秀な頭脳でもあるラーシュさんなら、きっと解き明かしてくれると信じている。私はただ大人しく出来る限りのことをしよう。

「ふむ。身体に問題はなさそうだね」

「そうか」

医務室でルド医師に魔術で検査してもらった結果はこの通り、何も異常はないとのことだった。ギルさんが安心したように大きくため息を吐く。ごめんね、心配させて。ごめんね、伝えられなくて。

「そんなに申し訳なさそうにするな」

ギルさんにそっと頬を指の背で撫でられる。うん、そうだよね。でもやっぱりごめんって思っちゃうよ。困ったように微笑み返すと、今度はぽんぽんと優しく頭を撫でられた。

「メ、メグさんがっ、た、大変って……！」

「ラーシュさん！」

そこへ、医務室に飛び込むように息を切らせて、ラーシュさんがやってきた。その後ろから、マキちゃんも心配そうに覗き込んでいる。邪魔になると思ったのか、マキちゃんは医務室の扉の前で待機しているけど。もう、優しいな。

元気であることをアピールするためにマキちゃんにニッコリ笑うと、ホッとしたようにマキちゃんも笑ってくれた。大人になってもマキちゃんの笑顔の癒し力は健在だね！

ラーシュさんに、ギルさんとルド医師が色々と説明してくれている。二人の話は的確で、短く要点を捉えているのでとてもわかりやすい。すごい。私が喋れなくてもなんの問題もないですね？

「じゃ、じゃあす、少しま、魔術陣を、み、見せてくれるかい？」

「はい。お願いします」

襟元を少しだけ開いてラーシュさんに向き直る。時々、少し触るね、と声をかけられながらジッと待った。普段おっとりとしているラーシュさんの目がとても真剣で鋭くて、なんだか緊張しちゃうな。

「な、なるほど……め、メグさんは、は、話したくても話すことがで、出来ないんだね？　き、危害を加えられることは、な、ない」

「！」

ものの数十秒ほど見ただけで、ラーシュさんはそう言い当ててきた。言いたくても言えないっていうのはみんなが察してくれたことだけど、危害はないってことまでこんな一瞬でわかっちゃうなんて。

「こ、肯定もひ、否定もし、しなくていいよ。な、何が引っかかるか、わ、わからないから」

さらに、私への配慮も完璧にしてくれた。これもすごい。迂闊に返事をするとなんとなくだけどやばいな、っていう感覚はあったから。

ただ私はすぐに顔に出る女。この場にいるお三方は私の顔を見ただけでラーシュさんの言ったことが正解だと察してくれた。なんとも微妙な心境です。

「つまりメグは何かを知っているが、それを話そうとすると魔術が発動するのか」

「そ、そう。け、結構じょ、条件がき、厳しいみたい。つ、伝えようとするだけでい、意識を奪う」

そう！　そうなんですよー！　短時間意識を失うだけで危険はないの！　三人は再び私の顔を見てきた。ぐぬぬ、と呻（うめ）いている私を見て揃って頷かれるのはなんだか居た堪（たま）れない。今だけは顔にすぐ出る性質が役に立っているのだろうけど。

「解除は出来ないのか」

「……む、難しい、というかた、たぶんふ、不可能だね。ぎ、ギルさんならわ、わかるだろう？」

ラーシュさんの言葉に、ギルさんがさらに眉根を寄せた。

その通り、これは解除出来ないと思う。術者にしか解けない強力なものだ。恐らくこの魔大陸でもっとも魔力を持つ私でも無理。私の技術が足りないとかそういうレベルの話でもないのだ。

絶対的な差があるってわかる。これだけは誰にも解除出来ないんだって本能でわかってしまう。

それに気付かないギルさんではないはずだ。

「このような複雑な術式は見たことがない。一体誰がこれを……？」

ルド医師もまじまじと魔術陣を観察しながら呟いた。誰が、か。

「メグは心当たりがあるのか」

「……い、言え、ない」

ギルさんに聞かれてもこれしか答えられないことが辛い。しょんぼりと肩を落としていると、ギルさんの方が謝ってきた。

「すまない、メグ。大丈夫だ。言わなくていい」

心当たりならもちろんある。夢の中の青年っていうだけじゃなく、その青年の心当たりも。

あり得ないって私の常識が否定している。でも、実際に夢渡りの術者である私の夢に入り込んで会話をし、こうして魔術も仕掛けることが出来ているんだよ？　そんなことが出来るなんて、同じ夢渡りの術者しか考えられない。それも、私よりもずっと腕のいい術者ということになる。思い当たる人なんて一人しかいない。と同時に、あり得ないって。

だって、遥か昔に存在した始まりのハイエルフの一人が今も存在しているなんて、信じられる……？　けれど、それしか考えられない。私の常識なんて今は忘れてしまわないと。

夢の中の青年はたぶん、始まりのハイエルフであり、初代魔王だ。うん。今はそう結論付けて考えることにしよう。

そういえば彼は「僕らのことを知っている人」に頼れ、って言った。僕らというのはたぶん、彼自身とあの声の主の二人。これだけじゃ誰のことを指すのかわからないからなんとも言えないんだけど……あの声の主にも、実は少しだけ覚えがある。夢を視た時は何がなんだかわからなかったけど。

あの声の主は、きっと暴走した魔力の声だ。一度暴走しかけた時に、何度となく苦しめられたからどこか懐かしさを感じたんだと思う。

魔王の力を受け継いだ時、膨大な魔力が意思を持って暴走する。その意思を持った魔力の声なんじゃないかって。

でもなぁ……彼が「僕ら」と言った意味がまだわからないんだよね。その意思を持った魔力とも知り合いなのかな？　魔力と知り合いっていうのも変な話なんだけど。

ああ、もう。誰にも何も相談が出来ないっていうのは辛いな。一人で調べなきゃいけないのかな。

そう思った時、ふとあることを思い出した。

『お前は、誰だ』

『……え』

『……誰かに相談することが不可能になったら、ここへ来い』

数年前、ストレス発散のためにハイエルフの郷で魔力をぶっ放した時の会話。

あの時、シェルさんが確かにそう言っていた。まるで、今の状況を見越していたみたいな発言だよね……。青年が言っていた人も、もしかしてシェルさんのことなのかな。

そう、そうだよ。あの時すでに、シェルさんは私ではない誰かを見ていたんだ。

あれ？　だとするともしかして、あの夢の青年と声の主は私の夢の中に突然現れたのではなくて。

ずっと、私の中にいた……？

ゾワリと鳥肌が立つ。非現実的だと思う。けど、そう考えるのがしっくりくる。あの声が意思を持った魔力だというのなら、その説も間違いじゃないよね。そうなると青年がなぜいるのかっていうのがまたわからなくなるんだけど。

「……私、調べてくる」

しばらく黙り込んでいた私が呟いたのを聞いて、三人が私の方を見た。ここが踏ん張りどころだ。

私はギュッと自分の腕を握った。

「確証はまだないけど、気になることがあって……今は、そんな些細な勘も馬鹿に出来ない気がするの」

私の決意はみんなにちゃんと伝わったと思う。ルド医師もラーシュさんも、どこか心配そうではあるけど小さく微笑んでくれたから。そして、ギルさんも。

「……わかった」

ギルさんはそう言って、椅子に座る私の前に膝をついて目を合わせた。そのまま私の両手を取って柔らかく微笑む。

「なら、帰ってきてから成人の儀だな」

「ギルさん……」

そうだ。今日は私が成人した日。本当はお祝いムードだけを味わう日だったはずなのだ。ひっきりなしにやってきている精霊たちも、途中からすごく心配そうなのが伝わってくるし、なんだか申し訳ないことしちゃったな。

帰ってからの約束。それは私をとても勇気付けてくれる。精霊たちも、帰ってから改めてお礼を言わせてもらえるかな？

「しっかりお祝いしないといけないいな」

「じゅ、準備をし、しないとですね！」

ルド医師とラーシュさんもそんなふうに言ってくれている。二人とも私がなんとかするって疑ってないみたいで、なんだかくすぐったかった。

「……はい！　楽しみにしてますね！」

よし、これはますます頑張らないと。甘えてばかりいられない。ちゃんと自分で動かなきゃ。だって私は今日、成人したのだから。

2　夢の中の青年

そうなるとまず、サウラさんのところに戻って休暇申請を取らなきゃだね！　休暇、でいいのかな。まぁそこは要相談かな。何日かかるかはわからないし。

あれこれ考えながら医務室を出て再びギルド内を歩いていると、ギルさんが不意に告げた。

「俺も行く」

その言葉にピタリと足を止め、ギルさんを見上げる。その目は、断られてもついて行くと言っているように見えた。目は口ほどにものを言うとはこのことである。

「うん。来てほしい。やっぱり一人は心細いもん」

もちろん、私も来てもらいたいって思ってたよ。けど、ギルさんにも仕事があるからどうかなって遠慮しちゃってた。

ま、その遠慮がギルさんにとっては不機嫌になる要素なのだろうけど。素直に甘えて、頼られた方がギルさんは嬉しいもんね？　私だってそうだ。

私の答えにギルさんが安心したように微笑むので、私も一緒になって微笑む。番が大変な時に置いて行かれるのはむしろ不安になるって知ってるんだ。大丈夫。一人にはしないからね、ギルさん。

サウラさんからの許可はあっという間に下りた。というか、今朝の問題が解決するならいくらでも時間とお金を使っていいとまで言われてしまったよ。さ、さすがにそれは。

「帰ってきたらすぐに成人の儀を行えるように準備しておくから！　だから安心して行ってきてちょうだい？」

「ふふっ。ありがとうございます、サウラさん。でも、帰ってくるのが明日だったらどうするんです？」

「明日だったとしても間に合わせるわよ、当然でしょ？」

あっ、これは本気のヤツだ。この人はやる。やると言ったらやる人だ。思わず笑顔が引きつった。

さすがにハードワークをさせるわけにはいかないので、長引くようなら連絡すると約束しました。明日だったとしても急がなくていいです、とも。ふぅ、本当にうかうかと冗談も言えないよ……！

出来ちゃうスペックがあるからいけないんだよね。有能すぎるのも困りものだ。

「気を付けて行ってきてね、メグちゃん。あ、そうだ、ギル」

「なんだ」

最後に、サウラさんはハッと思い出したようにギルさんを呼び止める。なんだろう？

「メグちゃんが成人したからって、好き勝手に手を出しちゃダメよ？」

「さっ、サウラさんっ⁉」

出かける直前に言う言葉がそれぇっ⁉　私の方が過剰に反応しちゃったよ！　たぶん、今の私は顔が真っ赤になっていると思う。もうっ、サウラさんは本当にっ！　もうっ！

「さぁ？　約束は出来ないな」

「ギルさんっ!!」

一方でギルさんも面白そうにニヤリと笑ってそんなふうに答えるものだから、さらに耳まで熱くなる。二人して私をからかってません？　なんか、大人になろうがなるまいが、結局からかわれる運命にあるんじゃないか、私？

「もうっ、いってきますっ!!」

「はぁい、いってらっしゃい。気を付けてねっ！」

サウラさんは、たぶん私の緊張や不安を解(ほぐ)すために冗談を言ったのだろうけど、いくらなんでも恥ずかしすぎる……！　冗談は選んでほしかったよ！　この後、どんな顔でギルさんを見ればいいの？　ぐぬぬ。

結局、場の雰囲気に居た堪れなくなった私はギルさんを振り返ることなく足早にオルトゥスを出た。

「メグ」

自然と足音も大きくなり、ズンズンと真っ直ぐ突き進んでしまう。顔も上げられなくて視線はやや斜め下。後ろからギルさんに呼ばれたけど、今の私はちょっと拗(す)ねてるんだからね。知らんふりである。

「そんなに恥ずかしがるとは思わなかったんだ。からかって悪かった」

だけど、ここまで素直に謝罪されたら聞かないわけにはいかない。私はピタリと足を止めて睨(にら)むようにギルさんを見上げた。

「……意地悪」

「すまない」

頰を膨らませてポツリと言うと、ギルさんは困ったように微笑みながらまた謝罪の言葉を口にした。続けて許してもらえないか？　と少しだけ寂しそうに言われたら、もう許すしかなくなってしまう。ずるい。ちょっと悔しい気持ちもあるので、私も少しだけ意地悪を言うことにした。

「……好き勝手に、手を出すんですか？」

まだ熱い顔に気付かないフリをしてそう言うと、ギルさんは軽く目を見開いた後、やっぱり困ったように眉尻を下げて答える。

「メグから許しをもらうまで、何もしない。だから安心しろ」

それはそれで、許したくなった時になんて切り出せばいいのかわからなくなりそうだ。私っていうのはそういうヤツなのだから。面倒な女ですみません。

「……ああ、わかった。俺も時々、確認することにしよう」

そんな私の心情を察したのか、私の顔に出ていたのか。ギルさんは顎に手を当ててそんな提案をしてきた。

「か、確認」

「ああ」

結局、私はこの人に敵わないのだ。

「今は、ダメなんだろう？」

私の髪を耳に掛けながら、ギルさんが問う。熱っぽくも感じるその黒い瞳から目が逸らせなかったけど、雰囲気に流されてしまわないように必死で答えた。

「だ、ダメ、です……！」

「残念。わかった」

ギルさんと思いが通じ合って数年が経つというのに、いつまでたっても心臓が飛び出そうだよ……！　大人になって、関係が変わるかもしれないっていうのもあると思うけど。あと、ギルさんがカッコよすぎるのがいけないんだと思います。

さりげなく差し伸べてくれた手を取ると、フワリと微笑んでギルさんは歩き始めた。はぁ、カッコいい。私も大概、ちょろいヤツである。

「それで、どこへ向かうんだ」

「ハイエルフの郷だよ。たぶん、シェルさんは気付いているから」

シェルさんの名前を出すと、ギルさんは露骨に嫌そうに顔を歪めた。わかりやすい……。今のギルさんなら、シェルさんにも負けないと思うんだけどな。なんていったって、お父さんお墨付きのオルトゥス最強なんだもん。まぁ、戦いに行くわけじゃないんだけども。

「なぜ、アイツが気付いていると思うんだ」

「前にハイエルフの郷でストレス発散したって言ったでしょ？　あの時にね……」

もっともな疑問に、私は昔のことを思い出しながら伝えた。魔力をぶっ放すストレス発散に付き合ってもらったあの日。去り際に残した意味深な言葉。

私の中の意思を持った存在にあの頃から気付いていたのだ。ただ、それを伝えることは出来ない。夢の中の青年について話すことになっちゃうからね。

「なぜ気付けるんだ……？」

「それは、たぶんシェルさんの特殊体質があるからだと思う」

「確か、考えていることがわかるんだったな。だが、それがどうして……？」

それはまず間違いなく、私の中にいる存在の言葉を拾ったからだろう。ただそれについてもギルさんに伝えることが出来ないので、私は口の前に指でバツを作って言えないことを伝えた。ああ、もどかしい。

でもそれだけで、察しの良いギルさんはハッとなって思案顔になった。もたらされたヒントを基に、色々と推測しているのだろう。さすがだね！

「シェルさんが言った言葉。たぶんあれは、今日みたいなことが起きたら相談に乗るって意味だったと思うの。違うかもしれないけど、ダメ元で聞いてみようかなって」

まだ考え込んでいる様子のギルさんを横目で見つつ、私は考えていることを話した。言える範囲で伝えられることは伝えておかないとね。何がヒントになるかわからないし。ギルさんのことは、とても頼りにしているのだ。

「それに、あの場所にある書物を調べてみたいと思っていたから」

また今度でいいや、って先延ばしにしてきたもんねぇ。いい加減に調べないと。あの場所には始まりのハイエルフについての書物もあったはずだから。前にも見たけれど、もう一度しっかり調べ直してみたいのだ。たぶんそこに、あの青年の正体に繋がる何かがある気がするから。

「俺に出来ることがあったら言ってくれ」

きっとギルさんはそう言ってくれるって思ってたよ。逆の立場でも同じことを言うからね。ただ、ちょっとだけどうしようか迷う気持ちもある。これは、ギルさんにとって辛いことだろうから。

ううん、言うべきだよね。いつ、何が起きてもおかしくないのだ。私の意思を伝えられる時に、しっかり伝えないと。

「……これはね、ギルさんにしか頼めないことなんだけど」

一度目を伏せてから、ギルさんを見つめた。ただならぬ雰囲気を感じてくれたのだろう、ギルさんも真剣な様子で私の言葉を待ってくれている。

ギルさんにしか頼めないこと。私は端的にそれを伝えた。

「それ、は」

「誰かに頼まなきゃいけないことで、辛い思いをさせてしまうのはわかってるの。自分でも酷いことを言ってるなって思うよ？　でも」

残酷な頼みだよね。ギルさんも思っていた通り辛そうに眉根を寄せている。でも、わかってくれている部分もあるのだろう。頭ごなしに否定してこなかったことからもそれがわかった。

「これはやっぱり……ギルさんじゃないと、嫌だから」

おそらく、人生で最大のワガママだ。ギルさん以外に、これを頼むことは出来ない。他の誰にも頼みたくはないんだ。

「わかった。わかった、が……」

ギルさんは私の手を優しく引いて、抱き寄せてくれた。不安な気持ちがすごく伝わってくる。そうだよね、ごめんね。不安にさせて。

「その未来が、来ないことを願う」

「うん、そうだね。それは私も願ってる」

私もギルさんの背に腕を回して抱き締め返す。ギルさんの体温や鼓動を感じていると、気持ちが落ち着くんだよね。これは幼い頃から変わらない。

いつまでもこうしていたいけど、そういうわけにもいかないね。暫しその温かさを堪能した後、パッと顔だけを上に向けてギルさんを見つめる。

「だけど、いつだって最悪の事態を想定するのが、オルトゥスのルールでしょ？」

ニッと笑って見せると、ギルさんもすぐにフッと力を抜いてくれた。

そう。私はオルトゥスのメグ。まだ魔王じゃないのだから、ただのメグなのだ。所属ギルドのルールに従うのは当然のことなのである。

「なら、これからは他の手を考える時間、か」

「そういうことっ！　というわけで、ギルさん！　私をハイエルフの郷まで運んでください！」

「頼もしいな。わかった」

最悪の事態は回避してこそだ。まだその手を考えるのは早い。大きな影鷲姿に変化したギルさんに見惚れながら、私は改めて決意を固めた。

ギルさんの背に乗って飛ぶのにもずいぶん慣れた。初めて乗ったのは初デートの時だったよね。すっごくドキドキしたのを覚えてる。なんなら今もドキドキはしている。

フワフワでツヤツヤな羽毛はいつ触れても良いものだ。癒し効果抜群。レキの毛皮と同じ効果があるんじゃないかって思うよ。私限定で！

そうしてあっという間にハイエルフの郷付近の上空に辿(たど)り着いた時、入り口のゲートに人影があることに気付いた。え、誰？　あんな場所に立っている人なんて滅多にいないのに。

だけど、その人物が誰なのかはすぐにわかった。見目麗(うるわ)しいのと、魔力の質を探れば答えは簡単だ。

『このまま下りていいのか』

「うん、平気！」

少し戸惑ったようなギルさんの念話(ねんわ)に返事をすると、ギルさんはゆっくりと下降し始める。いつもは勢いもそのままに着地するんだけど、そこに人がいればさすがに気を遣うのである。

着地後、すぐに人型に戻ったギルさんは私を抱えてそっと地面に下ろしてくれた。じ、自分でも着地は出来るんだけどな。相変わらずの過保護だ。と、とにかく今はそれは置いておいて！

「メグちゃん、いらっしゃい」

「ピピィさん！　珍しいですね？　外に出ているなんて！」

そう、人影は私の祖母にあたるフィルジュピピィさんでした！　けど、郷に住んでいるハイエルフの人たちは基本的に郷から出てくることはないのでびっくりだ。本当に、一歩も出てくることがないんだよ？　上級ギルドシュトルのリーダーをしているマーラさんや、一緒に手伝いをしているハイエルフさんたちとは違って、あまり外に出たがらないのだ。

「ふふっ、なんとなく来る気がしたの。ただの勘なんだけれど、結構当たるのよ？」

いやいやっ！　そういうこともあるだろうけど、それにしたってどんぴしゃなタイミング過ぎませんか？　驚きを隠せずぽかん、としていた私を見て、ピピィさんはクスクスと笑った。

「冗談よ。そろそろ来るんじゃないかって予想はしていたから、ここ最近は毎日メグちゃんの気配を探っていたの」

「そうだったんですね……それにしたって、なんでそんな予想を？」

さすがに今日ピタリと当てたってわけではなかったみたいだけど、来るかもしれないって予想することと自体が不思議だ。首を傾げて訊ねてはみたけれど、ピピィさんはその質問には答えずニコリと笑った。

「番と来たのね？」

「は、はい」

話題と視線がギルさんの方に向いて、反射的に頬が熱くなる。いまだに慣れない私って。

「あらあら、照れなくてもいいのに。さぁ、一緒に郷の中にお入りなさい」

「え、でもいいんですか？　空気が乱れてしまうんじゃ」

「あら、長期滞在さえしなければ大丈夫よ。前もそうだったでしょ？　彼なら信用もしているもの」

てっきり、ギルさんは郷の外で待機することになると思っていたから嬉しい誤算である。正直、側にいてくれないのは不安だったから。甘ったれになっている自覚はある。

ピピィさんがギルさんに向かって微笑むと、ギルさんもわずかに頭を下げた。そのまま、ギルさんは私の近くへと歩み寄ってそっと背中に手を添えてくれる。温かな手のぬくもりにホッとした。

「ああ、それから。成人おめでとう、メグちゃん。今日から大人の仲間入りね」

「！　あ、ありがとうございます、ピピィさん」

そうだ。忘れそうになるけれど、今日は私が成人した日。精霊たちが相変わらず交代でやってくるから、ピピィさんにもその様子は丸見えなんだったね。最初から嬉しそうにニコニコしているのはこれが原因の一つと言えるかもしれないな。緊張気味だったから、少し肩の力が抜けたかも。ありがたいな。

ピピィさんの後に続いて私はギルさんとともにハイエルフの郷に足を踏み入れた。その瞬間、私の周りに集まる精霊たちが一気に増えたのでちょっと眩しさに目がやられたけど、ありがたく祝福は受け取るよ！　ありがとう、ありがとうね、みんな。でもすこーしだけ落ち着いてもらえると助かるよっ！

やや困っている私を見て、私の契約精霊たちが寄ってきた精霊たちに必死で説明をし始めてくれた。ああ、ほっこりする。ショーちゃんたちもなかなかの過保護だよね。ご主人様！　と呼びながら、いつまでたってもどこか私の保護者目線な気がするのは解せないけれども。

「シェルは今、散歩に出かけているみたいなの。夕方には戻ると思うけれど……」

郷の中を案内しながら、ピピィさんが教えてくれる。私がシェルさんに用があるというのをすでにわかっている口ぶりだ。敵いません。

「それなら先に書庫を見させてもらってもいいですか？　その、調べたいことがあって」

「構わないわ。そうねぇ。じゃあギル、といったかしら。貴方にはその間、ここへ来た事情を詳しく聞かせてもらいたいわ」

「わかった」

ハイエルフの郷の書庫には一人ずつしか入れないからね。特殊な空間で、必要な書物しか調べられないようになっているのだ。逆に、調べたいことはすぐに書物を見付けられるので便利といえば便利である。

二人も書庫の近くの小屋で話をするというので、途中までは一緒に向かった。ギルさんが少しでも私の近くに居たいと言ってくれたから……。ピピィさんはそれはそうよね、と穏やかに微笑んでくれていたけど、身内に知られる恥ずかしさはやばいっ！　穴があれば入りたい気持ちです……！

さて、気を取り直して！　書庫に辿り着いた私は入り口で二人に手を振り、早速中へと一歩踏み出す。ここの精霊たちと会うのも久しぶりだな。成人のお祝いで一気に集まってきてくれたのがなんだかくすぐったい。

お祝いしてくれたことにまずお礼を言ってから調べたいことをイメージすると、すぐに精霊たちが書物を集めてきてくれた。始まりのハイエルフのこと、暴走する魔力について何かわかることがあれば、っていうちょっとあやふやなイメージだったのに見つかるのはすごい。

でも、さすがに数は少ないみたい。全部で四冊だ。それでもずっしりとした本もあるから読むのには時間がかかりそう。

「ありがとう。暫（しばら）く調べるのに集中させてもらうね」

精霊たちに声をかけると、空気を察してくれたのかすぐに私からスイッと離れてくれた。良い子たち！　それでもこちらの様子を窺（うかが）っているのがまたかわいい。

よし、せっかく見守ってくれているんだもん。私も頑張らなきゃね！　ドキドキする胸を押さえながら、私は本を手に取った。

「……！　あっ、た」

パラパラと眺めていると、欲しかった情報が書かれている箇所を割とすぐに発見した。思っていた以上にすぐ見つかってよかったな。始まりのハイエルフについて、か。私は早速、その部分を集中して読み始めた。

それからどれほどの時間が経っただろう。かなり色んなことがわかった。

前に読んだ時はまるで神話みたいだって、そんなふうにしか思わなかった。でも今読んでみるとなんというか、色々と勘繰（かんぐ）ってしまう。

元々、神だった二柱（ふたばしら）は地上に堕（お）ち、始まりのハイエルフとなった。一人は再び神に戻ろうと必死で、もう一人は人の世で生きたいと望んだ。神に戻ろうとした方がハイエルフ始祖で、人の世で生きることを決めたのがエルフ始祖だ。そしてエルフ始祖こそが、初代魔王となったのである。

ここで調べられるのはここまでみたい。一応、四冊の本の全てにザッと目を通してみたけど、どれも同じようなことしか書いてないようだし。

でも、初代魔王かぁ。魔王と言えば、魔力暴走のことが思い浮かぶ。ちょうど今、それで悩んでいるところだからどうしても考えちゃうよね。

精霊さんたちに魔力暴走についてのイメージを伝えてみても、これ以上の本はないとのこと。うーむ。この場所で見つからないならどこの書庫を調べてもないよねぇ。

……初代魔王も、同じことで悩まされていたのかなぁ。気になるのはそこだ。魂を分ける勇者もその頃から存在したってことだよね。つまり、初代勇者？　それはこの世界の人だったのかな、それとも。

そこまで考えた時、急にグラッと眩暈がした。世界が回る、というか……気分が悪くなったわけじゃなくて、これは。

「……眠くなってき、た」

そうだ、急激に睡魔が襲ってきた時のような。頭がうまく回らない。目を閉じたら一瞬で眠ってしまいそう。すごく集中してたからかな、とも思ったけど、この眠気はさすがにおかしい。いくらなんでも偶然では片付けられないよ。いい加減、私にだってそのくらいはわかる。

誘われている、のかな？　もしかして、あの夢の中の青年だろうか。

「伝えたいことがある、とか？　ちょっと、都合が良すぎ、かなぁ……？」

ちょうどいい。私も聞きたいことがあるんだ。それに、この睡魔にはとても抗えそうにない。

魔力でごり押しの抵抗も出来ない感じがする。おそらく魔術なんだろうけど、私の実力では到底敵わないってわかるんだ。首元の魔術陣と同じで、誰にも解除することは出来ない。そう感じる。

それなら、私に出来るのは誘いに乗ることだけ。

「夢の中で、話してくれるの、でしょう……？」

身体が傾いていく。このままでは床に倒れ伏してしまうけれど、仕方ない。精霊さんたち、心配しないでね。私は少しの間、眠るだけだから。

椅子の上からも滑り落ちた私は床に倒れ、睡魔に身を任せるように瞼を閉じた。


すぐに夢の中だと気付いた私は、その場に立ち上がる。寝入った時と同じように、夢の中でも倒れていたみたいだったから。

辺りを見回すと、すぐに目的の人物が目に入った。最近よく夢で会う青年に、私の方から声をかける。

「……また、会いましたね」

青年はすでに私の方を見ていて、穏やかな微笑みを浮かべていた。ゆっくりとこちらに歩み寄ってくるので、警戒はしてしまう。

「そんなに身構えないで。自己紹介をしよう。僕の名前はレイフェルターヴ。レイって呼んでよ、メグ」

何もしない、とでも言うように青年レイは軽く両手を上げた。見た感じからいっても、悪意のようなものは感じられないので大丈夫だとは思う。というか、最初から彼が危険な人とは感じなかったのだけど……魔術陣のこともあるから、一応ね。

「わかりました。……単刀直入に聞きます。レイ、あなたは一番最初の……エルフ始祖なのでしょう？」

いきなり本題に入った私に、レイはクスクスと笑う。せっかちだなぁ、なんて言われてしまった。だ、だって。夢の中とはいえ、時間は経過していると思うから。あんまり遅くなるとギルさんが見に来ちゃう。そこで私が倒れていたら、また心配させちゃうもん。それは避けたい。

「君ならすぐにわかってくれると思っていたんだ。嬉しいなぁ。その通り、僕はエルフの始祖。君たちに元神と言われている存在で、初代魔王だ」

レイは、思っていた以上にあっさりと正体を告げてくれた。もっとこう、隠したり焦らしたりするのかな、って思っていたんだけど。

というか、聞かれたことならなんでも答えるって感じかも。逆に聞かれなきゃ答えなかったりして？　それはそれで厄介だ。私はあまり察しの良い方ではないから。

「あの、何か目的があるんですか？　私に話せない術をかけたり、急に眠らせたり……」

「それは誤解だよ、メグ。僕は君に干渉しないよ。絶対に。だって、君を愛しているからね」

サラッと言われた愛の言葉につい話すのを止めてしまったけれど……なんというか、彼の言う愛はもっと大きな括りのように聞こえた。実際、その通りだったのだろう。レイはニコニコと微笑みながら続きを口にする。

「僕は世界を愛しているんだ。この世界にすむもの全てを愛している。人も、動物も、魔物も、自然もね」

胸の前で手を組み、目を閉じてそう言う彼はとても美しかった。神々しいっていうのかな。本当に神様なんだ、って信じさせられるっていうか。あ、元神様なんだから当たり前か。とにかく、オーラが違う。私たち人とは格が違うんだってわかる。

父様の本気モードや、シェルさんもかなり人離れしているけど、それよりももっと確実に違うという感覚。何があっても敵わない、屈服するしかないって思わされてしまう圧倒的な存在感があるのだ。この人に悪意があったら為す術はないんじゃないかって思うと少しだけ怖い。

「だからこそ、僕は干渉のし過ぎで人の世に堕ちたんだ。彼を巻き込んでね。地上にすまう生命への深すぎる愛は、君たちのいう神としてふさわしくないらしい」

彼？　少しだけ悲しそうに伏せられたその瞳が気になったけれど、レイはそのことには触れずさらに言葉を続けた。

「愛しているのに、僕に力がないせいで争いが始まってしまった。世界を超えて人を不幸にしてしまった。辛かったよ。そしてそれは、今も」

「争い……？」

「そう、戦争だよ。人と魔物の。もう数えきれないくらい何度も起きている」

それって、もしかしなくても魔王の暴走による戦争のこと、だよね？　レイが本当に悲しそうに眉尻を下げるから、こちらまで悲しくなる。そんな私に気付いたのか、レイはすぐに先ほどまでのように柔らかく微笑んだ。おかげで私もホッと肩の力を抜くことが出来た。

なんだか彼の感情に振り回されているかも。夢渡りの力を使っているのだから、私より力のある彼の方に引っ張られるのは当然といえば当然だけれど。

「魔王はね、代々彼に呑み込まれて魔物を使役し、世界を襲おうとする。襲う、というよりは破壊衝動のまま暴れている、というのが正しいかな。それは魔王の意思じゃない。僕だって、今の魔王だって、これまで魔王になってきた者たちはみんな……そんなこと、したくなかった」

メグもそれは知っているよね、と同意を求められて戸惑い気味に頷く。彼、と言っているのが気になるけど……やっぱり父様だけじゃなくて、これまでたくさん苦しむ人がいたんだ。魔王の手記にも書いてあったけど、改めてそう聞くと余計に胸が痛むな。事実だって突きつけられているみたいで。

レイは、自分もだって言った。レイほどの力を持つ元神様でさえ抗えなかったんだ。それじゃあ……。

「うん、そうだね。メグもそうなる。あまり時間はないよ。だって、世代交代がすぐそこまで迫っているから」

私の考えを読んだように、レイはサラッと残酷な事実を告げた。私だってそうなることはある程度覚悟はしていたけど……それよりも今、もっと重要なことを言わなかった？

「せ、世代交代って」

「うん。今の魔王はもうすぐ死ぬ。メグと血の繋がった父親だよね。魂の片割れであるもう一人の、魂の繋がりがある父親も死ぬ。そうだなぁ……十日後くらいに一度、彼らは倒れるよ。その三日後に死ぬだろう」

そこに感情は込められておらず、淡々と告げられて戸惑う。そん、な。だって、あんなに元気なのに……！

夢の中だというのにガタガタと身体が震えて止まらない。だ、だって、レイの言う通りなのだとしたら、父様とお父さんが死んでしまうまで十日と少ししかないじゃない。そんなの、そんなの、早すぎるよ！

「彼らの亡き後、悲しむ時間はほとんどないよ、メグ。だって、次は君の番だから」

どうにもならない思いを口にしかけた時、再び感情のこもらない声で告げられた言葉にグッと息を詰まらせた。ここで八つ当たりしたって意味がない、それが嫌というほどわかったのだ。レイの態度で、それを理解させられた。

考えている暇も、悲しむ暇も、全ては後回しにしなさいって言われた気がする。それよりも、自分に待ち受けている運命を見ろ、って。

急展開過ぎない？　私、今日成人したばかりなんだけど？　そんなにも時間がないなんて思ってなかった。……ううん、考えないようにしていただけだ。だって残り十年の寿命だってわかっていたじゃない。

今はあれからちょうど十年くらい経つ。いつその時が来てもおかしくなかったはずだ。そのために、私はあの日から魔王城に通って、魔王としての引き継ぎも進めてきていたのだから。

だというのにどうして私は、自分が成人するまで、自分が結婚式を挙げるまで、二人が生きていると信じ切っていたの？

……信じたかった。信じたかったよ。だけど、それは許されないん、だね……？　どうしても、お父さんたちの寿命を延ばすことは出来ないのかな。

『出来、る……』

「え」

ぐっと拳を握りしめた時、この空間に響き渡るような声が聞こえてきた。あの声だ。レイとは違う、意思を持った魔力の……！

「っ、まずい、メグ！」

「きゃっ……」

レイが咄嗟に私の両肩に手を置いた。その力が予想以上に強くて、痛みに顔が歪む。前の時と同じだ。夢の中でも、痛みを感じるなんて。

「あの声に、耳を貸してはいけない。君が本当に幸せを摑むためには」

どういうこと？　でもあの声は、お父さんや父様の寿命を延ばせるって、それが出来るって！

「君に、希望が残されているというのは本当だよ。なぜなら、君は初めて僕を認知した魔王候補。だから僕は直接、君に助言が出来ている」

「……レイにも、二人の死期を遅らせることが出来るの？」

縋るように告げると、レイはギュッと眉根を寄せた。それだけで、彼には出来ないんだってことがわかる。

「時間切れだ。これ以上は危険だよ、メグ。彼が身体を乗っ取ってしまう。今すぐ起きるんだ、メグ」

「で、でも、まだわからないことだらけで」

真っ白だった世界に、モヤがかかっていく。これがなんなのかはわからないけど、なんとなくここにいてはダメだっていう予感はした。こういう時は直感が正しいのだ。レイも危険だって言っているし。

「焦らないで。まだ間に合う。それに、また時間は取れるよ。メグ、僕らは二人とも夢渡りが出来るだろう？」

レイはソッと私の両肩を押した。強い力じゃないのに、ふわりと後ろに倒れていくのがわかる。

ああ、夢の世界から戻そうとしてくれているんだ。身を任せて、ゆっくりと瞼を閉じる。

「彼は、メグにとって魅力的なことを言うだろう。でも忘れないで。君の意思や、大切なものを決して見失わないで」

薄れていく夢の世界の中、最後まで聞こえてくるレイの声。

――乗り越えるんだよ、メグ。

「っ!?」

ハッとなって勢いよく目を開けた時には、すでに元の世界に戻っていた。ハイエルフの郷の書庫の中だ。

ゆっくりと上半身を起こすと、汗ビッショリになっていることに気付く。そして、わずかに魔力が漏(も)れていることにも。

「黒い魔力だ。レイの言う彼……意思を持った魔力に呑まれかけていた、のかな」

手のひらを見つめてグーパーと繰り返す。二、三回繰り返すことで、ようやく自分に感覚が戻った気がした。もしかすると、私が眠っている状態がまずいのかも。無防備な状態になると、意識を乗っ取られやすそうだし。

「メグっ！　メグ、大丈夫か⁉」

「！　ギルさん？」

ふいに、扉が思い切り叩かれる音と焦ったようなギルさんの声が耳に飛び込んできた。たぶん、この魔力漏れに気付いたんだ。微々（びび）たるものだったのに気付くなんてさすがすぎる。

大きく息を吸って呼吸を整えて、と。色々と混乱したままだけど、今はとにかく無事な姿を見せないとね。書庫にいる本の精霊たちに本を片付けてもらうと、私はすぐに扉へと向かった。

3　意図的だった奇跡の出生

書庫から外に出ると、すぐにギルさんに抱きすくめられる。あまりにも勢いがあったから、驚いて目を丸くしてしまったよ。っていうか、私ってば今すごく汗だくなんですけどっ！　ちょ、離れてギルさんーっ！　汗臭いとか思われたら生きていけないーっ！

「だ、大丈夫だからっ！　ね？　ほら、落ち着いてギルさん！」

「……そのよう、だが。何もなかったのか？」

「あー……」

「あったんだな⁉」

ガシッと両肩を摑まれて顔を覗き込んでくるギルさんにもどかしい気持ちになる。ぐぬぬぬぅっ！

「あ、ったけど、言えないんだよぉっ！」

半泣きになりながらそう伝えると、ギルさんもようやく察してくれたらしい。悪かった、と言いながらそっと背中をさすってくれた。ぐすん、ごめんね。私、成人したっていうのにまだまだ子どもみたいだ。情けない……。

「言わなくていい。大体わかる」

「！　シェル、さん⁉」

その時、背後から聞き覚えのある冷たい声が聞こえて慌てて振り返った。ギルさんが舌打ちしたのが聞こえる。この距離ならシェルさんもそれを拾っただろう。ヒヤヒヤする……！

っていうか、今もなおギルさんに抱き締められているので、それを見られるのはなんとも言えない気持ちだ。ギルさんはもちろん、シェルさんだって微塵(みじん)も気にしていなさそうだけど。元日本人の感覚ぅ……。

「こいつが戻って来たちょうどその時、メグのいる方向から魔力漏れが」

「そ、そうだったんだ……」

ギルさんが嫌そうに状況を説明してくれた。つまり、書庫から出た時にはすでにいたってことか。

き、気付かなかった……！　それも含めて孫的にはすごく恥ずかしいけど気にしたら負けだ。くっ、顔が熱くなっちゃう。

そ、それよりも。さっきシェルさんが言っていたことの方が気になる。話題を変えなきゃ。

「シェルさん、大体わかるってどういうことですか？」

「……ふん。忘れたのか。私の能力を」

シェルさんの能力、というと、人の考えていることが聞こえてしまうっていう力だよね。昔は勝手に流れ込んできて大変だったってシェルさんのお姉さんであるマーラさんから聞いたっけ。でも、そのマーラさんのおかげでシェルさんも力を自由にコントロール出来るようになったのだとか。

でも、結構いつも私の考えを読んでいるよね……？　いまだに警戒されているのかな、と思うと複雑だけど、それも仕方ないのかな。現に、今はそうして読んでくれることが助けになっているわけだし。

「やっぱり、私の中の声も聞こえるんですね？　あの時も、声を拾ったんでしょう？　私でさえ気付いていなかった声を」

やっぱり、と内心で納得する。悪い子メグになってストレス解消しに来た時、シェルさんはすでに夢の中の青年レイの存在を感知してその声を拾っていたのだろう。私がこの人に頼ろうと思ったのも、その可能性が高いと思ったからだもんね。レイが頼れ、って言ったのもシェルさんのことだったんだと思う。

シェルさんはその時からレイの存在に気付いていた。……言ってくれれば良かったのに、と思わなくもないけど、当時言われていたとしてもいっぱいいっぱいだったし、なんのことか理解も及ばなかったよね。結果として黙っていたのは英断だ。複雑だけど。

「全てではない。だが、察しはつく」

シェルさんは腕を組んで一度目を伏せた後、目を開いて私を真っ直ぐ見つめた。

目が、合った。えっ、シェルさんと目が合った⁉　珍しい。いつもそっぽを向かれるか、こちらを見ても微妙に目が合わないのに。綺麗な淡い水色の瞳はやっぱり冷たく見えたけれど……どこまでも真剣だった。

「来い。私が新たに知り得た情報とともに対策を教えてやる」

その内容がすごく重要なのだということは簡単に察しがついた。ハイエルフの族長が知る情報。それは恐らくハイエルフ始祖やエルフ始祖についての話、だよね。

き、緊張する。こんな状況だというのに、ちょっとワクワクする気持ちもあるのだ。だって、神話の真実を聞かされるかもしれないのってロマンじゃない？　あ、睨まれた。すみません。真面目なんです、これでも。それにしても……。

「し、親切です、ね……？」

「ふん、世界が壊されては迷惑なだけだ」

つい口に出してしまった。シェルさんの眉間のシワが深い。でもちゃんと答えてくれた。っていうか、そのたった一言が実に重い。世界が壊されるって。思わずギルさんを見上げちゃったよ。ギルさんも難しい顔になっている。

「もう。素直じゃないんだから、シェルったら。さ、二人とも私たちの小屋にいらっしゃい。お茶も淹れるわね」

重苦しい空気が漂い始めた頃、ピピィさんが明るい声でそう言ってくれた。ふぅ、さすがはピピィさんだ。彼女がいなかったら重苦しい空気だけが続いて息が詰まっていたかもしれない。

すでにスタスタと先に行ってしまったシェルさんを追うように、ピピィさんが小走りで向かう。その後を追うように、私はギルさんと一緒に歩いた。

シェルさんとピピィさんの小屋は、程よい広さだ。物があまり置いてないので、パッと見た感じ殺風景に見えるけど、基本的に木造なので温かみを感じる心地好い空間となっている。

そんな中、小さなダイニングテーブルにハーブティーの湯気が立ち上る。元々二人で使うためのテーブルなので、座っているのはシェルさんと私の二人。ピピィさんとギルさんは少し離れた位置に椅子を出して座っていた。

「魔王の暴走理由を知っているな？　魔力が増えすぎて、と言われているが。そもそもなぜ、急に魔力が増えるのか、考えたことは？」

シェルさんは前置きなど一切なく、最初から本題を切り出した。

なぜ魔力が増えるのか、か。そう言われると、考えたことはなかったかも。魔王になったら自然と魔力が増える仕組みなのかと勝手に思い込んでいたから。たぶん父様も、これまでの魔王もそういうものだと思っていたんじゃないかな。

そう考えていると、シェルさんはわかりやすくため息を吐いた。や、やめて！　深く考えなかったことを馬鹿にするのはっ！　反省はしてるからっ！

「そこからか、と思っただけだ」

「そ、それでもため息は傷つくのでやめてくださいよぅ……」

私の考えを読んで、シェルさんが眉根を寄せながらそう言う。私がめげずに反論すると、再びため息を吐きそうなムーブをした。けど、堪えてくれたらしい。お、おぉ……一応、こちらの意思を尊重してくれている。シェルさんってやっぱり優しい人だなぁ。あ、ちょっと褒めただけで嫌そうな顔しないで！

シェルさんはため息の代わりに一度小さく深呼吸をすると、順に話をしていくので疑問に思ったとしてもとりあえず最後まで話を聞けと前置きをした。

は、はい。大人しく聞きます！　両膝に手を置き、姿勢を正して聞く体勢を整えると、シェルさんは静かに語り始めた。

「魔王の魔力暴走は元神と魔王による器の争奪戦にすぎない。どちらが身体の主導権を握るか、その奪い合いだ」

え、器の争奪戦……？　確か、レイもそんなことを言っていなかったっけ？　あの時も何がなんだかわからないって思ったから覚えてる。

シェルさんの言った言葉から察するに、器というのは魔王の身体。つまり、今は私の身体のことだよね。つ、つまり、今は私が主導権を握っているけど、他の誰かがこの身体を乗っ取ろうとしているってこと？　そしてそれが……元神？　レイのこと、かな。でもそんな感じしなかったんだけどな。

『君は監視されているから。また、夢の中で。今はこれ以上を教えられない』

ふとレイの言葉を思い出す。そうだ、そう言ってた。ということは、身体の主導権を狙っているのはあの声の主だ……！　た、たぶん！

「魂を分け、力を分散させられれば魔王の勝ち。そうでなければ元神の勝ちだ。過去、元神は何度か勝利している。だが、いくら身体を乗っ取っても神には戻れなかったようだが」

えっ、負けた魔王もいたの!?　驚いて目を丸くしていると、シェルさんは少しだけ眉根を寄せた。魔王の記録を見れば、戦争後に性格が変わった者が数名いたのがわかるはずだと言う。

そ、そうだったっけ？　そうだったかも……？　うっ、しっかり読み込んでないのがバレる！　魔王の知識については後回しにしちゃっていたからなぁ。まさかここで繋がってくるとは。はい、言い訳です。勉強不足でごめんなさい。

「だが、器の争奪戦は終わらない。元神が神に戻るのを諦めないからだ。なぜ、同じ失敗を繰り返すのかは謎のままだが……推測は出来る」

シェルさんはそこで言葉を切ると、鋭い眼差しで私を見た。私、というよりも私の中を見ている感じだ。ギルさんが僅かに身構えてしまうほど、その目には僅かな敵意が込められているのがわかる。敵意というか、警戒かな？

「お前の中の存在が、元神の思惑を邪魔しているのだろう。これまでの魔王の時も、その者が邪魔をし続けていた」

心の中で、レイがふんわり微笑みながら頷いた気がした。そう、なんだ？　じゃあレイはやっぱり魔王を、そして私を助けてくれる存在なんだね。初代魔王で、その辛さを知っているからかもしれないな。

そうか、つまりレイが言っていた「彼」というのが身体を乗っ取ろうとしている元神で、声の主で、監視している者なんだ。

さすがに、声の主の正体がわかった気がする。きっと「彼」というのは……。

「まさか、お前の中にエルフ始祖までいるとはな。つまり、魔王の暴走というのは人になりたかったエルフ始祖と、神に戻りたいハイエルフ始祖の戦争。遥か遠い昔、この世界に生物が生まれたその時から続く、気の遠くなるほどの長い年月をかけた戦争が今もなお続いているのだ」

共に地上に堕ちた二柱の神のうちの一柱。神に戻りたいと願い続けているハイエルフ始祖、それが膨大に増える魔王の魔力のもとであり、声の主だったんだ。私は無意識にギュッと自分の腕を抱き締めた。

その時、ふわりと温かな湯気が上がる。と同時にハーブの良い香りが鼻腔をくすぐった。どうやらピピィさんがお茶を淹れ直してくれたようだ。おかげでホッと出来たよ。

「シェルはね、なぜ元神のハイエルフ始祖がことごとく失敗しているのかずっと調べていたのよ。メグちゃんの中にいる存在が邪魔しているというだけで、こうも長い年月失敗し続けるのはなぜか。そして、シェルはなぜ器としてダメだったのかって」

「え？」

思わず疑問の声を漏らしてしまったけれど、そういえばシェルさんは以前、神に戻るという目的を持っていたんだっけ。つい記憶の彼方に追いやってしまっていたよ。

ハイエルフ始祖がなぜ神に戻りたがったのかを知るため、そしてその長年の野望を叶えてやりたいがための暴走だったというのは後から聞いた話だけれど……そうだとしても、色んな人から許されないことをしたのは事実として残っている。そっか。あれからその野望は諦めたけど、原因は調べていたんだね。

で。今ピピィさんはたぶん、シェルさんがいくら努力を続けても自分が神の器となることは叶わなかった、ってことを言ったんだよね。

っていうか、だからこそ魔王の血も引くハイエルフとして、素質のありそうな幼い私を使おうとしたんだったっけ。

「何かが足りていなかった、シェルはそう結論付けたわ。条件が足りないからこそ、ハイエルフ始祖は身体を乗っ取ることが出来ても神には戻れなかったのだと。そこで、メグちゃんの存在について不可解な点を調べさせてもらったわ」

「え、えっ⁉　私について、ですか？」

「ごめんなさいね、勝手にコソコソと調べるようなことをして。でも、やっぱり不思議だと私でも思うのよ。なぜこうも都合よく、ハイエルフと魔王との間に子が生せたのかしら？　エルフならまだしも、純血のハイエルフと他種族との間に子を生すなんて、長い歴史上記録にすらないのに」

奇跡という言葉で片付けてしまえば、そこまでなんだよね。私はずっと、その奇跡という言葉を鵜呑みにして考えることをしてこなかったけれど、思えば疑問しかない。可能性としてはあり得なくもないから、余計に深く考えてなかった。

ピピィさんは、ギルさんにもお茶の入ったカップを渡しながら説明を続ける。

「他種族との間に生まれた子は、魂を宿さない。それは恐らく事実で、それが恐ろしいから誰も掟を破ろうとはしてこなかったの。つまり前例がなかったわ。元々出生率の少なすぎる種族で、他種族とだなんて本当に奇跡でも起きない限り無理よ。でも、メグちゃんは伝承通りに魂を持たない状態で生まれてきた。その時の貴女を、私たちは見てはいないのだけれど」

そうだ。確か私の母様であるイェンナさんはハイエルフの郷で私をこっそり産んだって聞いた。マーラさんが協力してくれて、誰にも存在を気付かれないように三十年近く私を育ててくれたんだっけ。

当時、ピピィさんをはじめとする郷の人たちはシェルさんによって意識を操作されていたから知らないんだよね。ピピィさんがちょっと非難のこもった目でシェルさんを睨んでいるのはそのためである。シェルさんはチラッともピピィさんを見ないけど。

「話を少し戻すわね？　元神が神に戻るための条件はなんだったのか。そこで目を付けたのが魔王の暴走だったの。シェルはその能力によって、代々魔王の身体の中に別の声があることに気付いていたのよ。神に戻りたいと渇望する声と、それはダメだと阻止するか細い声。それを思い出して、ハイエルフ始祖はもう随分前からハイエルフではなく魔王の身体を使おうとしているのだとシェルは考えた」

ハイエルフが元神にまで見捨てられた種族なのだと認めたくなかったと思うわ、とピピィさんは言う。当のシェルさんは、ピピィさんが説明をし始めてから変わらず難しい顔で黙り込んだままだ。ただ、否定をしないということはその通りなのだろう。

だからこそ、ムキになってあの事件を起こしたのかな。ハイエルフこそが神に戻るんだって。でも自分では無理だから、たとえ混血でもハイエルフである私の身体を使おうと……？

なんだか、ちょっと切なくなっちゃうな。もちろん、あの行為を肯定なんて出来ないけど。

「でも、結局は代々魔王でさえ神に戻ることは叶っていないわよね？　身体を乗っ取ることは出来ても神には戻れていない。ハイエルフの身体はダメ、魔王の身体でもダメだった。もちろん、人間は身体が弱いからそもそもダメでしょうね。ハイエルフ始祖が、試したことがあるのかは……わからないけれど」

それはそうだよね。魔力も持たない、寿命も短い人間の身体が耐えられるとは思えない。試していないといいんだけど……。知らないところで悲劇があったなんて思いたくないもん。

「八方塞がりだったと思うわ。そんな中、全ての条件を満たした身体が現れた。奇跡としか思えない状況で、ね」

……そこまで言われて、やっとピピィさんが何を言いたいのかがわかった。

ああ、どこかで聞いたな。奇跡は起きないから奇跡、だったっけ……？　ドクン、と心臓が音を鳴らして、嫌な汗が流れる。

「お前は、意図的に作りだされた神の器だったのだ」

久しぶりにシェルさんが口を開いた。その言葉がグルグルと脳内で繰り返される。

「ハイエルフとは違う種族との間に生まれた子には、魂が宿らない。それは恐らくハイエルフ始祖が作った呪いだ。そして、それをハイエルフたちに伝えて決して破らぬようにと掟を作ったのが、邪魔をしている存在だったのだろう」

つまり、レイはその頃から必死で魔王となる者を、私たちを守ろうとしてくれていた……？

「ハイエルフが掟を遵守(じゅんしゅ)し続けたからこそ、神の器が作られることはなかった。しかし、ついに掟を破る者が現れた。しかも相手は現魔王。願ってもないことだっただろう。……つまり、アレがお前を宿したのは奇跡などではない。ハイエルフ始祖がそのチャンスを逃さず、自らがいつかその身に宿るために生み出された身体だったのだ」

アレ、というのはイェンナさんのことだ。そして、生み出された器はこの、私の身体……。全てが繋がっていって、納得してしまう。

私の中にいるレイも、ただ黙ってこの話を聞いている気配がするのが余計にリアルだった。否定、しないんだね。

「本来、お前の中にはハイエルフ始祖の魂だけが入る予定だったのだろう。強大な力に耐え得るよう、身体が成長するまで待つつもりでな」

「だけど、私の魂が入ってしまった……？」

声が掠(かす)れている。だって、とても恐ろしくなってしまったんだもん。

それじゃあ、私は。私は……！　やっぱり、邪魔な存在でしかなかった、ってことになる。完全なイレギュラーだ。この世界に来てはいけない魂だったんだ。

「異世界の人間の魂が、な。だが奇しくもこれでお前という器は、あらゆる種族を網羅したことになる。神の土台となるハイエルフの身体、魔物を統べることの出来る魔王の血、そして初代勇者と同郷である人間の魂」

初代勇者……。やっぱり、異世界の人間が召喚されていたんだね。あ、そっか。つまり、私のこの魂がなかったら結局のところまだ足りていない状態で、神に戻るという野望は失敗していた？

そのことに、うっかりホッとしてしまったけど……いやいや、安心なんて全然出来ない。だって私の存在こそが、野望が叶ってしまう最後のキーとなってしまった、ってことだもん。

「お前はもはや、いつでも神になれる状態にある。そしてそれは、長い戦いの末にハイエルフ始祖もついに神へと戻れる機会が訪れたということだ」

この世界に訪れた転機だ、これは。

意図したものではなかったとはいえ、私がこの世界に来てしまったことが、今になってこの世界に大きな影響を与えようとしているんだ。

「元神が……えと、ハイエルフ始祖が神に戻ったら、世界は丸く収まるの……？」

「……そうね。でもそうなったらメグちゃんは」

震える声で確認すると、ピピィさんが少しだけ迷うような素振りで答えた。

「器から、お前の魂が追い出されることはない。神であるために必要な物だからだ。永遠にその器の中でただ存在する。ハイエルフ始祖が許さない限りな。つまり、死ぬこともなければ生まれ変わることもない。……器の争奪戦に敗れれば、お前は未来永劫、その身体の中に捕らわれるだけの魂となるだろう」

え。それって……。つまり、二度と大好きな人たちに会えないということ……？

で、でも、私は幼い頃に幸せそうに笑う大人になった私を見た。だからきっと、きっと……？

そこまで考えて、ヒヤリとした考えが過る。

あの時の私は、本当に私だったのだろうか。

全てが上手くいき、この身体を支配したハイエルフ始祖だったら……？　私を安心させてくれたあの微笑みが、彼の勝ち誇った笑みだったとしたら？

ぐらりと視界が歪む。たぶん、身体も傾いたのだろう、ギルさんがしっかりと抱きとめてくれた。その手の力がいつもよりも強くて、ギルさんもまた不安に感じているのが伝わってくる。でも今はそんなギルさんのフォローをする余裕もない。私はただ、震える身体が崩れ落ちてしまわないよう、足に力を込めることしか出来なかった。

メグちゃん、とこちらを労わるような優しい声でハッと意識を呼び戻された。ピピィさんがそっと私の頬に手を当てて、口元だけで微笑んでくれている。

「あのね。私たち、ずっと準備をしてきたのよ。貴女がいつか、我を忘れてしまった時のために」

私がハイエルフ始祖に意識を乗っ取られた時のため、か……。父様も、魂を分け合う前は何度も意識を乗っ取られていたんだよね。あれが、私の身にも訪れるということだ。それ自体はわかっていたことだけど、この話を聞いたあとだと余計に怖い。

だって、二度と私が戻って来られなかったらどうしよう。私の意識は保たれたまま、この身体の奥に封印されてしまうのかな。これまで私の中で、ううん、歴代魔王の中で過ごしていたレイのように？

そうだ、レイ。彼はずっとそんなに寂しい思いをしてきたの？　それはハイエルフ始祖も、だよね……。ずっとずっと、気の遠くなるような時間を、色んな人たちの身体の中で、誰にも認識されることなく。たった一つの願いだけを抱え続けながら。

ギュッと拳を握りしめる。弱気になっちゃダメだ。同情も命取りになる。それこそ、身体を明け渡す助けになってしまうだろうから。

私は顔を上げてピピィさんに質問をした。相変わらず声が掠れていたけれど、ちゃんと声は出る。よし。

「ピピィさん、その準備というのは？」

ピピィさんはそんな私を見て少しだけホッとしたように息を吐いた。心配させているんだな。申し訳ない気持ちはもちろんあるけど、やっぱりありがたい気持ちが大きい。

「ええ。私の特殊体質は絶対防御。だからね、メグちゃんが意識を手放している間は、私の結界が貴女を包み込むわ。閉じ込めてしまう形になるけれど……」

この身体をハイエルフ始祖が乗っ取っている間は、私を閉じ込めてくれるってこと？　それって。

「貴方が知らない間に、周囲に被害を出してしまわないように。魔物たちを使役してしまわないように、ね」

「っ！」

わかってくれている。私が何に一番傷つくのかを。それを阻止しようとしてくれているんだ……！

じわりと涙で視界が滲(にじ)む。

「ごめんなさいね。本当は、貴女の魂がハイエルフ始祖の魂に打ち勝つ、そのお手伝いを近くでしたかったわ。でも、私もシェルも全盛期ほどの力がない。だから足手纏(あしでまと)いになってしまうと思ったの。しかも、元神様を相手に私の絶対防御がどこまで通用するのかもわからないわ。だから私たちに出来るお手伝いはこれだけなの。無力よね……」

私は滲み出した涙を飛ばすように顔をブンブンと横に振る。きっとたくさん考えてくれたんだ。その上で、自分に出来る精一杯をしてくれている。そうだ、そうだよ。私だって自分に出来る精一杯をしていくしかない。ピピィさんに応えるためにも、私が諦めるわけにはいかないよね。

ピピィさんは一度奥の部屋へと向かうと、大きな石を持って再び戻ってきた。あれは、魔石(ませき)？ すごく大きい。バスケットボールくらいかな？ それに、向こう側がハッキリと見えてしまうくらいに無色透明だ。あんな魔石は見たことがない。隣を見ると、ギルさんも驚いたように目を丸くしている。

「絶対防御を魔石に込めたわ。発動にいくつかの条件が必要になってしまうけれど……その分、防御の効果は同等になるように調整したから。実はね、オルトゥスの力も借りたのよ？ 貴女のお父さんに」

「頭領(ドン)に……？」

ピピィさんがふわりと笑って言った言葉にギルさんが反応した。そうだよね、私もビックリ。だって、今のお父さんは遠出をすることがほとんどないんだもん。ほぼオルトゥス内で仕事をしているのだ。その……寿命が近付いているから。無理はさせないように、ってサウラさんを筆頭に見張っているような感じで。お父さんは苦笑しながらも大人しくそれを受け入れている状態。だから、いつの間にそんな協力をしていたのかって。

「ふふ、力を借りたと言っても通信魔道具で助言をもらったり、人を紹介してもらったりしただけよ。ユージンに無茶なことはさせていないわ」

「そ、そっか。お父さんは顔が広いもんね」

そんな私たちの心配を察したのだろう、ピピィさんはすぐに説明を付け足してくれた。それなら納得。魔石に魔法を込めるだけならハイエルフの人たちにも出来るけど、発動条件を整えたり、力の調整なんかは専門的な知識が必要なんだもんね。私もよくは知らないんだけど。

「私の力を十分に発揮するには、どうしてもこの大きさと透明度が必要だったのよ。両手で持たなきゃいけないくらいだけど、収納魔道具があれば平気かなって思って」

「それはもちろん平気ですけど……こんなに無色透明な魔石、一体どこで……」

オルトゥスでさえ見たことないってすごいと思うんだよね。ギルさんも初めて見たような反応だし。アニュラスの人なら何か知っているかな？　だけど、ピピィさんは人差し指を唇の前に立ててふふっ、と微笑んだ。あーなるほど、内緒ですね！　まぁ、あれほどの魔石の出所なんて知られたら色んな人が狙うだろうし、当たり前ではある。

小さく頷くことで返事をすると、ピピィさんが魔石を私に手渡しながら目を伏せた。

「だから安心して。まずは成人の儀をしてきなさい、メグちゃん。こんな時だけれど、ううん。こんな時だからこそ、お祝いごとはしっかりするべきだわ。ね？」

こんな時だからこそ……。そっか。もしかしたら、今を逃せば私の成人のお祝いはもう二度と出来なくなるかもしれない。そういうことなのだろう。それどころか、私自身がもう二度とこの世に出てくることが出来ない可能性がある。そんな未来は嫌だ。絶対に。嫌だ、けど。

この身体をハイエルフ始祖に受け渡せば、それでこの悲しい魔王の運命を断ち切ることが出来るって考えがどうしても浮かんでくる。お父さんやリヒトのように、急に異世界に飛ばされる人もいなくなるし、魔王が魔力暴走で苦しむこともなくなる。魔物の暴走によって戦争が起こることもない。全てが丸く収まって、平和になるんだ。

そもそも、後から来てこの身体を奪ったのは私の方。本来、私の魂はこの世界に来る予定なんかじゃなかったのだから。とっくに私は死んでいて、どこかで生まれ変わっていたのかもしれない。マキちゃんみたいに、全てを忘れてこの世界に転生していた可能性だってある。せっかく全てが終わるところだったのに、私という存在がいるせいで負の連鎖が続いてしまうんだ。

それがわかっているのに、私はこのままのうのうと幸せに生きていくことが許されるのだろうか。

『神になれば、地上の生き物の寿命を延ばすことも容易い』

私の葛藤を聞いていたのだろう、脳に直接響くあの声が私を誘惑した。神になれば、お父さんや父様が死ななくて、済む……？

「っ、聞くんじゃない！　バカ娘!!」

焦ったようなシェルさんの声が聞こえてきた。えっ、シェルさん？　そんな声も出せるんだ……？　シェルさんがあんなにも慌てているのに、私はそんな呑気なことを考えていた。

次の瞬間、私の目の前にいたのは別の人物で……あまりにも自然に移り変わった光景に思わずきょとんとしてしまう。

「君に術をかけているのは、別の者だよ。メグにもわかるよね？」

目の前にいる人物、レイは唐突にそんなことを言う。前振りも何もなく、まるでついさっきまで普通に会話をしていたみたいに。だけど、なぜか私もそれを不思議には思わなくて、当たり前のように頷きながら返事をした。

「わかります。……でも私、あの声は意思を持った魔力のことだってずっと思ってました」

私が答えると、レイはあははと明るく笑う。

「逆だよ。彼が意思を持っているから、魔力が反応して暴走するんだ。君が魔王の威圧を放った、あの幼い頃からずっと、僕らは君の中にい続けたんだよ」

そんな気はしていたけど、改めて言われると微妙な心境になるなぁ。それってつまり、私のことをずっと見てたってことでしょ？　成功も失敗も、楽しかったことも辛かったことも、恥ずかしかったことまで全部。でもまぁ、神様が相手じゃ知られていても仕方ないかな、なんて諦めにも近い感情を抱く。

「今の僕らは無力だ。でも、彼はその強い意思の力でもって今も野望を果たそうとしている。僕はね、それを止めるために呪いを利用しているんだよ」

呪い……？　あ、さっきシェルさんが言っていたことだ。他種族との間の子には魂が宿らないっていう。呪いなんて酷いと思ったけど、そのおかげでこれまでのハイエルフたちは神となる器を作らずに済んでいたってことだもんね。

私が顔を上げると、レイはただ黙って曖昧に笑った。自分から教える気はないのかな。それならば。私はずっと思っていたことを、確信を持って口にした。

「その彼というのは……ハイエルフ始祖のこと、ですよね？」

「……うん、そう。彼の名前はテレストクリフ。名を知るのは大事だよ。元神を相手に、ほんの一瞬だけでも動きを止めることが出来るから。さて、いいかい？　君が今後、意識を手放した時はいつも彼がその身体を自由に操るようになるだろう」

テレストクリフ。それが始まりのハイエルフの名前。そして、私とこの身体の争奪戦をする相手の名前か。しっかり覚えておかなきゃ。きっと切り札になる。

「魔王の身体もね、元々はみんな一般的な魔力量しかなかった。でも僕らが次代魔王の身体に移り、徐々に目覚めていくことで最終的に三人分の魔力を抱えることになる。これが、魔王の魔力が増加してしまう仕組み」

「さ、三人分……!?」

そりゃあ抱えきれなくなるはずだよ！　パンクするはずだよ！　それも、神様の魔力でしょ？　膨大×膨大じゃん！　他の人はともかく、よく耐えていたよね、私の貧弱な身体がっ。

「だけど不思議なことに、メグの身体に来た時はなぜか僕だけが先に目覚めたんだよ。君が前に魔力暴走しかけたのは、単純に未熟な身体で制御しきれなかったから。もちろん、彼も目覚め始めていたからその影響もあったけどね」

まさかそこで勇者と魂を分け合うなんて思わなかったよ、とレイは困ったように肩をすくめている。そうだったんだ……確かに、前回と今では魔力暴走の感じ方が少しだけ違う。っていうか、三人分なんて絶対に抑え切れないよ。

「彼はそれを全て制御出来る。メグには出来ないことだよね？　わかってる。でもね、メグ。必ず勝って。身体を彼に渡したらダメだ。メグが神になりたいと言うなら止めないけど、彼に譲ることだけはしちゃダメ」

「そ、それは、なぜ……？　全てが丸く収まるんじゃ……」

急に、レイはギュッと私の両肩を掴む。さっきまで明るく笑っていたのが嘘のように真剣な眼差しで。ちょっとだけ肩が痛い。

「それは――」

『この身体は、私の物だ……!!』

レイの言葉と重なるように聞こえたのは、あの声。テレストクリフの声だ。レイの声が掻き消えてしまうほど、脳内に直接響いてくる。

「クリフ！　どうしてわからないの⁉」

激しい頭痛に目を閉じたのとほぼ同時に、レイの悲痛な叫びが微かに聞こえてきた。

4　準備期間

どうやら夢の中でのやり取りは、ほんの瞬き程度の出来事だったらしい。

痛みを僅かに感じる肩は、ギルさんの手によるもののようだ。倒れかけた私を咄嗟に支えてくれたみたい。何度もごめんなさい。

「どうやら、時間がないようだな」

「……はい」

ギルさんやピピィさんは、この一瞬に何が起きたのかわかっていない。心配そうに私のことを見ているから。それも当たり前だよね。本当に一瞬だったんだもん。でも、私は今もハッキリ覚えている。レイとの会話や、テレストクリフの声を。

「迷うな。迷えば、奪われる」

「わかって、ます」

「ふん、どうだか」

シェルさんにも見えていたのだろう。あの場でのやり取りが。見えていた、というよりは聞こえていた、が正しいかな？　突き放したような態度は相変わらずだけど、今はこれを理解してくれる存在がいるってだけで心強い。

確かにね？　言いたいことはわかりますとも。いくら頭でわかっていても、お前は迷うんだろって言いたいんでしょ？

その通り過ぎて辛い！　ええ、迷いますよ！　グラッグラですよ！　自分でもどうしようもないなって、ため息吐きたくなるよ！

だって、お父さんと父様のことを持ち出すなんて、ずるい……。デリケートな問題に口を出さないでほしい。ほんの少しだけ、助かる道を望んでいるからこそ揺れてしまう。それを責められたくはないよ。仕方ないじゃないか、大好きな二人なんだもん。

ええい、ともかく！　レイも最後に言っていたように、身体を受け渡すのだけは阻止しないと。それで全てが丸く収まるんじゃないかって少しは思っちゃうけど、今はレイの言葉を信じる他ない！

「メグ、大丈夫なのか。いや、この聞き方は無神経かもしれないが……」

シェルさんが奥の部屋へと去っていくのを見届けてから、ようやくギルさんが口を開いた。

大丈夫かどうか、ね。まぁ、あんまり大丈夫ではない。その答えをわかっているから、こんなに申し訳なさそうなのだろう。助けたいのに何も出来ないのって歯痒(はがゆ)いよね。その気持ち、痛いほどわかるよ。だから私は、ギルさんにお願いをすることにした。

「ね、ギルさん。これはギルさんが持っていて。だって暴走をした時に私がこれを持っていたんじゃ、使えないでしょ？」

さっきピピィさんから受け取った魔石を差し出しながら、私は小さく笑う。ギルさんはそんな私と魔石を交互に見た。

「ギルさんなら、いつも私の側にいてくれるからすぐに使ってもらえる。一番安心だよ」

「メグ……」

「側に、いてくれるでしょ……？」

「当然だ……！」

ギルさんが再びギュッと私を抱き締めた。その腕の中で目を閉じ、温もりを堪能しながら思う。

この魔石が必要になった時は、私の自我が失われている時だと。

最初から誰かに託すつもりではあった。そう考えた時、最初に思いついたのはギルさんだから。

いつも側にいてくれるし、実力的にも適任だ。というか、他にはいない。

身体を少し離してから魔石をギルさんの手に渡し、そのままギュッと手を包み込むように握る。

私の手の方がずっと小さいから、ちっとも包めはしないんだけど。

「ピピィさんには感謝だよね。もちろんシェルさんにもだけど……この魔石のおかげで、あの約束を果たさなくて良くなるかもしれないもん」

私が魔石を見つめたままそう言うと、ギルさんが僅かに息を呑むのがわかった。そう、ギルさんにしか頼めないあのお願いごとのことだ。

あの時、私はギルさんに残酷なお願いをした。もしもの時、私を止めるのはギルさんであってほしいっていう……そんな意味のお願いごと。

いくら私がポンコツでも、これだけの魔力を保有した存在が自我を失って暴れたら、被害は甚大なものになる。絶対に止めなきゃいけないけれど、オルトゥスの人たちはきっと私に攻撃するのを躊躇うはず。だって、あんなに大切に見守ってくれていた優しい家族だもん。他の人だってそうだ。むしろ、私が攻撃されるのを阻止しようとする人もいるかもしれない。それほど愛されているって自覚はあるから。自惚(うぬぼ)れではないと思うんだ。

だから、ギルさんに頼んだのだ。ギルさんが私を攻撃することは、誰にも止められないと思って。実力もあるし、何より私の番だから。彼が私を攻撃するという意味を、誰もが察してくれるはずだ。とても残酷なお願いだったけど、ギルさんにしか頼めないことなのである。

でも、今日ピピィさんにこの魔石をもらったことで、私を倒すことなく無力化出来るかもしれないんだ。みんなの心を傷つけなくてすむ。本当にありがたいって思ってるんだよ。

「これでも抑えきれない場合とか、そもそもこれを使う時にどうしようもなくなったら……やっぱりお願いすることになると思う。一番大切なことを頼んでるんだよ。だから、今何も出来ないって嘆(なげ)かないで。悲しまないで。ギルさんがいるから、私も安心して頑張れるの」

そのまま、私はポスンとギルさんの胸に頭を預けた。

酷いヤツだよね、私。一番辛いことを押し付けてさ。もし逆の立場だったら、私はギルさんを攻撃出来ない気がするのに。罪悪感でいっぱいだけど、謝っちゃダメだって思う。それをギルさんは望んでいないもんね？

「ああ、わかっている。覚悟も、出来ている」

ギルさんはハッキリとした口調でそう答えると、私の頭を抱きしめた。ほんの数秒間だけ身を任せた後、私は顔を上げてギルさんと目を合わせてふにゃりと笑う。

その時、タイミングを見計らったかのようにピピィさんから声をかけられて、私たちは二人同時に振り向いた。み、見られていたんだなと思うとちょっと恥ずかしいけど、ピピィさんならまぁいいかと思い直す。

「メグちゃん。改めて成人おめでとう。その魔石は私とシェルからの祝いの品だと思ってね」

「ピピィさん……はいっ！　ありがとうございます！」

そっか、成人のお祝い……。最高の贈り物をもらっちゃったな。それなら、私は立派な大人になった姿を見せることでお返ししたい。

「他にも、色々とありがとうございました。シェルさんにも伝えてもらえますか？　……聞いているとは思いますけど」

「ふふっ、そうね。任せてちょうだい！」

ピピィさんと笑い合って、小屋で別れを告げる。郷を出るまでの間は、自然とギルさんと手を繋いでいた。

伝わる温もりは、他のどんなものよりも私を勇気付けてくれた。

オルトゥスに帰ると、みんなが一斉に心配顔を向けてきた。いやはや、本当にすみません。ただ、私自身が詳しい事情を話せないってことを知っているから、誰も何も聞いてこなかったのは救いだ。察してくれる皆さん、有能だし優しい。

もちろん、サウラさんには全部伝えたよ。ギルさんが。私も所々で相槌を打ったりしたけどね。どこまで話せるのかがわからない分、ギルさんに説明を頼んだ方が安心なのである。べ、別に私が説明下手だからってだけではないのだ。うん。

「なるほどね……。色々と衝撃的な事実を知った気がするわ。つまり、メグちゃんの魔王としての魔力暴走はもう間近に迫っているってことよね？」

サウラさんの確認に、私は神妙に頷く。このくらいは大丈夫みたいなので。

「それは、今の魔王と……頭領の寿命が尽きようとしている、ってことでしょう？」

「そう、なるな……」

さすがはサウラさんだ。鋭い。そして、オルトゥスの統括としてかなりショックを受けているだろうに、それを微塵も表に出さないのがすごい。これから忙しくなることを瞬時に察してくれたのだ。本当に頼りになる統括さんである。

「ピピィさんは、まずは成人の儀を済ませなさいって言ってくれました。……出来るうちに、と」

「……そう、ね。頭領や魔王様がメグちゃんの晴れ姿を見られないなんてことがあったら、祟られそうだもの！」

「ふふっ、そうですね」

強い人だなぁ。私があまり思い詰めないように、冗談まで交えるなんて。内容自体は冗談とも思えないものだったけど。本当に祟られかねない……！

「メグちゃん。成人の儀はいつまでにやれば間に合うかしら」

サウラさんが少しだけ心配そうに私に聞いてくる。そうだなぁ、正直に答えるとお父さんたちの死期を伝えることになってしまうよね。答え方には気をつけなきゃ。はっきりとした日数さえ教えなければ大丈夫、かな？　そうなると結局、ほとんど何も言えないんだけど。

「……出来るだけ、早い方がいいです」

苦肉の策として曖昧にそう答えた私に、サウラさんは文句を言うことなくニッコリと笑った。

「わかったわ。三日後！　三日後にメグちゃんの成人の儀を行うわよ！　ギル、主要メンバーに伝達をお願い」

「わかった」

そして、いつものテキパキとした仕事ぶりを発揮するサウラさん。もう、もう、大好きっ！　その気持ちが溢れてしまって、私はついサウラさんに抱きついてしまった。

「わっ、もう、何？　メグちゃんったら。成人しても甘えん坊は変わらないのね？」

「ううっ、サウラさんにハグ出来なくなるなら、一生甘えん坊でいいです、私ぃ」

「うふふっ、役得ねー！　私も同感！　一生甘えん坊でいてー、メグちゃーん！」

すでに私はサウラさんよりもずっと大きくなってしまったけれど、いつまでたってもサウラさんは私のお姉さんだ。

ギュッと抱き締め合う私たちを、ギルさんはもちろんオルトゥスの皆さんが揃って温かな目で見守ってくれていた。

それからドタバタと時間が過ぎ、私は夜遅くになってようやく自室に戻って来た。成人を迎えた今日という日は、なんだかとても長い。色んなことがありすぎたからね……。ハイエルフの郷にも行ったし、今こうして自室にいるのが不思議なくらいだ。

今すぐベッドに潜り込んで眠りたいところではあったんだけど……私の今日はまだ終わらない。

と、いうのも。

『ご主人様ーっ！　成人おめでとうなのよーっ！』

『主様っ、おめでとーっ！』

『ご主人、めでたいんだぞーっ！』

ショーちゃん、フウちゃん、ホムラくんがクルクルと私の周りを飛び回りながらずーっとお祝いの言葉をかけてくれており、

『ふむ、ついに成人か。とてもめでたいのだ』

『おめでとぉ、メグ様ぁ』

『ふふふーっ、今日はお祝いやなーっ、メグ様っ！』

私の膝枕で寛ぐシズクちゃん、肩に乗って眠そうなリョクくん、グイグイと腕を引っ張るライちゃんにキラキラな目で見つめられているからです。これは休めない……っ！

「みんな、ありがとう！　すっごく嬉しいよーー！」

可愛すぎて、眠気も吹き飛んじゃうよねーっ！　思えば、ひっきりなしに精霊たちが祝福に来てくれていたし、ハイエルフの郷では話している間ずっと我慢してくれていて、今ようやく契約精霊

たちとの時間が取れたのだ。

最初にお祝いの言葉をたくさんかけてくれていたけど、向き合ってあげられなかったもんね。お利口さんでずーっと待っていてくれていたみんなに、しっかりお祝いされようと思います！

『今日は色んなことがあって大変やったなぁ。きっと、これからもーっと大変なんやろ？　わかるでぇ』

『そ、それでも、ボクたちはメグ様の力になるからねっ』

ライちゃんとリョククんの言葉が沁みるぅ！　他のみんなもそうだよー、と頼もしい相槌を打ってくれていて、本当に心強いよ。

でも、大切なことはきちんと伝えないといけない。私は一度みんなに集まるように言うと、神妙な顔で口を開く。

「あのね。私が魔力に呑み込まれて、暴走してしまった時のことをちゃんと伝えておこうと思うの」

ベッドの上に並んで座り、私の顔を見上げてくる精霊たち。シズクちゃんだけは大きいので伏せの姿勢なんだけど、そのお腹周りにみんなが集まって座っている形だ。か、可愛い。いやいや、今は真剣な話をしているところである。キリッ。

「どうしても、その時は来ると思うんだ。そこで一つ確認しておきたいんだけど……みんなは、私が力に呑み込まれたかどうかって気付けるかな？」

私が訊ねると、みんなはそれぞれ顔を見合わせながら首を傾げている。その様子を見るに、その時になってみないとわからないのかも。もしくは、ハッキリと言えるほどの自信がないのかな？

それも仕方のないことだよね、と思い始めた時、ショーちゃんがハイッと手を挙げた。

『ショーちゃんは気付けるのよ。最初の契約精霊だもの！　それにね……あの、全部、聞いているのよ？』

「あ、そうか……」

全てを言わない配慮をみせてくれたショーちゃんはやっぱり有能だ。つまり、私の中にいるレイの言葉も、テレストクリフの言葉も聞こえているって言いたいんだよね。

「じゃあ安心だね。ショーちゃんはそれをみんなに伝えてね」

『任せてなのよーっ!!』

とても頼もしい最初の契約精霊だね。指先でそっと撫でると、ショーちゃんはくすぐったそうに目を閉じて擦り寄って来た。

思えば初めてショーちゃんと出会った時、すぐにこの子と仲良くなりたいって思ったっけ。シュリエさんのアドバイス通り、心に従ったんだよね。あの時は声の精霊の能力をよく知らなかったから、心配もされたけど。でも、ショーちゃんは私にピッタリの契約精霊だなって改めて思う。このとても難しい状況に対応出来る精霊なんて他にいないよ。

ショーちゃんがみんなに伝えてくれて、みんなが協力して私を助けてくれる。幸せだな、大切にしたいなって思うじゃない。私は一度きつく目を閉じてからゆっくりと開いた。

「それで、その時はどうしてほしいかって話なんだけどね。……出来るだけ、私から離れていてほしいの。もちろん、私が我に返ったら戻って来てもらいたいけど」

これを伝えるのはとても心苦しい。案の定、精霊たちは立ち上がったり体を起こしながらすぐに反論をし始めた。

『そんなの、嫌だよっ！　アタシたちも主様の力になりたいもんっ』

『そうなんだぞ！　ご主人を置いて逃げるなんて出来ないんだぞっ！』

フウちゃんとホムラくんの言葉に賛同するように、みんなが口々に嫌だと告げる。その気持ちが嬉しくて涙が出そうなくらいだったけど、ここは私も譲れないのだ。

「ありがとう。でも聞いて？　魔力に呑み込まれたら、一番に影響を受けるのはみんなの。だって、みんなは私の魔力を貰(もら)っているでしょ？　もし利用されでもしたら……私は後悔してもしきれないよ」

私の身体を使うということは、私の魔力を使うのと同じこと。正確には私やレイ、テレストクリフはそれぞれ違う魔力を持っているけど、混ざり合っているからね。

そして、その魔力にこの子たちは抗えないのだ。私の命令に逆らえないのと同じで。私の身体で、魔力で出された命令には従うほかない。

乗っ取られても、自然魔術を使わないかもしれない。彼らは独自の魔術を使うだろうから。それでも、万が一があるって思うと……怖いんだよ。

「お願い。もし私を大好きって思ってくれているのなら、私のために離れていてほしいの。私ではない誰かに、みんなが好きなように操られるのは嫌なんだよ」

みんなに向かって頭を下げてお願いする。これぱかりは譲れない。大切なみんなのことを守れる主人でありたいのだ。

しばらくの間、沈黙が流れた。最初に声を上げてくれたのはやっぱりショーちゃんだった。

『わかったのよ……それが、ご主人様のためになるのよね？』

「うん。大切なみんなが無事であることが、一番の願いなの」

とても悔しそうに、それでいて決意に満ちたピンクの目が私を真っ直ぐ見ている。私も、そんなショーちゃんの眼差しを正面から受け止めてから明るく笑ってみせる。

「大丈夫。私は絶対に戻ってくるから！　魔力になんて、負けないんだから！」

レイのことやテレストクリフの名前は出せないから魔力、と言っているけど、ショーちゃんには伝わっていると思う。そう、負けない。どんなに甘い言葉を投げかけられても、絶対に揺れるもんか。そのためにも、もう一度お父さんや父様と話す必要がある。

この迷いを、一切なくすために。確認することもあるし、準備だってこれからだ。そのためにまずブレない心を持たないといけないもん。

『ご主人様の言う通りにするの。ショーちゃんに任せて！　だからね、今はー』

『そうねっ！　今はー！』

『今は！　オイラたちを甘やかすんだぞっ！』

みんなどこか納得はいっていない様子だったけれど、明るい声で了承してくれた。本当に優しくていい子たち。命令で言うことを聞かせたくはなかったから、みんなが渋々ながらも了承してくれて良かったよ。

そのお返しなのか、なんなのか。みんなが揃っていたずらっ子のような雰囲気を醸し出して私に飛びついてくる。あまりの勢いにベッドの上でころんと転がってしまう私。

「あははっ、お安い御用だよ！」

どうやら今夜は、まだまだ眠れそうにないみたい。

私の成人の日は、精霊たちのことを順番にギュウギュウ抱き締めるという幸せなひと時を過ごしながら終えたのでした！


翌朝、私はまだ眠い目を擦りながら起き上がって食堂に向かった。

昨日は色々とあったからか、ギルさんが部屋の外で待っており、眠そうな私を見て心配そうな顔を浮かべている。あ、いや。この寝不足は別の理由があるのです。ギルさんの心配を解消するため、精霊たちとのことを話すとようやくクスッと笑ってくれた。ね？　これじゃあ寝られなくなっちゃうでしょ？　わかってもらえますぅ？

「今日は忙しくなる。途中で辛くなったらすぐに言え。休む時間をつくるから」

「忙しく……？　何か急ぎの予定があったっけ」

言われてもいまいちピンとこない。そりゃあ確認しなきゃいけないこともあるし、覚悟も決めなきゃいけないし、忙しくはあるけど……具体的に何をするかの予定はまさに今日、確認するつもりだったから。それとも私がまだ寝ぼけているだけで、決めたことがあったっけ？

「成人の儀は二日後だ。衣装を注文しないといけないだろう」

「あっ、そっか！　またランちゃんには無理をお願いすることになっちゃうなぁ……」

なんだかんだで、ランちゃんにはお世話になりっぱなしだ。しかも、いっつもギリギリになって頼むことになっちゃって申し訳ない。

「アイツは急ぎじゃなくても、お前の服は半日で仕上げるだろ」

「……そういえば、そうかも」

項垂(うなだ)れていると、ギルさんにごもっともなことを言われた。よくよく思い出してみれば本当にその通りで、ランちゃんったら仕上がりはいつでもいいと言っているにも拘(かか)わらずその日の夕方、遅くとも次の日には仕上げてくるんだよね。なんでも、メグちゃんの服はインスピレーションがすぐに下りて来るから楽しい、だったかな。

いや、そうは言っても期日がギリギリの注文っていうのはあんまり良くないだろうし、何かお礼を考えないといけないな。全てが終わって、解決したらになってしまうかもしれないけれど。

「それに、成人の儀の衣装なら形は決まっている。いつも以上に早く仕上がるんじゃないか」

「あ、そうだったね。でも、それならどうして急ぎで注文しないといけないの？」

「服はともかく、宝飾がな。記念に残るものだから、デザインから何から本人が決めて注文することになっている」

そうなの⁉　それは初耳なんですが！　すごく驚いていると、すでに誰かから聞かされていると思っていた、とギルさんに言われてしまった。アドルさんに成人の儀について聞いた時も、なんか似たような会話をしたなぁ……。亜人あるあるだ。

と、いうか。前に聞いた時は皆さん「これといって準備するものはない」って口を揃えて言ってませんでした？　たぶん、今は大丈夫って意味だったんだろうなぁ。これまた亜人あるある。感覚の違いというやつである。あはは……。ぐぬぬ、仕方あるまい。それなら確かに、急いで注文しにいかないとだよね。

ギルさんが一緒にお店に来てくれると言うので、朝食を済ませた私たちはすぐに宝飾店へと向かった。

宝飾……宝飾かぁ。成人の儀で身に着けるアクセサリーではあるんだけど、決まった形は特にないらしい。儀式の当日だけ身に着けていれば、あとは常に持っている必要もないのだとか。成人した証しに記念品として生涯大切にするものなんだって。

ちなみにギルさんは小柄（こづか）にしたと言いながら、刀の鞘（さや）の裏側を見せてくれた。そこには小さな小刀が納められていて、ちょっとした細工をするのに使えるけれど使ったことはないと教えてくれた。刀をまじまじと見るのも初めてだけど、裏側なんてもっと見る機会がないから知らなかったな。よく見ると、小さな魔石や宝石が埋め込まれていてとても綺麗。石はどれも黒とか透明とか、目立たない色なのがギルさんらしい。

本当に何でもいいんだな、と思うと同時に、さて自分はどうしようかと考える。正直、アクセサリーは色々持っているので悩むなぁ。ブレスレットも、ネックレスも、イヤーカフだっていつも身に着けているから、これ以上ずっと身に着けるとなると考えてしまうのだ。あ、身に着けなくてもいいんだっけ？　贅沢（ぜいたく）な悩みである。

「指輪はどうだ？　邪魔になるか？」

「指輪はー……あー、えっと」

「？　どうした」

悩む私にギルさんが提案してくれた。してくれたんだけど……そのぉ、指輪は特別というか。この世界ではそういう習慣がないから、ギルさんにはピンとこないのはわかってる。でも、やっぱり憧(あこが)れるので思い切って白状した。

「……前世の世界ではね？　指輪は、恋人からの贈り物、みたいなイメージがあって。その、結婚した人は、左手の薬指にお揃いの指輪をするの。も、もちろん、他の指にすればいいだけの話ではあるんだけどっ！　は、初めての指輪は、そのぉ……」

「わかった」

私が全てを言わずとも理解したらしい、ギルさんは言葉を遮ってニヤッと笑う。

「それなら俺が贈るまで、指輪は禁止だな？」

ボッと音が出そうな勢いで顔が熱くなってしまう。まるで催促(さいそく)したみたいですっごく恥ずかしいんですがっ！　いや、催促したようなものだけどっ！

「ご、ごめんなさい！　なんかワガママを言ったみたいになっちゃって」

「メグはあまりワガママも言わないし、欲しいものも言わないだろう。貴重なことを聞けたんだ。お礼を言うのはむしろ俺の方だな」

「絶対、お礼を言うのは私の方だと思いマス……」

　そんなやり取りを挟みつつ、あれこれと悩んだ結果、私が選んだのは根付だった。ギルさんの小柄を見て、私も小型ナイフを常に持ち歩いているから鞘に付けられたらいいかなって思って。なんだか、お揃いを意識したみたいで恥ずかしくはあるんだけども。

　お店でそういった旨を相談したら、それなら鞘に埋め込みましょうか？　という提案をしてくれた。普段は鞘に綺麗に嵌まるようにしておいて、外せばペンダントトップに出来るようにするのはどうか、って。おぉ、そんなことも出来るんだ！　素敵な提案にすぐさまそれでお願いしますって頼んじゃった。埋め込みタイプっていうのがますますギルさんの真似をしたみたいになっちゃったけど、いっか。嬉しいし。

「石の種類はどうしましょう？」

「うっ、私、宝石には詳しくなくて……」

「それでしたら、好きなお色をお聞かせください。その中からいくつか見本をお持ちしますので！」

　店員さん、とっても丁寧！　でも、一生残る物だと思うと好きな色と言われてもなかなか選べない優柔不断な私。どれも良さそうだなって思っちゃうんだもん！

　そんな私に店員さんは、悩む人は自分の髪や瞳の色を選びますよ、と言ってくれた。なるほど！　そうしよう！　私は素直なのである。

　そんなわけで、淡いピンクと藍色の透き通った宝石を選び、小型ナイフを預けて本日は終了。ふー、なんとか決まって良かったぁ！

その後、慌ただしくあれやこれやと準備を進め、儀式の時に言うらしい文言を覚え、衣装を合わせ……あっという間に時が過ぎて、ついに成人の儀の当日を迎えた。

朝早くから例の教会に向かい、そこで衣装を身に着ける。衣装といっても、普段着の上から深い青紫色のローブを羽織るだけって感じなんだけどね。そのローブがお洒落で、なんだかカッコいいのだ。

フード周りや袖、襟、裾には金糸で複雑な文様が刺繍されている他は特に装飾のないシンプルな作りになっていて、それがまた大人っぽい。まぁ、大人になる儀式なんだから当然のデザインなのだろうけど。

ちなみにこの刺繍は一着ずつ手作業なのだとか。この時の衣装だけは魔術に頼らないんだって。……短時間で仕上げたの、すごすぎない⁉ もうランちゃんに足を向けて寝られませんね、これは。

「お、いいじゃねぇか。メグ、似合ってんぞ」

「お父さん！　わわ、神父さんみたい！」

「言うな、気にしないようにしてんだから」

いつもはスーツに身を包んでいるから、違う服装ってところがもうすでに新鮮なんだけど、それがまた神父さんのような服だったから違和感がすごい。思わず噴き出して笑っちゃった。似合わないわけじゃないよ？　ただ違和感がありすぎるだけで。

「まさかまたこれを着ることになるとはなぁ……」

「前にも着たことがあるの？」

「おう、レキの時だな」

あ、そっか。レキはオルトゥスに来てから成人したんだっけ。仲間になった時はギリギリ子どもだったんだよね、確か。じゃあ私とレキはお父さん立ち会いで成人した仲間ってことか。ふふっ。

「だが、娘の成人に立ち会えるのは嬉しい限りだ」

「うむ、その通りであるぞ！　ユージン！」

「父様！」

お父さんと二人で話していると、背後から父様が現れた。お父さんと同じ衣装を身に着けているんだけど、こちらは普段から似たような服装だからかあまり違和感はない。

そう、本当は成人の儀で保護者として立つのは一人だけなんだけど……今回ばかりは私のワガママを通してもらった。……出来ることなら、結婚式に来てもらいたかった二人だから。

ギャーギャーといつも通り言い合う二人の前に一歩出る。まだ控室にいる今しか聞けないことを聞かないといけない。今、この場には私たち三人だけしかいないからね。

「お父さん、父様。聞きたいことがあるんだ」

ちょっとだけ声が震えたかもしれない。それに気付かない二人ではないだろうから、取り繕わずにこのまま続ける。

「二人は……自分の寿命があと何日か、感じているんだよね？」

数秒だけ二人が黙り込んだ。もはや、それが答えだ。

「……メグは知っているのか」

お父さんに静かにそう問われ、小さく頷いた。それを見て、そうかとだけ答えるとお父さんは再び黙り込む。その間に、私がさらに話を続けた。

「オルトゥスのみんながね、私が成人した後は結婚式を挙げてくれるって言っていたでしょ？　でも、それには……間に合わない。そうだよね？」

「……ああ。そうであるな」

今度は父様が、あまり間を置かずに重苦しく答えてくれた。こういうところで嘘を吐いたり誤魔化したりしないでくれるのが、二人の優しさだ。

「あのね、答えはわかってるんだ。わかってるんだけど、二人の口からハッキリと答えが聞きたいの」

まずは、ちゃんと前置きをする。この質問は、ただ私が迷わないでいられるようにっていう自分勝手な質問で……本当は、二人に聞くようなことじゃないのもわかっているんだ。ワガママな娘でごめんね。酷いことを聞いてごめんね。でも、どうか背中を押してください。

「二人は……もしまだ生きられるのなら、何が何でも生きたいって思う？」

私が神になれば、あるいは身体を譲れば、二人を延命させることが出来る。その誘いは正直、とても魅力的だった。

二人には死んでほしくない。これは私だけの願いではないはず。オルトゥスにとっても魔王城にとっても、二人の存在はとても大きいから。今や魔大陸全土で、必要な存在なのだ。私よりも、ずっと。

二人を知るほとんどの人が、死なないでほしいと願っているよね。延命出来るのなら何を犠牲にしても、って思う人はたくさんいると思うのだ。その手段があるのに、私はそれをせず自分のために生きようとしている。生きたいと思ってしまっている。

罪深く感じるけれど、二人の寿命を弄(いじ)ることの方が罪深いとも思う。どちらを選んでも、このままでは後悔してしまいそうなのだ。

だから迷う。私の中の醜(みにく)い感情が、人に答えを求めている。自分で決められないからって。

二人が生きたいと願ったら、神になってもいいかもしれないって思う自分もいるから。それが魔大陸にとって良くない未来を招くとわかっていても、二人に生きていてほしいと願ってしまうんだよ。

でも、今の私はギルさんとともに生きたいという気持ちが強い。それに二人が延命を望んでいないのもわかっていた。

背中を押してほしい。許してほしい。後からこの身体を乗っ取ることになった私に、この先も生きることを。

お父さんと父様は一度互いに顔を見合わせた。それから小さくため息を吐き、肩をすくめている。

先に口を開いたのは、お父さんだった。

「その質問をするってことは、だ。手段があるんだな？」

「そしてその手段を選べば、メグの不幸に繋がるのであろうな」

驚いてバッと顔を上げる。二人は困ったように微笑みながら私を見ていた。

ああ、そうか。筒(つつ)抜けなんだな。察しの良すぎる二人の相手が、すぐに顔に出る私なんだから当然ではある。それでも、何も伝えられない今の状況でそこまで気付けるなんてさすが父親たちって感じだよ。

「なら、答えは決まりきってる」

「当然であるな！」

二人はいつの間にか笑っていた。悪友同士でニヤッと。

「『答えは、ノー！』」

息もピッタリである。あまりにも楽しそうにするから、ぽかんとしてしまった。

「俺たちは十分生きたからな。可愛い娘にも会えたし、思い残すことは……まぁ、あるが。ギルのヤツをとっちめてやりたかった」

「完全な同意であるぞ……あの男、メグを泣かせたら霊魂だけになってでも呪ってやろうぞ……」

怖い怖い！　そんなところまで息を合わせなくていいよっ！　けど、おかげでどんよりとした気持ちが晴れていくのがわかる。二人の気遣いが、痛いほど伝わって来た。

「そうか、メグ。だから今日は我とユージンの二人にやってほしいと言ったのだな」

「泣かせるじゃねぇか。……ありがとうな」

鼻の奥がツンとしてきたところへ、二人がしんみりとそんなことを言うものだからもう我慢出来ずにポロポロ涙を流してしまった。

ああ、もう。これから成人の儀が始まるっていうのに。案の定、父様が慌ててタオルを出してくれた。私だって持っているのに過保護だなぁ、もう。

「お前とギルの結婚式になんか出たら、ムカつきすぎて絶対邪魔することになるから、いいんだよ」

「我も間違いなく雷を落とす……ああ、メグ。今日、ここで晴れ姿を見られるのだから、我らはもう何も思い残すことはないのだ。だから」

ああ、目の前にいる二人はこんなにも元気なのに。あと数日でこの世を去ってしまうだなんて、とても思えない。

「この先もずっと、幸せな日々を送れ。それが一番の望みであるぞ」

「だな。俺らみたいに、寿命でその人生を閉じるまで楽しく生きろ」

やだなぁ、まったく。私の寿命がどれほど長いと思っているの。でも、それが二人の意思だというのなら。

送ってやろうと思う。幸せな人生を。

私は拳をギュッと握りしめながら、二人に笑顔を向けた。

5　成人の儀

厳(おごそ)かな雰囲気の中、儀式は行われた。緊張するし、見に来てくれた人がみんな笑顔で見守ってくれていたから、なんだかくすぐったい気持ちだ。

私は一段高くなっている祭壇の前まで歩み、立ち止まった。祭壇を挟んだ先には、私と向かい合うような形でお父さんと父様が並んで立っている。威圧感がすごい。こういうきちんとした場でこの二人が並ぶと圧巻だなぁ。

っと、早速始まるんだからぼーっとなんてしていられないね。お父さんに視線で促された私は片足を少し後ろに引いて頭を下げた。

「この世に生まれ、百の年を迎えし者よ。今日この日を人生の節目とする。ここに宣言せよ」

父様の低くて良く通る声が静かな教会内に響く。その声をしっかりと聞き、私は身体を起こした。

「私、メグは……本日より成人としての自覚を持ち、己に恥じぬよう生きるべく精進いたします」

簡単な言葉を自分なりの言葉で告げる。これでいいかな？　おかしくないかな？　ドキドキしながらも大きな声を意識した。だって、一生に一度のことだから。

父様はそれからフワリと微笑み、ピンクと藍色の透明な宝石が埋め込まれた根付を恭しく差し出してくれた。それを私も畏まって受け取る。

「この者の成人を認める者は、盛大なる祝福を！」

最後にお父さんがニッと笑って締めの言葉を言うと、みんなが一斉に拍手を送ってくれた。さっきまでとても静かだった教会の内部がワッと急に騒がしくなっていく。

「成人おめでとう、メグ」

「メグ、おめでとう。これでようやく我らの仲間入りであるな」

お父さんと父様が順番にお祝いの言葉を告げた後、次から次へと私にお祝いを言いに来てくれるオルトゥスの皆さん。おかげであっという間にもみくちゃにされてしまった。

なんだか照れくさいな。と同時に、ついに私はちゃんとみんなに認められる形で大人になったんだなって思った。

そうは言っても、何かが変わったような気はしないけどね。相変わらずダメなところも多いし、こんなんで大人といってもいいのか、って不安にもなるよ。思えば、前世で成人式をした時もこれといって実感はなかったような気がする。まぁ、そういうものなんだろうな。

大切なのは自覚を持つこと。そこからどう行動するのか、だよね。自分の言動に責任を持つように意識しなきゃ。出来るかはさておき、心掛けはします。

なーんて、真面目に考えるのはおしまい！　だって、目の前ではすでにどんちゃん騒ぎが始まっているから。お祝いに来てくれた人たちが、用意していた食事を食べ、お酒も飲み始めている。せっかく私のお祝いなんだもん。私が楽しまなくてどうする！　私は小走りで賑（にぎ）やかな場所へと突撃した。

「メグーっ！　おめでとー！」

「わ、アスカ！　ありがとう」

広場の方に向かうと、アスカが駆け寄ってくれる。両手にグラスを持っていて、琥珀（こはく）色の飲み物が入った方を手渡してくれた。

「はい、これ。すこーしだけアルコールが入ってるんだって。メグ、大人になったら飲みたいって言ってたでしょ？　貰って来たんだー！」

「お、お酒だぁ！　ありがとう、アスカ」

「あ、もちろんぼくはまだ飲めないのでジュースでーす」

「ふふっ、アスカもすぐ成人になるよ。その時は、一緒に飲もうね」

私とアスカは数年ほどしか差がないからね。気付いた頃にはアスカも成人しているだろう。でも、その時に私はちゃんと私でいるだろうか。それが少し不安だけど……いやいや、そんな弱気じゃダメだよね。絶対にこの約束は守ってやるんだから。

「……メグ」

「えっ、あ、ギルさん」

早速、アスカと乾杯しようとしたところで、背後からストップの声がかかる。振り返ると、ギルさんが腕を組んで不機嫌そうな顔を浮かべていた。あれ？

「酒を飲むなら、俺が見ているところで飲め」

ああ、まぁ、確かに私ってすごくお酒に弱そうだもんね。前に、うっかりアルコール入りの甘酒を飲んじゃった時はハグ魔になったっけ。その程度なら可愛らしいものだと思うんだけど……ぶっ倒れでもしたら心配かけちゃうか。ないとも言い切れないのが情けないところである。

「うわー、過保護ぉ。いーじゃん、これはぼくがメグと約束してたことなんだからーっ」

「飲ませるなとは言っていないだろう。俺が見ている場所でなら構わない」

「二人の時間を邪魔しないでよねっ！」

「それは邪魔するに決まっている」

「あーもー！　面倒くさーい！」

あれ、ちょっと他のことを考えている隙に変な空気になってる。な、なんでこんなことに？　と、とにかく、まずはこの場をなんとかしないと。私は睨み合ってバチバチ状態のギルさんとアスカの間に割って入った。

「まぁまぁ。早く乾杯しよ？　ね？」

私が口を挟んでも、アスカは不満げに口を尖らせており、ギルさんは眉根を寄せていた。でも、すぐに言い合いは止めてグラスを持つ手を上げてくれたよ。ホッ。

「……ま！　せっかくのお祝いだもんね。ごめん、メグ。よし！　気を取り直してかんぱーい！」

「うん！　乾杯！」

さっきまでピリピリしていたのに、一瞬でご機嫌になるアスカの切り替えの早さにはいつも驚かされるね。

さて、私もお酒を飲んでみよう。グラスに口を近付けると、ふわりと甘い香りが漂う。加えて懐かしいアルコールの香り。そのままゆっくりと琥珀の液体を口の中に流し込んだ。

「ん、おいしい！」

たぶん、アルコール度数はすごく低いものだろうけど、この身体にはちょうどいいかもしれない。ただ、飲みやすいからグビグビいっちゃいそうなのが要注意だね。このグラス一杯分くらいなら大丈夫かなぁ？

「メグ、飲むだけではなく何か食べろ。酒だけでは酔いやすい」

「あ、そっか。わかった！」

美味しいご馳走もたくさんあるわけだし、食べないという選択肢は元々ない。フラフラになって楽しめなくなるのはもったいないので、先に食べないとね。悪酔いしないためにもっ！

「じゃあメグ、一緒に取りに行こ！　……ギルは来なくていーからね！」

「……ここで待っている」

「えっ。自分で言っておいてなんだけど、いいの？」

「目が届く範囲にいるなら、問題ない」

どうやら、ギルさんが妥協してくれたらしい。アスカが目を丸くして驚いている。

「珍しー。それとも、番の余裕ってヤツ？」

「……気が変わるかもしれないな」

「あっ、ウソウソ！　メグ、行こっ！」

なんか、アスカってギルさんの手の上で転がされているよね。おかしくなってつい笑っちゃった。

それから、アスカはいつものように何枚ものお皿に山盛りにおかずをのせ、幸せそうにしていた。

ほんと、よく食べる……！

私もその日はいつもより少しだけ多めに食べた。お酒は最初の一杯だけ。それでも酔いが回って
ぽわん、としちゃったよ。最後の方はギルさんにずっと支えられていた気がする。いくらなんでもお酒に弱すぎない？　この身体。

でも、今日くらいは羽目を外したっていいのだ。これから、本当の戦いが始まってしまうんだから。

その前に、とても心を削られる別れが。だからこそ、今はただ幸せの中に浸っていよう。

私はその日、夜遅くまで教会の周りで楽しく過ごすみんなを、お酒でぼんやりとしたまま眺めて

いた。

翌日は、誰一人として二日酔いで体調を崩すことなく通常業務をこなしていた。いつも思うけど、本当に切り替えがすごいよね。アスカや私はまだちょっと眠い目を擦っているというのに。

ってていうか、アスカはともかく私はもう大人なのに。そうはいっても、一日で急に身体が成長するわけもない。初めての飲酒に加えて夜更かしをして眠くなるのは仕方ないのである。

「大丈夫？　メグちゃん。少し仮眠を取ってきたら？」

「でも、仕事がぁ……」

「いくら成人したからって、昨日の今日だもの。ちょっとくらい大目に見るわよ。といっても、メグちゃんのことだから気にするわよね。だから今のうちに休んで、午後の業務はしっかり頑張るの。どう？」

優しい上司に涙が出そうだ。なんてホワイトな職場なの、オルトゥス。寝不足の状態で仕事をする方がみんなに迷惑をかけるだろうし、せっかくなのでそのお言葉に甘えることにした。午後は時間を延長して頑張りますからぁっ！　ああ、眠い。

よたよたとした足取りで医務室へと向かう。自室で寝ても良かったんだけど、精霊たちに起こされただけじゃ起き上がれる気がしなかったので。……それに、何かあったらルド医師が対処してくれるだろうから。

眠っている間は気が緩む。いつまた私の中のテレストクリフが表に出てくるかわからないもん。

それをルド医師に伝えることは出来ないけど、気を付けていてほしいと言えば何かを察してくれると思って。他人任せだけど、ルド医師だからこそ頼りにしようと思える。

「というわけで、もしかしたら眠っている間、私に異常が起きるかもしれないんです。だから、その……」

魔力の暴走が始まりかけている、という説明だけでルド医師はすぐに察してくれた。有能！　おかげで多くを語ることなく安心して眠っていいとのお言葉をいただきました。ありがたやー！

「万が一、手に負えないってなったらギルさんを呼んでください」

「わかったよ。ギルなら対処出来るってことだね？」

話も早い。私が全部を説明する必要は最初からないいんじゃないかってくらいだ。それでも心配なものは心配なので、他に何か伝え忘れはないかと考えてしまう。すると、ルド医師がクスクスと笑い始めてしまった。

「これでも色んな修羅場を潜り抜けているんだ。大丈夫。何があっても周囲に被害がいかないようにするし、ちゃんと対応するよ。だから今は自分のことを考えなさい。そんな眠そうな顔して……考えるのは後回しだ」

「うっ、わ、わかりましたぁ」

ついに私はルド医師によって、半ば強制的にベッドに押し込まれてしまった。笑顔のままヒョイッと抱き上げられてしまってはもう何も言えない。その笑顔が怖いんですよね……！

布団をかけられ、明かりを暗くされる。そのおかげで急激に睡魔が押し寄せて来た。なんだか、懐かしいな。確か、オルトゥスに来たばかりの時はずっと医務室に寝泊まりしていたっけ。もう随分昔だよね。それなのに、大人になった今もまたこうして医務室のベッドに横になっているのがなんだか変な気分。あの頃から、私はちゃんと成長出来ているのかな？

本当はもっと思い出に浸っていたかったけれど、もう限界だ。重たい瞼を閉じて、自分の身体の重みを感じながら意識を手放した。

「来たね、メグ。成人おめでとう」

気付いた時にはいつもの白い世界にいた。夢の中だ。予想はしていたけれど、なんだかちゃんと休めているのか不安になっちゃうな。こうも寝る度に会話していると。

たぶんだけど、この夢渡りはレイの力だ。そして私も少なからず力を使っていると思う。膨大な魔力があるおかげでそう簡単には疲れないだろうけど……睡眠不足で疲弊(ひへい)するってことはあるかもしれないなぁ。

「レイ。ありがとう、ございます」

まぁ、些細なことだ。そんなことより、まずは色んなことを知らなければ。レイやテレストクリフ、そして自分のことがよくわかっていない今、情報収集をすることが最優先なんだから。

「もっと気安く話していいよ。僕は君の身体を借りている分際だからね」

「そ、そうはいっても、神様なんですよね……？」

いくらなんでも神様を相手に気軽な口調では話せないよ……！　お父さんとかアスカとかジュマ

兄だったら平気で話すのかもしれないけど、私は小心者ですので！

　私が少し縮こまりながらそう言うと、レイは肩を軽くすくめて困ったように笑う。

「人々がそう呼称しているだけだよ。神だからって偉いわけじゃない。君たちの願いを叶えられるわけでもないんだし」

　こちらも、神様に何かをしてもらおうなんて思ってはいなくて、ただ畏(おそ)れ多いってだけなんだけどな。うーん、やっぱり気楽には話せそうにない。これは元日本人としての性(さが)みたいなのもあるかもしれない。

「むしろ、邪魔をしちゃっているよね。今日はその辺りのことを話そうか」

　レイもまた、無理に話し方を変えてもらおうとまでは思ってないようで、それ以上は何も言わなかった。それよりも、説明の続きを話してくれるみたい。

　油断しているとテレストクリフに身体を乗っ取られてしまうかもしれないから、正直すぐに話を進めてくれるのは助かります。

「あと三日だ。君たちの父親の寿命は」

　ただ、話の切り出し方が直球すぎた。私は言葉に詰まり……呼吸も止めてしまう。

　もう、三日しかないんだ。もうすぐだってわかってはいたけど、改めて突きつけられると心臓がギュッと苦しくなってしまう。

「どう？　メグは、神になる？」

　レイは、蠱惑(こわく)的に微笑んで私に問う。私が神になれば、お父さんと父様の寿命を延ばすことが出来る。あの二人はこれからもずっと長生き出来るのだ。

でも、もう迷わない。あの二人の朗らかな笑顔を思い浮かべてギュッと胸の前で拳を握りしめた。

「……なりません。二人とも、運命をちゃんと受け入れるつもりですから」

私の本音を言えば、生きていてほしい。まだこの世界に必要な人たちだって思う。でもそれは私のエゴにすぎなくて、あの二人の覚悟や生き様を台無しにしてしまうんだよね。冷静になった今なら、それがよくわかる。

「それに、私も人として生きて、いつかちゃんと終わりたいんです」

そしてこれは私のワガママ。私は神になんてなりたくない。オルトゥスのメグとして生きて、いつか死にたい。いや、もうすぐ魔王のメグになっちゃうんだっけ。とにかく、エルフのメグとして生涯を終えたいというのが私の願いなのだ。

真顔でジッと私を見てくるレイの目を、真っ直ぐ見つめ返す。無表情のレイは神様感が増しているからちょっと怖い。でも、もう決めたことだから。覚悟だって出来ている。

お父さんと父様を見送る覚悟が。

しばらくして、レイがフッと笑みを浮かべた。そのおかげでようやく肩の力が抜ける。

「やっぱり、メグは僕と同じだ」

レイはどこか嬉しそうにそう言った。同じ？　私と、レイが？　疑問に思っているとレイがさらに言葉を続けていく。

「終わりがないって恐ろしいよ。神なんて、なるもんじゃない。いつまでたってもそこに存在し続けるんだ。大好きな人たちが次々にその生を終えていくのに」

淡々と告げられたその内容は、冷静に伝えられたからこそ底知れぬ恐怖を感じた。私も身体はハイエルフだから、この先もっとたくさんの人を見送る立場にある。……いつかは、ギルさんのことも見送らなきゃいけないんだ。

それはとても辛いことだけれど、レイと違って私はいつか終わりが来る。そりゃあ果てしなく人生は長いけど、寿命はあるから。

永遠に生きることが、どれほど恐ろしいことか。身近な問題だからこそ、気持ちが少しだけわかるような気がした。

「いくら人は生まれ変わるからって、やっぱり辛いよ。生まれ変わったその人は、確かに魂は同じだけれど何も覚えていないんだから。最初は耐えられたけど、もう無理だ。僕は人への愛を知ったから、いつかは耐えられなくなるってわかってた。でも、どれだけ辛くても……もう知る前には戻れない」

愛を知ることはとても素敵なことだ。知って良かったと思ってもらいたいし、私も思うけど……永遠に生きるレイのことを思うと素直に喜べない。祝福出来ない。なんと声をかけても薄っぺらい言葉になる気がして、何も言うことが出来なかった。

そんな私の心情を察したのか、レイは悲しそうに小さく微笑んで再び語る。

「テレストクリフは勘違いしているんだよ。彼は今も神に戻りたがっているけど、彼もまた僕と同じで、もう足掻いたって神には戻れないのに」

人は神にはなれない、レイはハッキリとそう言った。あれ？　でも、それなら。

「……その理屈でいくと、私も神になんてなれないんじゃないですか？」

それなのに、私には神にならないかと聞いてきた。それは矛盾じゃないのかな？　そう思って聞いてみると、レイは困ったように笑った。

「なれるよ。ただ、自我を失う。そう、君は自我も記憶も失うことが出来るんだ。人の身だからね。空っぽな状態になれるということだよ。でも僕やテレストクリフは神の身だから、それが出来ない。僕らは愛を知ってしまったから、堕とされた。知る前には戻れないし、自我も記憶も失えない。だから、二度と神には戻れないんだよ」

自我を失う……。えっ。それじゃあ、もしも私が神になるって言っていたら、私という存在が消えていたってこと？　今になって危険な選択を迫られていたのだと知って、背筋が寒くなる。

「嫌でしょ？　自我を失うなんて」

「嫌です。そんなの……」

「だよね。永遠に死ぬのと同じになる」

「……はい」

なんだか、後出しじゃない？　そんな大切なこと、もっと早く教えてくれたら良かったのに。まあ、今更そんなこと言ったって無意味だけど。

私が恨みがましく見ていたからか、レイはごめんごめんと笑顔で謝罪してきた。

「君は断ると思っていたからさ。万が一、神になるって決めていたら、ちゃんとリスクを説明する気だったよ？」

　本当かなぁ？　思わずジト目で見てしまう。レイが困ったな、と言いながらも反省しているようには見えないから余計に。まぁいい。結果的に私は断ったんだから。いや、あんまり良くはないけど。今後は前もってきちんと説明してもらいたい。それよりも、今は話を進めよう。

　愛を知ったことで、神から人の世に堕とされたって言ったよね。レイも、テレストクリフも。

「テレストクリフさんも、愛を知ったってことですよね？　失礼かもしれないんですけど、人を愛したようには思えないのですが……」

　だって、歴代魔王の身体を乗っ取って、いつも大暴れしているんだもん。人を愛しているのなら出来ないよね。

「そうだね。むしろ憎んでいるよ。この世界の人がいなくなれば、僕も神に戻るんじゃないかって思ってる」

　おっと、むしろ過激派だった。どうしてそんな考えに……。そこまで考えてハッと思い出す。テレストクリフが、レイと一緒に神に戻りたがっているってことを。

「……彼が愛してしまったのは、もしかして」

「そう。僕だ。彼は僕を愛しているんだよ」

　ずっと、テレストクリフは自分だけが神に戻ろうとしているんだと思ってた。でも違ったんだ。彼は、愛するレイと一緒に神の世界に戻りたかったんだ。

　ギュッと胸が締め付けられる。だって自分のことしか考えていない、はた迷惑な神様だと思っていたらそうじゃなくて……ただ、大好きな人と故郷に戻りたいだけだったってわかったから。

もちろん、同情なんて出来ない。彼が歴代魔王を苦しめ続けたことはやっぱり許せないし、今も私は絶対に乗っ取られてなるものかって思ってる。でもほんの少しだけ、同情の気持ちが芽生えてしまったのだ。

「メグは優しいね。それは美点だけれど、とても危ういよ」

そんな私の心情の変化を感じ取ったのだろう、レイがまた困ったように笑った。ああ、その、うん。ちょっとだけ自覚はあります。みんなにも叱られます、はい。

「けど、君はそのままでいるといいよ」

だけど、レイは否定することなくそんなふうに言ってくれた。助けてくれる人がたくさんいるでしょって笑って。さすが、私の中で一緒に過ごしていただけあって良く知っているよね。私も自然と笑顔になる。

「はい。だから、全力で甘えようと思ってます」

「あはは。それこそがメグの強さだ」

なんだろう、神にはならないって決めたことでレイとの距離がグッと縮まった気がする。気持ちをほんの少しだけ分かり合えたからかもしれないな。でも、それはレイだけ。根本的な原因であるテレストクリフには通用しないよね。

真っ白い世界にゴゴゴという低い地響きのような音が聞こえてくる。またテレストクリフが目覚めたのだろう。

レイ曰(いわ)く、彼はまだ完全には覚醒しておらず、目覚めたり眠ったりを繰り返している状態らしい。そして、現魔王である父様が亡くなった時……完全に目を覚ますのだそうだ。

「次に会うのは、クリフが完全に目覚めた時にするよ。だからほんの三日ほどだけど、夢も見ずに眠れると思うよ」

「それは、助かります」

良かった。少しも眠れずに決戦の時を迎えるのかと思ったから。レイなりの配慮だったのかもしれない。

「けど、クリフが目覚めたらそれこそ眠っている暇はないよ。その隙に身体が乗っ取られてしまうから」

「……か、覚悟しておきます」

「もし乗っ取られても、例の結界の中なら少しの間は持つだろう。ハイエルフの一族はやっぱり有能だね。神の直系なだけあるよ」

どうやら、ピピィさんの結界のこともお見通しのようだ。よかった、ちゃんと効果があることがわかって。口ぶりから察するに、長い間は抑えられないみたいだけど……。

「僕も、戦うよ。僕がクリフを説得する。直接話せれば、きっと聞いてもらえる」

ああ、そうか。そういうことだったんだ。テレストクリフも、愛する人の言葉ならきっと聞いてくれるよね。……聞いて、くれるかなぁ？　ちょっと、いやかなり不安だ。こればかりは、レイを信じるしかない。

ふわふわと意識が覚醒していくのを感じる。まだ身体を乗っ取られるわけにはいかないから、早く目覚めなきゃ。ゆるりと微笑むレイの姿に、今回は少し勇気を貰えた気がした。

目を覚ますと、どこか心がスッキリとしているのを感じた。たぶん、やっと私のやるべきことが明確になったからだと思う。

乗っ取られるのを阻止するのに、ひたすら耐えるしかないって思ってた。でも、それがいつまで続くのか、本当に終わりが来るのかって……すごく不安だったんだよね。今回はレイがその不安に明確な答えを出してくれたのだ。自分がテレストクリフと話をするまでの間、耐えてほしいって。

レイは私が彼らの存在に気付いたことをとても喜んでいた。希望だって。その理由がちょっとわかった気がする。

つまり、レイが直接テレストクリフと会話をするためには、次期魔王に存在を認知してもらう必要があったんじゃないかな。どんな理屈かはわからないけど。そして今回、私が気付いた。だから希望を見出(みいだ)したんだ。

全部が推測でしかないんだけどね。でもこういう時の勘は当たるから、そういうことなんだと思う。

「ちゃんと話を聞いてくれるといいけど……」

問題はそこだ。愛する人の言葉なら耳を貸すとは思うけど……同意してもらえるのかなって。ほら、私の祖父でもあるシェルさんを思い出せばわかるでしょ。彼はなんとなくシェルさんとタイプが似ている気がするんだよね。本人に聞かれたら睨まれるかもしれない。

で、シェルさんはとっても頑固だから、素直に話を聞き入れない。耳は貸しても、結局は自分の目的を諦めないタイプだ。

テレストクリフにも同じようなにおいを感じるというか。そんな気がするのだ。その予想は外れていてほしいところではある。

「……愛した人と一緒にいたくて、長い間ずーっともがき続けているのかな」

そう思うとやっぱり胸が痛む。同情もしてしまう。わかってるよ、だからって身体を渡す気なんてない。私だって、大好きな人とずっと一緒にいたいもん。その気持ちがわかるからこそ、こっちだって譲れない。でもそうなると、一つだけ疑問が残る。

レイの望みは何なのだろう？　人を愛しているから、この世界の平和を望んでくれているとは思うんだけど、そうじゃなくて。レイ自身に望みはないのかな、って。

今度会えた時には聞いてみたいけれど、なんとなくはぐらかされる気もする。でも、レイが望んだ結末が、彼自身にとっても幸せであることを願わずにはいられなかった。

「ああ、メグ。もう起きたんだね」

ベッドから下りてルド医師の下へ向かうと、少し驚いたように言われてしまった。あれ？　結構たくさん寝たような気がしたんだけど。そう思って聞いてみると、ほんの三十分ほどしか経ってないことを知った。わ、本当にちょっとだった！

「もういいのかい？」

「はい！　ちょっとの時間だったけど、なんだかすごくスッキリしたので大丈夫です！」

「ふむ。……うん、確かに随分と顔色が良くなってるね。良い睡眠が取れたみたいだ」

ルド医師が私の顔をジッと見た後、フワリと笑ってそう言った。そして、せっかくだから一緒にコーヒーでもどうだい？　とお誘いしてくれる。おぉ、それは嬉しい。

「でも、お仕事の邪魔に……」

「ならないよ。言うと思ったけれどね。正直、私はこういう機会でもない限り休憩を取り忘れるからちょうどいいんだ」

「それはダメですね！　なら、一緒に休憩しましょう！」

「はは、そうしよう」

ルド医師は朗らかに笑いつつ席を立ち、コーヒーを淹れに行ってくれた。ただ座って待っているのもなんなので、カップを用意するのをちょこっとお手伝い。それと、前に街で買った美味しいチョコを出しちゃう。ルド医師にはいつもお世話になっているからおすそ分けである。

「いいのかな？　ここのお菓子はなかなか手に入らないとメアリーラが言っていたけれど」

「良く知ってますね！　でもいいんです。お菓子は大事にとっておくものじゃなくて、食べるものなので。それにルド医師にはいつもお世話になってますから」

「そうかい？　なら、みんなに睨まれるのも嫌だから内緒でいただくことにしようかな」

ルド医師との会話はすごく心地好い。穏やかで、すごく安心出来るから。内容もいつだって平和で、まるでぽかぽかとした陽だまりの中にいるみたい。

カップを両手で持ち、淹れてもらったコーヒーをジッと眺める。真っ黒な水面には、眉間にシワを寄せた私の顔が映っていた。

……実は、ブラックコーヒーを飲むのは初めてだったりして。前世では美味しく飲んでいたと思うんだけど、今はなんだかあの苦さに耐えられるかちょっと自信がないんだよね。

そんな私の葛藤を察知したのか、ルド医師がクスクス笑いながら砂糖とミルクのポットを差し出してくれる。

「無理してブラックを飲むことはないんだよ？」

「そ、それはわかっているんですけど、一口くらいは試してみようかなって。お、大人になりました！」

「ふふっ、ではいいことを教えてあげよう。すでに大人のメアリーラは、今のメグと同じようなことを毎回言っているよ。そしていつも、一口飲んだ後にすぐ砂糖とミルクをドバドバ入れるんだ。今回は大丈夫な気がするって言ってね。いつものことなのに、全く懲りないんだよ」

「あははっ、でも今回は大丈夫かもって気持ち、ちょっとわかります」

メアリーラさんへの仲間意識がグッと強まった。でも毎回試すだなんて、メアリーラさんかわいい。気持ちはわかるから私も同じことをする気がしないでもないけど。

とにかく、味覚が変わっている自覚はあるもののせっかくなのでブラックで一口飲んでみよう。コーヒーの香りは大好きだから、いけるかもしれないし……。

「い、いただきます……！」

意を決して黒い液体をそっと口に含む。その瞬間、コーヒーの香ばしい香りが鼻に抜けていき、苦みとちょっとの酸味が口内に広がった。

「〜〜〜っ！　お、お砂糖とミルク入れますぅ!!」

「あははは！　期待を裏切らない反応だ」

私が涙目になっているのを見て、ルド医師が声を上げて笑った。なんか、珍しい姿を見た。状況が状況だけに微妙な気持ち……。いいの、私は大人になってもみんなに笑いを提供するエルフ……。

和やかなコーヒーブレーク。束の間の癒しのひと時。

でも、悪い知らせというものはいつだって突然訪れるものだ。

本当に突然、ルド医師の顔色がサッと変わったのだ。それと同時に、ピリッとした空気が流れる。ルド医師はオルトゥス中に透明な魔力の糸を張り巡らせている。その糸を感知することは難しく、みんな知らない間にその糸に触れていることになる、ある意味最強な能力だ。だからたまにこうして急に反応を示すことがあるんだよね。何か異変が起きたとか、急患がいたとかで。

「何かありましたか？」

「あ、ああ。ちょっと急用が出来たみたいだ」

だけど、ここまで動揺したのは見たことがないかも。普段はどれほどの急患がいても、冷静にテキパキ準備をして医務室を出て行くから。私もそういう時はルド医師を引き留めたりはせず、そのまま見送るんだけど……その余裕のなさでピンときた。ピンときてしまったのだ。

「……お父さんに、何かあったんですね」

「っ！　……わかるのかい？」

やっぱり。驚いた顔でこちらを振り向くルド医師に、私は曖昧に苦笑を浮かべることしか出来ない。だって、神様からの口止めをされていなかったとしても、こんなこと言えないよ。お父さんの寿命があと三日しかない、だなんて。

「私もついて行っていいですか？　あ、邪魔になるなら……」

「いや、来てくれると嬉しい。きっと頭領だって私みたいな地味な男だけより、かわいい娘がいた方が喜ぶ」

ルド医師が、冗談めかしてフッと笑った。それだけで、やっぱり色々と察しているんだなってわかる。きっと、重鎮メンバーは一斉に集まるんじゃないかな。ルド医師が全員に通達しているだろうから。

「じゃあ行こうか」

「はい」

私があまりにも冷静だからかな、ルド医師からは戸惑ったような雰囲気が伝わってくる。だけど、それもあってルド医師にもいつも通りの冷静さが戻っている気がした。

別に、私も冷静ってわけじゃない。油断すると泣きそうだし、心臓は痛いほどズキズキしている。レイに言われて知ってはいたけど、実感があったわけじゃないから。

でもきっと、お父さんの顔を見たら嫌でも実感するんだと思う。数日前の元気な姿ではないんだろうなって。

笑顔でいたい。悲しい顔を、きっとお父さんは望まないもん。

コーヒーの苦みのように、なかなか消えそうにないモヤモヤを胸に、私はルド医師の後に続いて医務室を出た。

6　最後の言葉

お父さんは自分の執務室にいた。執務室の隣に仮眠スペースがあって、自室はあるもののそこがお父さんの寝室にもなっている。そのベッドに、静かに横たわっていた。仮眠スペースの入り口からではハッキリとわからないけど……お父さんは静かに眠っているように見える。ただ、この距離でも顔色が悪いのがわかった。それだけでより三日後という情報の信憑(しんぴょう)性が増して、ギュッと眉が寄ってしまう。

ベッド脇にはすでにギルさんとシュリエさんが来ていた。あとはケイさんとサウラさん、かな。ニカさんはまだ人間の大陸にいるんだっけ……。

室内に足を踏み入れながらそんなことを考える。近くで見たお父さんの顔は、やっぱり青白かった。

「メグ」

ギルさんは私が一緒に来たことをとても驚いていたけれど、私の顔を見てすぐに納得したように肩の力を抜いた。たぶん、色々と私が知っていることを察したのだろう。多くを語らずに済むのはとてもありがたい。

「お待たせ！　頭領は……⁉」

「みんな、集まってる⁉」

　それから数秒後にケイさんが執務室のドアを開けて入ってくる気配がした。その後ろからサウラさんの声も。すぐに二人とも仮眠スペースにやってきて、サウラさんはみんなが集まっているのを確認した。私の顔を見て少しだけ驚いた様子だったけれど、特に何も聞かずに受け入れてくれている。感謝の気持ちしかないです。

「頭領を運んでくれたのは誰？」

　サウラさんの質問に、シュリエさんがすぐに小さく手を挙げる。

「私です。一緒に執務室で打ち合わせをしていたんですが、急に身体が傾いて……意識もなかったのでこれは只事（ただごと）ではない、と」

「それを察知した私が、みんなに知らせたんだ。ちょうどメグも一緒にいてね」

　シュリエさんに続き、ルド医師が簡単に私のことも説明してくれる。みんながそれぞれ頷き、一瞬で状況を把握（はあく）したようだ。さすがである。

「一度、私が診てみよう。みんなは執務室の方で待っているように」

「わ、わかったわ」

　ルド医師がそう告げると、全員が渋々ながら執務室の方へと移動した。まぁ、大勢でベッドを囲んでいても邪魔にしかならないもんね。出来れば側にいたいという気持ちはみんな同じなのだ。

　執務室では私とサウラさんがソファーに座り、他の人達はそれぞれ思い思いの場所に立っている。

みんな共通しているのは、沈んだ顔で黙り込んでいるということ。何も言えない、よね。事情も聞かないのは、みんながちゃんと理解しているからだ。

「……本当に、その時が近いんだね」

最初に口を開いたのはケイさんだった。それだけで何が言いたいのかを、誰もが察する。

「いよいよ、というところでしょうか」

「頭領に言われて、色んな準備はしていたけれど……さすがにクるものがあるわね」

シュリエさんとサウラさんが沈んだ声で立て続けに告げた。そっか。やっぱり色々と準備は進めていたんだね。なんの、って言ったらそれは……いわゆる終活ってやつだろう。

特にお父さんはオルトゥスの頭領だし、お父さんがいなくなった後のオルトゥスを誰が引き継ぐかって辺りに手続きが必要になってくる。それ以外にも、お父さんが担当していた仕事とか、かなり多いんじゃないかな。ここ最近のお父さんがずっとオルトゥスで仕事をしていたのは、そういう身辺整理が主だったんじゃないかって思ってる。きっとみんなもそれを知ってはいたのだろう。それでも、こうして目の当たりにすると……やっぱり心が追い付かないよね。私だってそうだもん。

再び沈黙が流れる。けど、どうしても言わなきゃいけないことがあるので今度は私が口を開いた。

「あ、あの。ニカさんを。ニカさんをすぐに呼び戻せませんか?」

「ニカを？　でも、今は人間の大陸で……え、まさか」

私の言葉を聞いて暫くは不思議そうにこちらを見ていたサウラさんだったけど、すぐに何かを察したようにハッと息を呑んだ。そのまま絶句してこちらを見つめてくるので、私はゆっくりと頷くことで答えた。

お父さんの命は、本当にあと少ししか持たないのだという意味を込めて。

正確な日を伝えることは出来ないけれど、このくらいは許されるよね。現に、特に身体に異変はないから大丈夫だったんだと思う。

「……鉱山のドワーフに精霊で連絡をします。二日もあれば鉱山までは戻って来られると思いますが」

「あ、じゃあ私、リヒトに頼んでみます。事情はきっと、わかるはずだから」

リヒトなら、ニカさんを一瞬で鉱山からオルトゥスに連れて来てくれる。でも今頃はきっと父様も倒れているだろうから……こんな時にお願いをするのはちょっと心苦しい。でも、どのみちリヒトには来てもらわないといけない。だって私は、最期の瞬間は父様の下(もと)にいるって決めているのだから。

「ああ、そうか。頭領がこうなっていることは、魔王様も今は……」

「はい。間違いなく同じ状態だと、思います……だからこそ、急がないと」

ケイさんの質問に頷き、言葉を返す。そう、急がないといけない。ニカさんはオルトゥスの初期メンバーの一人だ。絶対に後悔するもん。そんな思いはさせたくない。

私はすぐに心の中でリヒトに呼び掛けた。テレパシーだとか念話みたいに、正確な内容を伝えることは出来ないけれど、すぐこちらに来てほしいということは伝わるはず。父様が倒れているのなら、こちらの意図もリヒトはわかってくれると思う。

私の読み通り、リヒトはすぐに転移で来てくれた。ただ、気を遣ってかオルトゥスの入り口にいるみたいだ。今は受付に向かっているから、迎えに行かないといけないね。

「あの、リヒトが来たみたいなので……ここに連れて来てもいいですか？」

「ええ、お願いするわ。魔王様の様子も教えてもらいたいし」

サウラさんはすぐに許可を出してくれる。私は一つ頷いてすぐに執務室を出た。

パタンと後ろ手にドアを閉めてから、自分の手を見つめた。あはは、小刻みに震えてる。一人になるとやばいね。でも、心を乱されちゃダメだ。ギュッと拳を握りしめて、受付の方に足を向ける。

……リヒトは大丈夫かな。

「リヒト！」

「！　メグ」

受付で私の居場所を聞いていたのだろう、リヒトは私の呼ぶ声にすぐ反応して顔を上げた。そのまま受付担当のお姉さんに軽く頭を下げると、リヒトはすぐにこちらに駆け寄ってくれる。

「もしかして、ユージンさんも……？」

「うん。じゃあやっぱり父様も、なんだね？」

「……ああ。執務室で倒れているのをクロンが見つけた」

きっと、同じタイミングで倒れたのだろうな。二人は魂を分け合っているから。父様を見付けた時のクロンさんの心情を思うと胸が痛む。

「今、オルトゥスの重鎮メンバーが集まっているの。リヒトも来てくれる？　頼みたいこともあって……」

「ああ、ニカさんか？　迎えに行きたいんだろ」

「話が早くて助かるよ」

「そりゃあな。いずれこの日が来るってわかってたから、その時のために脳内シミュレーションしてたし。とは言っても……」

リヒトはそこで言葉を切って、黙り込む。全部言わなくてもわかるよ。実際にその時が来たらやっぱり戸惑うよね。誰もが今、同じ感情を抱いているよ。私はギュッとリヒトの手を握る。リヒトはハッとなって顔を上げた。

「行こう？」

「……おう」

そのままリヒトの手を引いて、お父さんの執務室へと向かう。お互いの手が冷たくて震えていることには気付いていたけれど、どちらも何も言わなかった。

執務室へ戻ると、すでにルド医師が診察を終えてみんなと一緒に待っていた。リヒトは確認を取って仮眠スペースのドアの前からお父さんを見ると、すぐに戻ってくる。魔王様と同じだ、と呟いたそのひと言はみんなの耳に届いたようだった。

「……とりあえず、診察の結果を伝えようか」

そんなどんよりとした空気の中、ルド医師が穏やかな声で切り出した。こういう時のルド医師の声はみんなを落ち着かせてくれるよね。

「とはいっても、大体は察しているだろうけど。概ね（おおむね）予想通りだよ。頭領の魔力は今ほとんど残っていない。そのため、一気に身体に負担がかかって倒れたんだろう」

思っていた通りのことを告げられ、全員がわかってはいたもののさらに表情を暗くする。

魔族や亜人は、魔力がかなり健康に影響を与える。元々の魔力が多い個体はその分長生きすると言われているけれど、少ないからといって寿命が短いかと言われるとそれは違ったりするんだけどね。ある一定以上の魔力量を超えると寿命が長くなるっていうくらい。だから、私たちエルフやハイエルフ、希少種の亜人は長寿だって言われているのだ。

で、元々あった魔力総量が減るというのが、この大陸での老いだ。使い過ぎでの魔力枯渇(こかつ)は回復すれば体調不良もよくなるけど、総量が減っていくと回復も出来ない。つまり、健康に直結している魔力が無くなれば、それが寿命。この世を去ることになる、というわけ。

「寿命だよ。頭領も魔王も、天寿を全うするんだ」

ルド医師は、誰よりも優しい眼差しで微笑んだ。

そ、っか。そうだよね。天寿を全うするんだ。事故や病気、戦(いくさ)で亡くなるんじゃなくて、しっかり生きて、その人生を終えるってことなんだ。それってすごいことだよね？　私だって自分の最期は寿命で終えたいって思うもん。

送り出す、という姿勢がいいのかもしれない。会えなくなるのはとても悲しいけれど、ちゃんと送り出さなきゃいけないと思える。それでも震えたままになってしまう手を、誤魔化すようにギュッと握り込んだ。

「ルド、それはいつなの？　いつまで……」

サウラさんが聞きたいのは、いつ亡くなるのかってことだよね。ルド医師はそうだな、と言いながら顎に手を当てる。

「三日か、四日というところかな」

「そんなに、すぐなの……？」

「そうだね。頭領の場合、身体は人間だ。とっくに限界を超えているはずの肉体を全て魔力で支えていた、ということなんだよ。つまり、魔力が枯渇した瞬間に……もう身体が耐えられなくなる」

ルド医師の冷静な言葉だけが響き、他のみんなが絶句する。でも私だけが知っていた情報をルド医師の見立てで共有してもらえて、少しだけ肩の荷が下りた気がした。

「だから、魔王様も急に倒れたんすね……」

「ああ、そうだろうね。頭領と魔王は運命共同体だから」

「理由がわかって安心しました。いや、安心は出来ないんすけど……」

リヒトの質問に、ルド医師が頷きながら答えてくれた。龍の亜人である父様は本当なら魔力がなくなってもしばらくは生きていられる。というか、本来なら寿命の近付いた亜人や魔族は少しずつ弱っていくのだそうだ。こうして急に体調を崩したのは、お父さんの身体が人間だから。

それがわかっていなかったから、クロンさんは急に父様が倒れたことでかなり気が動転したらしい。だからリヒトも焦っていたんだね。

「話はわかりました。まず、一度魔王城に戻ってこのことを伝えてきます。その後、ニカさんを迎えに行ってここに戻って来るんで。たぶん二日後くらいになります」

「ああ、助かるよ。魔王城も慌ただしくなっているだろうに、こんな時に来てもらって悪かったね」

「いえ。こんな時だからこそ、動くんですよ」

リヒトはルド医師と軽く話をすると、今度はその場から転移をして姿を消した。

その後、サウラさんがパンと一つ手を打って、ようやくいつもの調子でみんなに指示を出し始めた。とはいっても、やっぱりどこか元気はないけれど。

「ギルはオルトゥスメンバーにこのことを伝えてきてちょうだい。仲間内だけにしてね。最後に一目会いたい人はたくさんいるだろうけど、大勢は無理だもの」

「わかった」

「ルドはこのまま頭領のところにいてもらえる？　貴方の判断で他の医療メンバーと交代しても構わないから」

「引き受けるよ」

それから、この三日の間は出来るだけ重鎮メンバーには頭領の下にいてほしい、とサウラさんは告げた。色々とやらなければならないことは……全て後回しにするとのこと。今は、お父さんとの時間を大切にしてほしいもんね。その気遣いに涙が出そうだった。

「メグちゃんは……」

一通りの指示を終え、室内に人が少なくなってきた頃にようやくサウラさんが私に目を向けた。

「……はい。私は、リヒトがここに来たら一緒に魔王城へ行こうと思います」

私は出来る限り笑顔を心掛けて答えた。でも、きっとあんまり上手には笑えていないかもしれないな。サウラさんが今浮かべている笑顔みたいに、どうしても悲しい気持ちが外に出てしまっている気がする。

「……そう。決めていたのね？　頭領はそのこと……」

「知ってます。だから、それまではお父さんの近くにいてもいいですか？」

でも、私もサウラさんもそれについては触れない。出来るだけ明るくいよう。強がりだろうがなんだろうが笑わなきゃ。

笑え。笑え、メグ。泣くにはまだ、早いんだから。

「ええ……もちろんよ！　いてちょうだい！」

サウラさんも私の気持ちに応えてくれるかのように飛び切りの笑顔を見せてくれた。少しだけ目元が赤いけど、きっと気のせいだ。

それからサウラさんは自分も少し席を外すわね、と言い残して足早に部屋を出て行った。それを見届けて、私はゆっくりとお父さんが眠っている仮眠スペースに足を踏み入れる。ルド医師が私に気付いて口を開きかけたけど、声を発さずに口を閉じた。優しい気遣いに感謝しながら、私の方から声をかけさせてもらう。

「ルド医師、私……リヒトが来るまでずっとここにいていいですか？」

「ああ、そうか。……メグはもう、決めているんだね？」

頭領の最期を見届けないということを。続けられなかった言葉を酌み取って、私はゆっくり頷く。

「私の診断は当たっていたってことかな。ああ、答えなくていいよ。大体わかる」

それはお父さんの命が三日ほどだってこと、だよね。ルド医師は悲しそうに目を伏せて静かに告げた。本当に全てを察してくれるな、この人は。おかげで私は泣き出してしまわないように、口を引き結んで微笑むだけですむ。

「……おや、また誰かが来たようだ」

「え？」

黙ったままでいると、ルド医師が顔を上げて入り口の方に目を向けた。私もつられてそちらに顔を向けると、入り口のドアから控えめにそっと顔を覗かせている人物と目が合う。

「メグちゃん……」

「マキちゃん。来てくれたんだね」

ルド医師に目を向けると軽く頷いてくれたので、マキちゃんを手招きする。マキちゃんは恐る恐ると言った様子で部屋に入って来た。それからベッドで眠る弱ったお父さんを見て切なそうに眉を寄せる。

「ギルさんが、私もオルトゥスのメンバーだからって教えてくれたんです」

「よかった。もし伝わってなかったら、私が呼びに行こうと思ってたんだ」

さすがはギルさん。わかってくれているなぁ。心の中でギルさんにありがとうと告げると、ほのかに胸が温かくなるのを感じた。たぶん、伝わったんだと思う。

マキちゃんは私の隣にやってくると、おずおずと口を開く。

「実は私……頭領と約束をしていることがあって。頭領は、忘れているかもしれないんですけど」

「約束？」

ルド医師の質問にギュッと拳を握りながら頷いたマキちゃんは再び話し始めた。

「実は、かなり前に頭領に頼みごとをされたことがあって。えっと、私の前世の記憶をメグちゃんが探ってくれたことがあったでしょ？」

そう言われてふと思い出す。あったね、そんなこと。それで、マキちゃんが環（たまき）のお母さん、つまりお父さんの奥さんである珠希（たまき）の生まれ変わりだってことがわかったんだよね。その時、確かにお父さんはマキちゃんに一つ頼みがあるって言っていた。なんだか歯切れの悪い感じで。マキちゃんてば、頼みごとを聞く前に二つ返事で了承しちゃって。せめて話を聞いてからオッケーしてって笑い合ったっけ。

でも結局、どんな頼みごとをされたのかはわからないままだ。きっと後日、改めて話をされたのだろう。

「あの後、頭領と二人で話すことがあって。その時に言われたんです」

マキちゃんの目はウルウルと涙で潤（うる）んでいて、それでも泣かないようにグッと堪（こら）えているのがわかった。

『マキに頼むのは間違っているし、今こんな話をするのはどうかとも思うんだが……今世では、マキよりも俺の方が先に死ぬことになる。その時は、俺を看取（みと）ってくれないか？』

そんなこと、頼んでいたんだ……。込み上げてくるものがあって、鼻の奥がツンとする。

マキちゃんはズビッと鼻をすすってから、さらに言葉を続けた。

「自分は前世で、奥さんであるタマキさんを見送ったから……今度は彼女に見送られて逝きたい、って。ただの自己満足だから、嫌なら断っていいって。そう言ってました。あと、誰にも内緒だからなって言われてましたが、この約束は忘れちゃいました！」

マキちゃんの優しい嘘にクスッと笑いがこぼれた。そっか。忘れちゃったんなら今ここで喋っちゃったのも仕方ないよね。もしかしたら今もお父さんは聞いているかもしれないけれど、笑って許してくれるだろう。

泣きながら笑っていたマキちゃんは、ゴシゴシと腕で涙を拭ってからパッと顔を上げて晴れやかに笑った。

「私がその頼みを、断るわけがないんですよ。絶対に守ろうって思いました。だから、こんな時だけど約束が守れそうでホッとしてもいるんです。あっ、もちろん、頭領がいなくなることを安心しているわけじゃ……！」

「わかってる、わかってるよマキちゃん。大丈夫」

いつになく早口になったマキちゃんを落ち着かせるために、両手を小さく横に振る。そんなこと考えてないってことくらい、ちゃんとわかってるもん。

「頭領は、もう忘れちゃったかな」

人差し指で頬を掻きながらはにかむマキちゃんを見ていたら、自然と笑みが浮かんでくる。いやいや、それはない。

「絶対に覚えてると思うよ。それで、きっとすごく喜ぶと思う」

お父さんは、そういう人なのだ。そんなこと、言った本人でさえ忘れていたのに、ってことをずーっと覚えているような人なのである。

私はマキちゃんの手を両手でギュッと握った。驚いたように丸くした目と私の目が合う。

「マキちゃん。私からもお礼を言わせてね。本当にありがとう。お父さんの最期の望みを叶えようとしてくれて」

最期、という言葉を口に出したら急に涙が出て来そうになってしまう。もう、笑っていようって決めたばかりなのに。ほら、マキちゃんもつられて目が潤んでしまっているじゃないか。せっかく今、涙を拭ったばっかりなのにね？

「お礼だなんて……こちらが言いたいくらいだよ、メグちゃん。こんな大事な役割を託してくれて、頭領には感謝しかないんだから。だからね、メグちゃん」

ツゥ、とマキちゃんの涙が頬を伝っている。いや、違う。私もだ。お互いに、手を握り合う力が強まった。

「頭領のことは、私がちゃんと見送ります。だから、こっちのことは心配しないでいいよ。メグちゃんはお父様のところに行ってあげてね」

「マキちゃん……！」

涙を堪え切れなくなった私は、勢いのままマキちゃんに抱きついた。首元に手を回した私を、マキちゃんはそっと受け止めて抱き締め返してくれる。ものすごい安心感だ。

ああ……お母さんだ。今のマキちゃんに、私はお母さんを感じてしまった。だからかな、涙がとめどなく溢れてきて、大人になったばかりだというのに子どもみたいに縋りついてしまう。

「悲しいよ、寂しいよ……！　でも、笑顔で見送りたいって思うから……っ」

「うん、うん、そうだよね。大丈夫。後で一緒に思いっきり泣こう？　私も我慢するから。ね、メグちゃん」

「うん……うん……っ！」

優しく温かな手が私の背中を撫でてくれている。いつの間にか私よりもずっと大きくなっていたマキちゃんの身体は、フワフワとしていて、優しくて、お母さんの記憶はないのに懐かしさを感じる。ああ、早く泣き止まなきゃ。お父さんがいつ目覚めてもいいように。笑顔でおはようって言うんだから。

「さ、二人とも。これが必要なんじゃないかな？」

「ルド医師ぇ……」

二人で抱き締め合いながら泣いていた私とマキちゃんを黙って見守ってくれていたルド医師が、そっと冷たいタオルを差し出してくれる。泣いた後の冷たいタオルだなんて、すごく懐かしいな。幼い時はよく使わせてもらっていたっけ。それを思い出して、私はようやく笑顔を取り戻すことが出来たのだった。

しっかり腫(は)れた目を冷やして落ち着いた頃、寝ているお父さんが起きる気配がした。慌ててルド医師と一緒にお父さんのベッド脇に近寄って顔を覗き込む。

「……おわ、なんで、お前らが……いんだ？」

「ふふっ、おはようお父さん。よく眠れた？」

ゆっくりと目を開けたお父さんが、どこか寝ぼけた様子でそんな第一声を溢したので思わず笑っちゃった。あまりにもいつも通りの寝起きのお父さんだったから。

だけど、やっぱりいつもとは違う。お父さんは上半身を起こそうとして身じろぎし、上手く力が入らなかったようで諦めたように力を抜いた。

「ああ……なるほど、な。その時が、来たか」

そんな自分の様子を瞬時に理解したお父さんは、焦るでもなく目を閉じてフッと笑う。全てを受け入れている顔だ。それがとても切なくて、思わず唇を噛んで堪えた。

「ルド、俺はあとどのくらい……持つかわかってる、のか？　俺の予想だと……まぁ、明日くらいが、限界なんだが」

「随分と弱気だな、頭領。残念ながらあと三日は生きるよ」

「マジか。しぶといな……俺」

ククッと笑うお父さんの声はやっぱり弱々しい。だけどさすがはお父さんといったやり取りだった。ルド医師も困ったように笑っている。

そうして会話が途切れた時、お父さんはようやくマキちゃんの存在に気付いたようだった。

「マキ……」

「あの、その……」

そういえば、マキちゃんはお父さんがあの約束を覚えているか不安がっていたっけ。どう声をかけていいものか迷っているみたいだ。まぁ、貴方の死期を悟って慌てて来ましたって言うのもどこか不謹慎に感じるよね。気持ちはわかる。でも大丈夫。お父さんは絶対に覚えていると思うから。

私の予想通り、先に口を開いたのはお父さんの方だった。

「ありがとうな、マキ。頼みごと、覚えていて……くれたんだな」

「っ！　は、はい、あのっ」

「何も、言わなくていい。はは、まさか、覚えていてくれてるなんてな……俺は人に、恵まれてる……」

目を閉じたまま嬉しそうに言うお父さんを見ていたら、もう何も言えないや。マキちゃんも油断すると泣きそうなのか、グッと唇を噛んでいた。私たち、たぶん今は同じ顔をしているんだろうな。

でもマキちゃんは、涙を堪えてニコリと笑ってみせた。

「当然です。頭領からの頼みを忘れるわけないじゃないですか！」

「……頼もしいな。嬉しいよ……ありがとう」

「どういたしまして、です！」

二人は顔を見合わせて微笑み合う。そんな二人を見ていたら、胸の奥から懐かしさのようなものが込み上げてきた。私に母親の記憶はないから、不思議な感覚なんだけど……。覚えていないだけで、こういう二人の姿を赤ん坊の時に見ていたのかな？

良かった。最初に浮かんだのはそんな感情だった。これで、お父さんは安心して逝けるって、そう思ったから。

お父さんが目覚めて小一時間ほどが経った頃、仮眠スペースが賑やかになり始めた。情報を聞きつけた人たちがオルトゥスに戻って来たのだろう。バタバタという足音と、次から次へと入室してくる人の気配がする。

「おい、頭領！　なん、なんでっ……！」

「ジュマ。騒ぐなら問答無用で追い出すよ」

「ぐっ、だ、だってルド……！」

ジュマ兄の、こんなに焦った顔は初めて見たかもしれない。いつもはピンチになってもニヤッと笑っている人だからかな。お父さんの弱々しい姿を見て一気に眉尻が下がり、ジュマ兄までもが弱ってしまったように見えた。

「ルド、別に構わない……オルトゥスは、基本的にいつも、うるせぇ、だろ……」

最期の瞬間まで、自分はオルトゥスの頭領でいたいから。お父さんはそう言いながら楽しそうに笑う。つまり、みんながここに押し寄せてきても構わないと言っているんだ。

医者としてはあまり良いとは言えない様子のルド医師だったけど、すでにお父さんの寿命は決まっていて変えることは出来ない。結果、本人の意思を尊重しようと決断を下し、それでもぐちゃぐちゃになってしまわないように、一人当たりの時間を決めて順番にお父さんのお見舞いに来ることを許してくれた。

お父さんの下には本当にたくさんの人がやってきた。

「うぅ、ど、頭領……！」
「湿っぽいのは、やめろよ、ラーシュ……」
「わ、わかっ、うぅ、む、無理だよ……」
ルド医師の指示の下、お父さんに一言ずつ声をかけては退室をしていく皆さん。最後のひと言はそれぞれ違っていて、ラーシュさんみたいに泣いてしまう人もいれば、チオ姉みたいにあえて冗談を言う人がいたり、カーターさんやマイユさんのように真面目にお礼を告げる人もいた。その全てをお父さんは嬉しそうに聞いていて、とても幸せなんだってことが見ているだけでわかる。

それからも、この日は夜までにたくさんの人が訪れた。各特級ギルドのトップも駆け付けてくれたのには驚いたよ。さすがと言うべきか、皆さんとても冷静にお父さんと最後の別れの言葉を交わしてくれた。

他にもお父さんにお世話になったという人がたくさんいたけれど、全ての人と言葉を交わすことは出来なかった。途中でお父さんが疲れて眠っちゃったからね。それでも、ひっきりなしに人がやってきてはお父さんの顔を見て帰って行く。本当に、大勢の人が別れを惜しんでくれていた。

お父さんは、本当にたくさんの人に感謝されるすごい人なんだって改めて実感出来たよ。誇らしいよ、お父さん。

翌日の夕方、ついにニカさんがオルトゥスに帰って来た。顔色は悪かったけど、取り乱したり慌てる様子は見せないところがさすがだ。だけどその表情は硬くて、色んな感情をグッと堪えているんだなってことがわかる。

「ニカ、か。悪ぃな、わざわざ……任務中だってのに」

「当たり前だろぉ、頭領よ。こんな時に帰らねぇなんて、俺が一生後悔してもいいってぇのかぁ?」

「はは、それは、酷だよな……じゃあ、ありがとう、だな。お前に会えて……良かったよ」

すでに時間はあと一日もない。お父さんの声は少しずつ小さくなっていて、今にも命の灯(ともしび)が消えてしまいそうだった。

「昨日も今日も、まだまだたくさんの人が来ると思うわ。でもね、最期は……この初期メンバーとマキちゃんで見送りたいって思うの。いいかしら、頭領?」

サウラさんの言葉に、お父さんはゆっくりと頷いた。とても嬉しそうに微笑んでいる。そっか。皆で見送ってくれるんだね。そのことにとても安心出来た。

「メグ」

「……リヒト」

ニカさんが来たってことは、リヒトもいるってことだ。ここまで転移で連れて来てくれたんだもんね。それはつまり、私もそろそろ父様のところに行かなきゃいけないってことでもある。だからその前に、私ももう一度お父さんと言葉を交わさなきゃ。

最後の、言葉を。

私はお父さんのベッドの横に立つと、その場で膝をついて目線を合わせた。お父さんはゆっくりと顔をこちらに向けてくれる。

「……お父さん。本当はね、あの教会で結婚式を挙げてるとこ、見てほしかったな」

出来れば心残りになるようなことは言いたくなかったんだけど、これだけ人生を謳歌したんだもん。少しくらい、残される側の気持ちを聞いてくれてもいいよね？　酷い娘かな？　でもね、どうしてもワガママを言いたくなったのだ。最後の言葉だからこそ。

お父さんは小さく笑って、俺はホッとしてると答えた。なんとなくそう答えるような気がした私は、一緒になってクスッと笑う。

「渡したくなくなるだろ……ギルなんかに、よぉ」

「随分な言い草だな、頭領」

私のすぐ後ろに立っていたギルさんが、恨みがまし気にそう言った。そのことがおかしくてさらに声を上げて笑ってしまう。

「成人まで、見守れたから……十分だ」

その言葉は、本音と嘘が半々くらい込められている気がした。少しだけでも結婚式を見たかったって思ってもらえたのかな？　それがすごく悔しくて、嬉しかった。矛盾してるけど、本当にそう思うんだ。

「メグなら、大丈夫、だ……何が、あっても」

「うん。私なら大丈夫。何があっても」

だって、お父さんが言うんだもん。きっと乗り越えられる。自信しかないよ。私が即答すると、お父さんはちょっと驚いたみたいだった。ふふん、弱音でも吐くと思った？　私だって成長しているんだから。

「メグ。……環。俺の娘だ。どちらのお前も……愛してるぜ。ずっとな」

ちょ、ちょっと。ズルいよ。なんで最後の最後で素直になるの。

愛してるだなんて、そんな言葉は前世も含めて言ったことなかったじゃない。……お母さんには、言ったことがあるのかもしれないけど。オルトゥスの頭領からそんな言葉が出て来るとは誰も思ってなかったみたいで、その場にいる誰もが目を見開いていた。

当の本人はしてやったり、とでも思ったのかニヤッと笑っている。もう、そういうところがお父さんだよね。

「……っ！　私も、だよ、お父さん。生まれてきて良かった。ここで生まれ変われて、またお父さんに出会えてよかった。私は幸せだよ、お父さん。ずっとずーっと、愛してるよ、お父さん」

涙は流れたけど、笑顔は崩さなかった。絶対に。

お父さんがゆっくりと手を伸ばしてきたので、その手を取ってギュッと握りしめる。

「ふ、ギル、羨ましいか……？」

「……それはこっちのセリフだ」

そんな中でも、お父さんはギルさんにマウントを取ろうとする。ギルさんもギルさんで譲る気がないのが笑っちゃう。けど、ギルさんの声には切なさと、悔しさと、覚悟が込められていて……その意味は簡単に理解出来た。

これから先は、自分が私の側にいるからって。そう言ってくれたんだよね？

「メグを、頼んだぞ。ギル」

その意味を察せないお父さんではない。私から視線をギルさんに移し、そう言った。その目は弱々しさなんて微塵も感じない、いつもの強い光を放った目だ。

「ああ。必ず、守る。共に生きると決めたからな」

「なら、いい」

それが、お父さんとギルさんが交わした最後の言葉。

「メグ、楽しくやれよ……！」

「うん。思い切り楽しむよ！」

これが、お父さんと私が交わした最後の言葉。お互い、笑顔でいられたよね。

これから先、辛い別れがたくさんある。私はたくさんの人を見送ることになる。それでも、長い人生を最後の瞬間まで楽しむつもりだ。

尊敬する、お父さんのように。


お父さんの仮眠スペースを出て、執務室を出た。そのすぐ後ろからギルさんと、少し離れてリヒトがついて来てくれている。三人揃って誰も何も言わない。リヒトなら、部屋を出なくてもそのまま転移出来るはずなのに、黙って先頭を歩く私について来てくれている。

そのまま真っ直ぐオルトゥスの外に出るまでの間に、何人もの人とすれ違った。きっとお父さんに会いに行ってくれる人たちだろう。心の中で感謝しつつ、ひたすら無言で出口まで歩いて……オルトゥスの外に出た時だった。

「サウラ、さん?」

人の通らない茂みに、隠れるように後ろ向きで佇んでいたけれど……あの小柄な身体とエメラルドグリーンの綺麗なポニーテールは間違いない。そういえば、いつの間にかお父さんの部屋からいなくなっていたっけ。

明日、みんなで見送るって言っていたから、今あの場を離れていることは不思議ではないけど……サウラさんが特に用もなくオルトゥスの外にいるのがなんだかすごく珍しくて、違和感があった。だからつい、声をかけてしまったのだ。

「っ、メグ、ちゃん……!」

だけど、見ないフリをしておけばよかったとすぐに後悔した。だって、きっとサウラさんは誰にも見られたくなかっただろうから。隠れるようにしていたんだもん、考えればすぐにわかることだったのに。

「あ、はは。ごめんね、情けない姿を見せちゃったわ! 大丈夫よ!」

振り向いたサウラさんの目は、真っ赤に腫れていた。それなのににっこり笑顔で慌てたようにグイッと目元を腕で拭っている。

そんな、こんな時まで気丈に振舞わなくていいのに。いつも通りの笑顔を見せてくれてはいるけれど、赤くなった目や鼻を見たら余計に胸が締め付けられるよ。

「っ、無理、しないでくださいっ。私、サウラさんがすごい人だってこと、よく知ってます。だから……」

　どうしても、放っておくことなんて出来なかった。だって、一人で泣くことでしか悲しみを吐き出せないなんて辛いもん。この人はとても強い人だ。だからこそ、誰かが支えにならなきゃいけないと思う。それが私である必要はないけれど、それでもこんな姿を見ちゃったら黙ってなんかいられない。

　だから私は、ギルさんと一緒にサウラさんに近付いた。言いたいことを今、伝えなきゃ。

「ちょっとくらい、ほんのちょっとだけでも弱音を吐いたって、サウラさんがすごいって思う気持ちは何も変わりませんから！　だから、あの、サウラさん。我慢なんてしないで……？」

「っ、ぅ……メグ、ちゃぁん……」

　話している途中からサウラさんのエメラルドグリーンの瞳が潤み、私が最後まで言う前に涙腺が決壊してしまったようだった。サウラさんは手で何度も涙を拭いながら、抱えていた思いを吐露していく。

「私がっ、しっかりしなきゃいけないのに……！　これからのオルトゥスを支えていかなきゃいけないのに！　頭領に任せたって言われたのに……っ、なのに」

　ああ、この小さな肩にはとても重いものが乗っかっていたんだな。だけど、私たちは何も疑問に思うことなく、この人なら大丈夫だって思ってた。ううん、思わせてくれていたんだ。外でもない、サウラさんによって。

「わた、私……っ、頭領のいないオルトゥスを、この先どう支えていけばいいのか、わからないわ

「……っ！」

突然オルトゥスのトップに立たされてしまうのだから、その重圧に押しつぶされそうになることくらい、魔王という運命を背負う私なら誰よりも理解出来たはずなのに。それなのに私ったら、自分のことで精一杯で……。

悔しい。いくらすごい人だからって、悩まないわけがないじゃないか。なんで私はそんな簡単なことにもっと早く気付けなかったのだろう。

「サウラ」

私が悔しさで何も言えなくなっていると、ギルさんがサウラさんの正面に片膝をついて目線の高さを合わせた。サウラさんは涙を拭う手の間から、目だけでギルさんを見上げている。

「……その。みんなで、支えればいい。全てをお前一人で背負おうとするな。俺も……他の頼りになる仲間も、いるだろう」

「ぎ、ギルぅ……！」

どこか照れくさそうなギルさんはフイッと目線を逸らし、サウラさんはますます目に涙を溜めた。そのままサウラさんは、感極まった様子でガバッとギルさんに飛びつく。

「ごめぇん、メグちゃん！　少しだけギル貸してぇ！」

「こ、こんな時にそんな気遣いまでしないでくださいよ！　もう、サウラさんってば」

律儀(りちぎ)なことである。しんみりとしていたのについ笑っちゃったよ。ギルさんも苦笑しつつ、ちゃんとサウラさんを抱き留めてあげていた。

「だ、だって、あのギルがそんなこと言うなんて反則よぉ！　あんなに『俺は一人で生きていく』みたいに孤独感を漂わせていたギルがよっ⁉　誰よりも仲間って単語が似合わなかった男がぁ！」

「……」

サウラさんの言いたいことはとてもよくわかるけど、あまりの言われようにギルさんが真顔になっている。あ、あはは……！

「ギル……貴方がそう言えるまでになってくれて、とても嬉しいわ。そう、そうよね。こんなにも頼もしい仲間が他にもたくさんいるんだもの……！　でも、でも寂しいわ！　頭領に死んでほしくないわ……っ‼」

「……ああ、そうだな」

「うわぁぁぁん‼　怖いわ！　怖いわ、ギルぅ‼」

それからしばらくの間、サウラさんはギルさんの胸の中で泣き続けた。しばらく、といってもそれはほんの数分ほどの時間だったけれど。本当はもっと気の済むまで泣いてもらいたかったけど、サウラさんが思いの外すぐに泣き止んだのだ。

ギルさんから身体を離したサウラさんは魔術で顔を洗った後、恥ずかしそうに告げた。う、上目遣いのサウラさんが可愛い……！

「あの、ありがとう、二人とも。そのぉ、今のことは……」

人差し指同士を突きながらそんなことを言われてしまっては、全力で察するしかありませんね！

ギルさんと目を合わせて互いに頷く。

「サウラさんは見送りに来てくれただけです、よね！」

「過保護だからな、サウラは」

そう。いつものように、いってらっしゃいと言いに来てくれただけなのだ。

弱音も、涙も、私たちの胸の中にしまっておくよ。サウラさんが、オルトゥスのみんなが不安にならないようにと必死に隠そうとしてくれたことだもん。絶対に誰にも言ったりしない。

「あー……俺は少し離れたところにいたんで。暗いし。何かあったんすか？」

タイミングよく私たちに近付いて来たリヒトもまた、抜群の対応力を見せつけてくれた。さすがだね！

「もーっ、三人ともカッコよすぎるわ！　ふふ、元気出た！」

私たちの言葉を聞いて一瞬だけきょとんとした顔を見せたサウラさんは、それからすぐにクスクスと笑ってくれた。ああ、いつものサウラさんだ。

「こっちのことは任せてちょうだい。今の私は無敵よ！」

ドンと胸を叩いて朗らかに笑うサウラさんに、先ほどまでの弱々しさは一切なかった。きっと、これからも心が弱ってしまうこともあるだろう。その時は、今回みたいにギルさんや他の重鎮メンバーがすぐに支えになってくれるよね。私も、ほんの少しでも支えになれるようになりたい。自分の問題を乗り越えたら、絶対に。

「……はい！　じゃあ、行ってきますね！」

「ええ、行ってらっしゃい。気を付けてね！」

そうして今度こそ、私たちは三人で魔王城へと転移した。恐らくベッドで横になっているであろう、父様のもとへと。

7　訪れた「三日後」

魔王城は妙に静まり返っていた。空がどんよりとした雲に覆（おお）われているからってだけじゃないと思う。きっと、悲しい別れが迫ってきていることをみんなが察しているからだろう。

リヒトを先頭に魔王城内へ足を踏み入れると、執事や侍女（じじょ）の皆さんが一斉に頭を下げて出迎えてくれた。再び顔を上げた彼らの表情はやはり暗い。そのことが心苦しかったけど、私はそれに笑顔で応えることにした。

「こんにちは。少しの間、お世話になりますね」

なんてことのない当たり障（さわ）りない挨拶（あいさつ）だったのに、私の言葉を聞いて何人かが言葉を詰まらせ、目に涙を浮かべた。だけど私は、特にそれらに触れることなくリヒトを追い越して先に進む。真っ直ぐ、父様の自室へ。

「リヒト。こんな時にアレだけど……今しか出来ない話だから」

二階へと進み、少し歩を進めたところで私は一度足を止める。真っ直ぐ前を向いたままリヒトに話しかけ、そして振り返った。

「頼みたいことがあるんだ」

「……魔王が眠りについた、その後のことか」

「さすが。察しが良いね」

眠りについた後、だなんてうまい言い回しをしてくれたものだ。意味は同じなのに「死」という単語を使わない配慮は今の私にはありがたい。

「……そういうことなら、任せとけ。ギルも一緒でいいんだよな？」

「ああ。頼む」

特に説明がなくとも、リヒトはあっさり察してくれた。魂の繋がりはこういう時に便利だ。これで、安心して父様を看取れる。

最悪のことを、今から決めておかなきゃいけない。たくさんの人たちの安全のためにも。作戦は簡単な言葉だけで十分。だってリヒトもギルさんも、それだけでわかってくれるから。ほんと、頼もしいよね。

「もしも、私の身体が乗っ取られたら。その時は……」

いざという時のことを告げた後、険しい表情を浮かべる二人に向かって曖昧に微笑んだ私は、それ以上は何も言わずに再び前を向いて父様の自室に向けて歩を進める。二人も言いたいことは山ほどあるだろうに、何も聞かないでくれたのがありがたかった。

父様の部屋のドアをノックすると、すぐにクロンさんが出てくれた。さすがというべきか、クロンさんの表情はいつもと変わらない。ただほんの少し、いつもの無表情に緊張感が滲んでいる気がする。

「お待ちしておりました、メグ様。ザハリアーシュ様も心待ちにしておいでです」

「ありがとうございます、クロンさん」

快く私たちを招き入れたクロンさんは、その後すぐにお茶の準備をしてまいりますと入れ替わるように退室していく。その姿を少し見送ってから、私はすぐに父様が横になっているベッドに近付いた。

「おお、メグ！　やはり来てくれたのだな！」

「もちろんだよ。言ったでしょ？　疑っていたっていうなら、またあの時みたいに怒るからね！」

父様はビックリするくらい元気だった。いつも通りにテンションが高いし、顔色も良い。嬉しそうに出迎えてくれて、私の軽口にも笑って答えてくれている。……ただ、横になった状態からまともに動けないみたいだった。

「不思議なものでな、体調が悪いわけでもないのに身体が動かせぬのだ。ユージンは苦しんでおるのだろうな……ヤツが動けぬから、我も動けぬのだろう」

「そう、だね。でも、お父さんはずっとニコニコしてたよ。苦しいだなんて素振り、誰にも見せてない」

「カッコつけておるな。ユージンらしい」

私もそう思う。父様と顔を見合わせてクスクス笑い合った。

あれだけ言葉も途切れ途切れで、弱々しかったんだもん。普段、そんな弱い姿を見せないお父さんがだよ？　きっと、本当はものすごく苦しい状態なんだろうなってことくらい想像がつく。それでも、お父さんがそう見せないようにしているのなら、その意思を酌みたかった。だからルド医師だって、たくさんのお見舞いを許可してくれたんだろうしね。

「終わりというものは、意外と呆気なく来るものなのだな。そんな気はしていたのだが、ここまで実感がないといつ終えたのかも気付かぬ可能性が高そうだ」

「父様がそんな調子だと私、泣けないかもしれないな」

「そんなっ!?　娘には泣いて縋られたいぞ！」

まったくもって緊張感のない現場である。オルトゥスとはまるで雰囲気が違って、本気で涙が引っ込んじゃうよ。ほんと、父様は最期まで父様だ。なんだかフッと肩の力が抜けた。

「メグ、もう心構えは出来ておるのか」

ベッド脇に置かれていた椅子に座ると、父様が天井を見上げたまま静かな声で聞いてきた。心構え、かぁ。思わず苦笑してしまう。

「んー……あんまり。一気に頭に詰め込んだからかなぁ？　父様には色々と教えてもらったし、あとはやるだけって感じではあるんだけど、覚悟だけが足りてないや」

「仕方あるまい。我もそうであった」

やっぱり？　私たちは目を合わせてまたクスッと笑い合う。たぶん実際に魔王として仕事を始めたとしても、暫くはそんな実感もないまま仕事に追われる日々になるんだろうな。目に浮かぶよ。

それに、オルトゥスでの仕事も区切りを付けなきゃいけないしね。みんなに挨拶もしないといけない。オルトゥスにはもう行けない、なんてことはないけど、拠点は魔王城になるだろうから。……住む場所は、未定だけどね。その、そこはギルさんと相談する予定だから。その話があるからこそ、私は頑張ろうと思えるんだ。現金なヤツだけど。

「我の時は、魔王となる少し前から力の声が聞こえてきたものだが……メグにも聞こえているか？」

父様に言われてギクリとする。父様が言っているのは意思を持った魔力の声、つまりテレストクリフの声のことだよね。これって、答えても大丈夫かな。またこの前みたいに意識が飛んだりしないだろうか。

「……う、うん。時々、だけど」

どうやら、この返答に関しては首の魔術陣にも影響はなさそう。ホッ。なんとなく、大丈夫な気はしていたけど緊張したよ。……ついにその時が来たから、隠す必要もないってことなのかな。もしくは、相手が他ならぬ現魔王だからかも。

「そうか。魔力の方は？　暴走しそうか？」

「そう、だね。今は平気だけど……たぶん、引き継いだらすぐにでも暴走すると、思う」

父様がいなくなってしまった後の懸念事項を伝えるっていうのも気が引けるけど、嘘を吐くわけにはいかないからね。案の定、父様は悔しそうに顔を歪めてしまった。

「でも、大丈夫。なんとかなるから。ううん、なんとかしてみせるよ」

そっと父様の手を取って軽く握りしめる。父様からも少し握られたけれど、力が入らないみたいで弱々しい。そのことがどうしても切なくなってしまうなぁ。

でも、今は安心を与えたい。これまでたくさん父様のことを頼りにしてきたんだもの。今度は私が、父様に。

「……私で、全てを終わらせてみせるから」

「メグで、全てを……？」

今回、私の中にいるレイと会話をしたことでわかったことがある。

「うん。もうこの世界に転移してきてしまう勇者がいなくなるように。魔王になる者が、魔力暴走を起こしてしまわないように」

魔王が代々魔力暴走を起こしてしまう、その原因。それさえ解消されれば、魔王を引き継いだ時に膨大な魔力を引き継ぐこともなくなるし、それをなんとかするために勇者となる存在と魂を分け合う必要もなくなる。要は、テレストクリフが次の魔王候補の身体を乗っ取ろうとしなければ魔力は増えないということだ。

確か、私の身体はこれまでのどの魔王よりも神と為るのに適したものなんだよね？　だからこそ、それに失敗すれば諦めもつくんじゃないかって思うのだ。もうこれ以上ないほどの器なんでしょう？　これで失敗したら、もはや何をやっても無駄だって思ってくれるかもしれない。

出来れば説得したいんだけどね……。でも私のような、余所の世界からヒョイッとやって来て、この身体に入り込んだ一般人でしかない魂の声なんか聞く気はなさそう。だからそれは、レイの役目。正直、結局は私が頑張るというより他人任せになっちゃうんだけど。

「出来るのか……？　ああ、いや。そうではないな」

さすがに詳しい話は何も出来ないから意味深な言い方になってしまったけれど、父様はそれらの疑問を全て呑み込んで微笑む。

「メグなら、やってくれるのであろうな。我は疑ってはおらぬぞ」

「……うん。ありがとう、父様」

私だって不安だし、うまくいくかなんてわからない。もしかしたら意識が奪われ、身体を乗っ取られてこの魔大陸が大変なことになってしまうかもしれない。

でも、これから旅立つ父様にそんな不安なんて持って行ってもらいたくないもん。私を無条件で信じてくれる父様のためにも、私が私を信じなきゃ！

弱々しく握ってくる父様の手を、両手で包み込んでギュッと握る。指が綺麗で、それでいて大きくて、優しい手。この手に何度も抱き上げられたし、何度も頭を撫でてもらったよね。

「暗くなってきたね」

ふと、窓の外を見ると陽が暮れてきていた。このまま夜になって、日付が変わったらついに例の「三日後」になってしまう。

「せめて……あと一度だけ朝日を見られれば良いのだが。最愛の、娘と共に」

一緒になって窓の外に視線を向けていた父様がポツリと呟く。誰に言われずとも、自分の寿命がいつ尽きるのかがなんとなくわかっているようだった。残念ながら、その願いが叶わないということも。

「……私、ずーっとここにいるからね。父様」

父様の言葉には、何も返せなかった。だから、こんな当たり障りないことしか言えなくて。

「我は、幸せ者だな」

それでも本当に幸せそうに微笑みながらそう言うので、込み上げてくる涙が溢れてしまわないようにするので精一杯だった。

口元に笑みを浮かべたまま目を閉じた父様は、その表情のまま眠りについた。スゥスゥと立てる寝息にこれほど安堵(あんど)したことはない。今夜はとても眠れそうにないな。私はただひたすら、眠る父様の顔を見つめながら手を握り続けた。

彫刻のように整った顔は、眠っているからこそより美しく見える。こんなにも長時間じっと見つめ続けたのは初めてだけれど、いくら眺めていても飽きない美しさだ。

陽が完全に落ち、クロンさんが軽食やお茶を運んで来てくれたけど……とても喉を通りそうになかった。ちょっとでも食べた方がいいことはわかっているんだけどね。でも今は、少しの時間も父様から目を離したくなかったのだ。

クロンさんはもちろん、ギルさんやリヒトもそんな私を咎(とが)めることはなかった。気持ちを酌んでくれたんだと思う。あとはたぶん、みんなも同じ気持ちなのかな。

いつもなら眠る時間になった頃、魔王城にいる医師が様子を見に来てくれた。父様から、今夜来てくれと頼まれていたという。なにそれ。父様ったら準備万端じゃないか。

立つ龍は跡を濁(にご)さないのだ、とお父さんから聞いた慣用句を自分流に言い換えて語る父様が脳裏に浮かぶ。得意げに笑って、胸を張る父様が容易に想像出来た。

だんだんと、寝息が聞こえなくなっていく。

結局、父様が再び目を開くことはなかった。

深夜、日付が変わってから数時間後。父様は、そしてお父さんは、この世を去った。

私は、握っていた父様の手をそっと離すと、手のひらに自分の頭を擦り寄せる。この手が、私の頭を撫でてくれることはもうない。もう、二度とないんだね。

「……メグ」

「ん、大丈夫」

自然と頬に流れた一筋の涙を、ギルさんが指で拭ってくれる。それをキッカケに、私はようやく立ち上がって父様から離れた。

急に手が寒くなったけど、それを深く考えないようにギュッと拳を握りしめて立ち上がる。ごめん、父様。泣いて縋る時間はないみたい。

「クロンさん、父様のことをお願いします」

「……畏まりました」

クロンさんは深々と頭を下げてくれた。今の魔王城で最も長く、そして一番近くで父様を支えてくれたクロンさんも、思うことはたくさんあるはずだ。それなのに、いつも通りの冷静さを見せてくれる。ただ、少しだけ顔を上げるのが遅かったかもしれない。

さぁ、こうしちゃいられない。私の中で何かがフツフツと音を立てているのを感じるから。私はクロンさんから目を離し、今度はリヒトを真っ直ぐ見つめた。

「リヒト、急いで闘技場まで転移で連れて行って。もう時間がないの」

リヒトはすぐに理解し、力強く頷いた。

「上級ギルドシュトル近くの闘技大会を開いたとこだよな？　許可は取ってあるぞ」

「うん、ありがとう。あそこはあの父様が全力で力を放出しても揺るがない防御システムがあるから、被害は最小限に抑えられると思う」

場所については、実は以前から考えてもらっていた。人里離れた場所に行ってもいいんだけど、その場所にいる動物や魔物、周辺の町にどんな影響が出るかわからないからね。その点、闘技場はすでに安全であることが保証された施設だ。きっと私の暴走から外の世界を守ってくれる。テレストクリフの力がそれを上回ることも考えられるけど、何もないよりずっといい。

それに……いつか、こういう時が来た時のために、お父さんと父様が用意してくれた場所だもん。その思いを無駄にはしない。

「ちゃんと知っていたんだな」

「当たり前でしょ……っ、お願い、早く」

私の中で感じていたフツフツとしたものが、次第に熱を帯びていくのを感じた。何かが込み上げてくるような、押されているような。たぶん、身体を乗っ取ろうとしているんだよね。私を追い出そうとしているんだ。テレストクリフが。それを強く感じる。

秒単位で余裕を失っていく私を見て、リヒトはその表情を引き締めた。

「わかった。ギルも一緒でいいな？」

リヒトの問いかけに、ギルさんは力強く頷いた。すぐに転移するべく私はリヒトの腕を掴み、ギルさんは私の肩を抱き寄せてくれる。

心臓がバクバクと音を立てていた。今にも溢れてしまいそうな何かを感じて、恐ろしさに足が震えてしまう。呼吸も少しずつ荒くなっていく。まるで発熱した時みたいに。

それを感じ取ってくれたのだろう、ギルさんがさらに力を込めてくれた。絶対に守ると言われているみたいで、とても心強い。

それとほぼ同時にリヒトによる転移の魔術が発動し、私たち三人は瞬きの間に闘技場の中央へと移動した。

到着するや否や、ビュウと風が吹き付ける。天井が吹き抜けだからね。少し寒く感じるのは真夜中だからだろうか。こんなに遅い時間まで起きているなんて、家出をした時以来だよ。すぐにリヒトが駆け出して、闘技場の防御システムを起動しに行ってくれた。

「メグ、大丈夫か」

ギルさんの問いかけに、ゆるりと頷いて答える。でも正直、あんまり余裕はなかった。

ああ、身体が熱い。こんな感覚は初めてだ。熱を出した時は、身体が重くて頭もぼんやりするけど、今はそれらの症状もなく、ただ体の内部がひたすら熱くて苦しいのだ。前に魔力が溢れそうになった時とは比にならない辛さだよ。

父様も、歴代の魔王たちもこんな苦しみに耐えていたのかな。それでも抗って、意識を取られまいと頑張っていたんだ。私だってそうしたいけど……歴代魔王たちとは違ってこの身体の肉体的耐久力はそこまで高くないんだよね。あんまり長くは持たなそう。情けないけど、仕方ない。筋肉が付きにくい体質なのが悪い。ああ、筋肉。もっと付けたかった……！

『渡せ……』

「っ⁉」

脳内に、これまでで一番大きな声が響く。まるで耳元で囁かれたかのようにリアルで、恐ろしい感覚だった。でも、負けない。私は脳内で声の主に語り掛ける。

貴方は、テレストクリフ……？　ダメだよ。身体を乗っ取っても、神には戻れないよ。戻らせない。私が望んでいないんだから。

『この身体なら、戻れる……ようやく願いが叶うのだ。寄越せ……!!』

その声はとても悲痛で、思わず感情に引っ張られそうになる。私なんかじゃ想像も出来ないほど長い年月を、たった一つの望みを叶えるためだけに手を尽くしていたんだもんね。並々ならぬ思いがあって当然だった。

だけど、同情してはダメ。揺れてはダメ。私は、私の望みを叶えたいんだから。ワガママなのはお互い様だ。絶対に、譲れない……！

『寄越せ……！　寄越せぇぇぇぇっ!!』

テレストクリフの叫び声が脳内で響くと共に、ビリビリとした電撃のような感覚が全身を巡った。

今までに感じたことのない衝撃に私は叫び声を上げてしまう。

それと同時に、身体から膨大な魔力が発せられた。衝撃により、近くにいたギルさんと、こちらに駆け寄って来ていたリヒトが数メートルほど引き離されていくのを視界の端で捉える。あの二人が、だ。それほどの衝撃だったの……？

「っ、メグ!!」

ギルさんの声が聞こえてくる。あの程度でどうにかなるとは思ってなかったけど、無事みたいで安心した。ごめんなさい、心配させているよね。

でも、思い出してほしい。今やらなければならないことを。忘れないでほしい。もしもの時の約束を。

『メグ。クリフはこれまでで最大の力を出している。このままでは君の魂が傷ついてしまう……！』

脳内で、今度はレイの焦ったような声が聞こえてきた。た、魂が傷つく!? それは由々(ゆゆ)しき事態だ。

『こうなったら、一度彼に身体を渡そう』

「い、一度、身体を、渡す……？」

「なっ!?」

無意識に声に出していたみたいだ。それを聞き取ったギルさんとリヒトが驚いたようにこちらを見た。私だって驚いていますとも、もちろん。

で、でも、そんなことして大丈夫なの？　本当にこのまま身体を乗っ取られてもいいのかな。取り返すのが難しくないかな？　本当に取り戻せる？　いや、実際もう奪われるのも時間の問題かもしれないけど……。

乗っ取られている間、ギルさんやリヒトは、魔大陸は無事でいられるかな。これまで以上に暴走してしまわないかな。そうなったら、魔物たちが暴走を始めて……。

そこまで考えてイヤイヤと頭をブンブン横に振った。嫌だ、嫌だよ。大人たちに大きな心の傷痕を残した戦争が、また始まってしまうのだけは！　でも、耐えられる気がしない。最悪の事態がこんなにもあっさり訪れてしまうなんて。どうして私はもっと耐えられないのだろう。弱い。無力だ。自分が情けなくて悔しい……！

『信じて。メグ、僕を……そして君の番と、魂を分け合った勇者を。君の仲間たちを。ちゃんと、いざという時のための対策はしてきたんだろう？』

そう、だ。こうなることはわかっていた。遅かれ早かれ私は徐々に意識を乗っ取られただろうし、全てを救う道を探そうって決めたじゃないか。テレストクリフを説得しようって。

それをこんな状態で出来るとは思えない。それなら、レイの言う通り一度身体を渡してしまえば。内側から、レイと一緒に説得出来れば。

ギルさんやリヒト、父様やお父さんたちだけじゃなく、色んな人が対策をたくさん考えてくれていたじゃないか。私の頼みを、快く聞いてくれた。任せろって言ってくれた。そんな人たちの心強い笑顔が次々と頭に浮かび、私は深く深呼吸をした。

そうだよ、落ち着いて。大丈夫、きっと大丈夫。もしこのまま戻れなかったらっていう不安はあるよ。たくさんある。でも信じよう。

ギルさんを、リヒトを、レイを。それから協力してくれたたくさんの人たちを。そして、幼い頃に視た未来の私を。

幸せそうに笑っていたでしょう？　未来の私は。あれは絶対に「私」だった。身体を乗っ取ったテレストクリフなんかじゃない。そう信じて。自分を、信じて！

「ギル、さん……！　封印を！　今から、この身体は、乗っ取られる、から！」

「な、にを……」

決意を固めた私は、すぐにギルさんに声をかけた。ピピィさんが託してくれた封印の魔石を使うのは今だ。闘技場の防御システムと封印。二重の守りでさえどれほど持つかはわからないけど、各地であらゆる被害を抑えるための準備を整える時間くらいは稼げるはずだ。

「これが最善だって、思う。大丈夫……色んな可能性を考えて、作戦を練った、でしょ？　必ず、戻ってくるから……それまで、守ってくれるって、信じてるよ」

数メートル離れていても、ギルさんの目が不安に揺れているのがわかった。怖いよね。不安だよね。私もだよ！　でも、大丈夫。私たちならきっと！　どうか伝わって……！

「信じて！」

「っ、わかった……！」

大きな声で叫ぶと、ギルさんもようやく決意を固めてくれたのがわかった。

だというのに、私から放たれている膨大な魔力の風の中をギルさんがジリジリと私に近付いて来た。え、なんで？　今は離れないと危ないのに！

いくらギルさんといえど、かなりキツイはずだ。実際、中心にいる私に近付くにつれてギルさんの身体や頬に切り傷が付いていく。それでも迷わず、真っ直ぐに進んで来てくれている。

早く離れてって言いたかったけど、そんなギルさんを見ていたら何も言えなかった。傷になんか気付いてもいないかのように、ただひたすら真っ直ぐに私の方だけを見て向かって来てくれている。愛しい人が、私の下へと。

そうして目の前まで到着したギルさんは、私に手を伸ばした。力に抗うように震えながら伸ばされた手が、私の頬に触れる。

「必ず、守る。絶対に助ける……！」

それを、言うために？　頬に触れた手の温もりが、私の心を震わせる。

「……うん。私も、必ずギルさんの下に戻るよ！」

夢の世界で、レイが急いでと呼ぶ声が聞こえてくる。頬に触れたギルさんの手を、私は目を閉じて一度ギュッと握った。それからすぐに目を開け、断腸の思いでその手を押し返す。

「離れて！」

私の声を合図に、ギルさんは名残惜しむように私から離れていく。そんなギルさんを胸が張り裂けそうな思いで見届けて、私は肩の力を抜いた。

いいよ、テレストクリフ。少しだけ身体を貸してあげるよ。でもね、きっとわかるはず。いくらこの身体でも神には戻れないって。だって、心の奥底で私が拒否しているもの。どんな状況になったとしても、最後まで抗い続けてみせるんだから。

こうして私の、歴代魔王たちの、最後の戦いが始まったのだ。

第2章 ◆ 愛されエルフ

1　決して敵わない相手

【ギルナンディオ】

これまでで最も、メグの手を離すのが辛い瞬間だった。だが惜しんでいる暇など一瞬もない。こうなった時にはどう動くか、事前に話し合ったのだから。

離れて、とメグが叫ぶよりも早く後ろに跳んだが、円形状に放たれた魔力の威力は凄まじく、防御が間に合わない。おかげで多少の切り傷を作ってしまった。まぁ、この程度は傷の内にも入らないが、メグが気にするから出来れば無傷でいたかったところだ。

そんなことよりも今はメグ……いや、メグの身体を使う何者かの方をなんとかしなければ。ギリッと歯を食いしばる。

魔力を放った後、その者はゆっくりと俯いていた顔を上げた。その表情は抜け落ちており、絶対にメグではないということがすぐにわかる。顔を上げずとも、気配で全く違う者だということはわかっていたが。愛しい人の身体を奪う者だと思えば、自ずと目つき鋭く相手を睨んでしまうのは仕方のないことだろう。

「ああ、良いな。馴染む。今までで最も馴染む器だ」

ソイツは、メグの声でそう呟いた。

全身が震え、抑えきれなくなりそうなほどの怒りを感じる。あの時。メグが人間の大陸に転移されて救出に向かい、傷だらけの姿を見たあの時と同じくらいだ。

「ギル！　落ち着けよっ⁉」

「……わかっている」

わかってはいる。だが、正直リヒトが声をかけてくれていなければ、暴走していたかもしれない。メグの身体を傷つけるわけにはいかない。ソイツがどれほど憎くても、直接攻撃をぶつけることが出来ないというのが歯痒かった。

「くっそ、なんて魔力だよっ……！　これ、まだ攻撃じゃねぇよな？　やべぇ……っ」

未だにソイツからは魔力の風が発せられており、近付くことも困難な状況だった。あまり弱音など吐きたくはないが、リヒトがそう言うのは無理もないと思えてしまう。俺もリヒトも、その場から吹き飛ばされないようにするので精一杯だ。魔大陸でも一二を争う戦闘力を誇る俺たちでさえこうなるのだから、ソイツが外へ向かったらと思うと恐ろしい。

メグも、被害は最小限に抑えたいと願っていた。なんとしても阻止しなければならない。

「ついにこの時がきた。やっと神に……為れる！」

ソイツは腕を広げて恍惚と笑みを浮かべた。俺やリヒトにすら気付いていないようだ。こいつにとって、俺たちはいてもいなくても変わらない存在なのだろう。

ああ、苛立つ。自分よりも圧倒的に強者だとわかるからだとか、敵わないとわかることが悔しいからだとか、そんなことはどうでもいい。

……やめろ。メグはそんな邪悪な笑顔を見せたりしない。

「さて、レイの未練を断とうか。神と為る第一歩だ」

レイ？　未練？　言っている意味はわからなかったが、その言葉からは不穏な予感しかしない。

「何を、する気だ……？　その前に、お前は誰だっ！」

今にも動き出してしまう気配を感じて、少しでも引き留めるために問いかける。

ようやく、ソイツはゆっくりと目だけを動かして俺たちの方を見た。たった今、こちらに気付いただろうに特に驚いた様子はない。意外そうに俺たちのことを観察しているように見える。まるで、最初からそこにあった一切興味のない「物」が急に喋り出して、不思議に思っているかのような……そんな反応だった。

ソイツは僅かに首を傾げると、面倒くさそうに告げる。

「軽々しく口を開くな」

俺たちを見下すように一瞥(いちべつ)した後、ソイツは軽く人差し指を動かした。たったそれだけの動きで、俺とリヒトに風が纏わりつく。本来なら魔術発動前に感じるはずの僅かな魔力の揺れも感じなかった……！　ほんの数瞬の間に俺たちは小さな竜巻に搦(から)め捕(と)られ、宙に浮かされる。このようにされるがままとなるのは、まだ力もなかった幼い頃以来だ。

これが、神なのか……？　ここまで手も足も出ない存在なのか……っ⁉

「虫ケラが知る必要などないだろう。どうせ私が全てを消し去るのだ。無駄なことよ」

カッと頭に血が上る。やめろ……その顔で、その声で、人を虫ケラなどと言うな！　消すなどと言うな！　メグの身体で、世界を破滅へ導くなど絶対に許さない！

怒りが力へと変換されていく。身体の内側から燃えるような熱い力が込み上げてくる。影の力が黒い炎を形作り、それに包み込まれるようにして魔物型へと変化した。

人型の状態で竜巻に拘束されていたため、大きな魔物型に変化するとさらに締め付けられる。ギシギシと聞こえる嫌な音は、身体が悲鳴を上げている音だ。だが、そんなものはどうだっていい。たとえ全身の骨が折れようとも、約束を守らなくてはならないのだから。

「ぎ、ギル……！　くっそ、俺だってっ」

近くでリヒトの叫び声が聞こえてくる。俺と同じように魔力を限界まで高めて脱出を試みているのだろう。なかなか、根性のあるヤツだ。そのことに、微かに肩の力が抜ける。

そうだ、力を効率的に使うには力任せにしてはならない。ある程度の余裕を持たせなければ出来るものも出来ないのだから。リヒトのおかげでいくらか冷静さを取り戻せたようだ。

メグの祖母であるピピィに託され、オルトゥスの研究者たちがより威力を底上げした封印の魔石は影の中に保管してある。今の俺がすべきことは、その魔石でメグの身体ごと動きを止めること。だが確実にソイツの動きを止めるためには、術者がソイツと目を合わせて名前を呼び、確実に文言を耳に入れさせる必要がある。術者とは無論、俺になる。

こうなることは予測していた。身体が乗っ取られた瞬間、間髪を容れずに力が解放されるだろうと。だからそのつもりでいてほしい、と他ならぬメグに頼まれたのだ。

それならば、乗っ取られる前からメグの側にいて離れなければいいのではないかとも訴えたが……それは危険だと首を横に振られた。一度離れて、リヒトと協力して隙を狙ってほしいと、それはもう何度も念を押されたな。

メグの判断は正しかったと思う。あの魔力の風を、メグの手を握ったまま受けていたら全身にダメージが入り、今頃ろくに動けなくなっていたことだろう。

だが、結局こんなにもあっさりと捕まってしまった。警戒していたにも拘わらず、だ。情けないことだが、もう一度同じ状況になったとしても結果は同じだっただろうと予想がつく。

ならば、まずはこの拘束を解くまで。過去を悔いる時間などない。常に前進しなければ。

「っ、あああああああっ!!」

こんなにも声を出すのはいつぶりだろうか。若い頃の頭領と、本気でやり合った時だったかもな。どうにか魔物型に変化して、竜巻を無理矢理広げることが出来た。その瞬間、すぐに人型に戻ることで生じた隙間から拘束を抜け出す。

「む……」

ほんの僅かに苛立った様子を見せたソイツを見て、わずかに溜飲が下がる。意外だったか？　お前の言う虫ケラが、拘束を解こうとしているのが。良い性格をしているな、俺も。

「なるほど、なるほど」

ソイツは、暫し俺を観察すると何かに気付いたかのように目を細めた。その後、何度も頷きながら口角を上げる。

「忌々しいあの娘が、大切に思う者、か」

舌打ちをしたくなるのを堪え、油断なく体勢を整える。ソイツはさらに笑みを深くし、心底嬉しそうに言葉を続けた。

「好都合だ」

ゾクリ、と背筋が寒くなるような笑みだった。自分がソイツの纏う雰囲気だけで気圧されたことに気付き、腹に力を込める。

「ここでお前を殺せば、あの娘の心を簡単に折れる！　そうなれば、この身体は永遠に私の物だ！」

高笑いをしている隙を突いて、俺はリヒトを拘束している竜巻に影鳥を捻じ込む。油断している今だから出来たことだった。当然、そのチャンスを逃すリヒトではない。僅かに出来た隙間から、身体を滑らせてどうにか地面に着地した。

「いいか、リヒト。絶対に死ぬんじゃない。死んだら俺が殺す」

「おい、それメグのためだろ。その言葉にほんのわずかでもいいから俺への心配を入れてくんない？」

俺たちの反撃はここからだ。一度は捕らわれたが二度と同じ過ちは繰り返すまい。どうにかしてソイツの名前を聞き出し、近付いて魔石を押し当て、目を合わせながら文言を唱える。たったそれだけのことだ。……とても簡単に出来そうもないが。

絶望的な状況だというのに、俺もリヒトもいつの間にか口元に笑みを浮かべていた。

次の瞬間、ソイツの攻撃は予告なく繰り出された。だが、一度それを受けたからか俺もリヒトも難なく避けることが出来る。相手の出方さえわかれば動き方も変えられるというものだ。

ただし、攻撃をまともに食らってはならない。あれは異常だ。俺たちでさえ、一撃で重傷を負うだろう。それほどの力をメグが内包していたのだと思うと、やりきれなさを感じる。と同時に、メグだからこそ絶対的に安全な存在でいられたのだと改めて思い知らされた。

アレは、恐ろしいものだ。わずかでも悪しき考えを持つ者であったら、力の使い方を必ず間違える。メグだから。どこまでも他人を思いやるメグだからこそ、優しい力でいられたのだろう。

「ギル、名前はわかったか!?」

「いや、まだだ」

防戦しながらリヒトに問われ、簡潔に答える。こればかりはメグを信じるしかない。

そう。作戦の一つに、メグがどうにかしてあの元神の名前を教えてくれる、というものがある。元神であるソイツが、自ら名前を明かすことはまずない。神が本当の名を知られるということは、相手に全てを明かすのと同義だからだ。遥か昔に得た知識が事実だったら、の話ではあるが、今はそれを信じるしかない。とにかく名前を知らなければならないが、本人に聞いたとしても素直に教えてもらえないことだけは確かだ。

メグも、本来なら身体を乗っ取られる前に伝えたかったと悔しい思いをしていたな。首にある魔術陣のせいで、情報を洩らせなかったのだから。だがそれはつまり、首の魔術陣さえなければ伝えられるということでもある。いつそのタイミングが訪れるかはわからないが、チャンスがあればどんな状況であっても必ず伝える、とメグは自信満々な笑みを浮かべて言っていた。

そして今、メグの首にあった魔術陣はない。身体の主導権を握ったため、ソイツが魔術陣で縛る必要がなくなったからだろう。身体に刻まれた忌々しい魔術陣がなくなったことについてだけは、良かったと思える。

あとは、メグが俺に伝えてくれるのを待つだけではあるんだが……逆に、それがあるまでメグの安否がわからない。正直、気が気ではなかった。身体は乗っ取られているし、本当に伝えてもらえるのかも定かではない。

だが、望みは薄いというのにきっとメグならやってくれるという信頼があった。

「それまでに、隙をつくる術を考えるぞ」

「っ、わかった！」

ただ待つだけでいるつもりはない。名前を知ったらすぐに封印を施せるよう、どのみちソイツの動きを一瞬でも止める方法を考えねばならないのだから。

「つっても、まるで隙がねぇ！　まだ遊んでる感覚だろ、腹立つな！」

リヒトの言う通り。ソイツには一切の隙がなかった。その上、力をほとんど使ってはいないだろう。動きを止める、というのも足を止めるという意味では決してない。なぜなら、ソイツは一歩も動いていないのだから。動かしているのは右腕のみ。指先を軽く動かして自在に魔術を操っているのだ。

だから俺たちはソイツの腕を、いや……動きを完全に停止させなければならない状況だった。いや、もしかすると動きを止めたところで意識を刈り取らない限り魔術を繰り出されてしまうかもな。

「攻撃を仕掛けたらどうだ？　そうなればさすがに私も、多少は動いてやらないこともないぞ？

ああ、虫ケラにそんな余裕などないか」

「うっせっ‼」

絶望的な戦況だ。勝てる見込みが少しもない。こんなことは生まれて初めてだった。物心つく頃から戦いに身を投じてきたが、いつだってわずかな勝機は見出していたというのに。まぁ、弱音を吐くつもりはないが。

「なぁ、ギル。ちょっと疑問なんだけど、神なのに身体が必要なのか？　俺のイメージだと神様ってのは、こう……精神体っていうか、身体がなくても平気そうなんだけど。少なくとも、人と同じ身体である意味はあんのかな」

その疑問は俺も抱いていた。だが、一つだけ確かなことがある。

「それはわからないが、今のソイツには必要なのだろうことは確かだ。……もしかすると、ソイツも身体を守ろうとするんじゃないか」

「そ、れは。わかるけど……わかるけどさぁ」

リヒトが嫌そうに顔を歪める。その顔をしたいのはこちらの方だ。だが、もはやそんなことを言っている場合ではない。

「俺がやる。お前は注意を引け」

「マジかよ。……くそっ！」

不満を漏らしながらも、リヒトは指示通りに前へ飛び出した。そのまま、攻撃をいなしつつ自分に注意が向くよう立ち回り始める。理解が早い。それに、覚悟を決めるのも。さすがは、メグと魂を分け合った存在なだけある。

リヒトが動き回っている間に、刀を構えて一つ息を吐く。

確かにソイツの言うように、逃げ回っているだけでは何も変わらない。ならば、こちらも攻撃しなければ。あの身体に、メグの身体に向かって攻撃を！

……そう思うのに、身体が上手く動いてくれない。ざまぁないな。何が覚悟だ。こんなにも手が震えているくせに。

『これはね、ギルさんにしか頼めないことなんだけど』

ふと、あの時のメグの真剣な眼差しが脳裏に浮かんだ。

『もし、私が身体を乗っ取られて、暴れるようなことがあったら……ギルさんが私を止めて。殺してでも』

あの目に一切の迷いはなかった。メグだって、死は怖いはずなのに。本当は死にたくなどないだろうし、攻撃をされるのはどれほど恐ろしいことか。

『でも、これはやっぱり……ギルさんじゃないと、嫌だから』

死ぬのなら、俺の手で。メグはそう言った。

「は……死ぬ気で守れよ、その身体。落ちこぼれの、元神よ」

――どうせ俺の全力をもってしても、攻撃は届かないのだろう？

スゥッと荒ぶっていた感情が凪ぐ。静かな怒りが俺の心を支配していた。

よくも俺に、最愛の相手へ刃を向けさせたな。

もう迷いはない。ならば全力で。これまでに何度も、何度も繰り返してきた渾身の一振りを。音を置き去りにして振った刀からは、影の刃が衝撃となって繰り出され、広がっていく。この影は刃そのものであり、斬撃の威力を落とさない。標的に、当たるまで。

ソイツがわずかにピクリと表情を動かしたのを、俺は見逃さなかった。だが、ソイツは虫でも払うように片腕を振っただけで影の刃を叩き折る。折られた影の刃は周囲の光に解け、ホロホロと消えていった。俺の最大威力の攻撃は、いとも簡単に破られてしまったというわけだ。

「あまりにも脆弱。ああ、腹立たしい。私の世界には不要な物が多すぎる。やはり一粒の命も残さず排除せねば」

ソイツは呆れたように告げたが、俺はこの結果に満足だった。第一に、メグの身体を傷つけずに済んだ。そして、ソイツもまたメグの身体が必要であり、出来れば傷を作りたくはないであろうことがわかったからだ。

さらにもう一つ。攻撃を防ぐ時、ソイツはついに腕を大きく使った。指で魔術を行使するだけでは間に合わないということだ。ほんのわずかでも、変化を起こせた。これは大きい。

「リヒト、お前も攻撃しろ！」

「うっ、わ、わかった！」

リヒトもメグの身体に攻撃をするのに抵抗があるようだが、他ならぬ俺が先にしてみせたことで覚悟を決めたらしい。ようやく剣を取り出して攻撃を仕掛け始めた。

二人で攻撃を始めたことで、ソイツはついに両腕を動かす。だが、相変わらずまだまだ余裕がある。その場から動くまでにはいたっていないしな。正直、ほんの僅かな変化があったくらいでは勝機を見出せない。

「……飽きてきたな」

「っ！」

ソイツは、小さなため息を吐くと自分を中心にして広範囲魔術を放出した。禍々(まがまが)しく黒いその魔術は、雷のような攻撃だった。

アレに触れてはならない。瞬時にそれを察知した俺は影へ、そしてリヒトは転移をしてその場を離れる。だが、衝撃は影の中にまでビリビリと響いた。ダメージはないが、あまり長時間は耐えられそうにない。この影の中にまで影響を与えるとは……。もはやなんでも有りだな。神という存在は、絶対に人の世に干渉してはならない。何が何でも、野放しにするわけにはいかない……！

――……っ！

一瞬、脳内にか細い声が聞こえた気がした。誰の声かなど、すぐにわかる。

「メグか……!?」

出来るだけ早く外に出て、あの元神を足止めしなければならないが……今はメグの声に集中だ。目を閉じ、意識をメグにだけ向ける。

愛しい、俺の唯一の番。

だが、その声はとても弱くて小さい。メグの魂に危険が迫っているとでもいうのかと、心臓が抉(えぐ)られる思いだ。しかしそれでも、メグが必死に俺に伝えようとしているのだけはわかる。一体、メグの方では何が起きているのか……。

「ああ、忌々しい……！」

ソイツの苛立つような声が耳に入るとともに、撒き散らされていた黒い雷による攻撃の威力が弱まっているのを感じる。もしかすると、内側でメグが頑張ってくれている、のか……？　その上で声を伝えようと？

同時に二つのことをやろうとするなど、欲張りだな。メグのことだ。俺たちが押されているのを知って、何かせずにはいられなくなったのだろう。メグらしい。そして、情けないことだ。

ならば、ここで逃げているだけではいけないな。こちらからも攻撃を仕掛け、メグがちゃんと声を届けられるように相手を弱らせなくては。

俺はすぐに地上に飛び出した。黒い雷をいくつもその身に受けたが、構ってなどいられない。

「リヒト!!」

俺がその名を呼ぶと、瞬く間にリヒトが近くに転移してくる。攻撃範囲内に来たことでリヒトもまた攻撃を食らっていたが、この程度でへばるような男ではないよな？

「弱らせる。メグが内側からも攻撃を仕掛けているようだ。このチャンスを逃すな」

「！　やるじゃん、メグのやつ。これは兄として負けてらんねー！」

長期戦にするつもりはない。俺たちは再びソイツに向かって駆け出した。外側から俺とリヒトが、内側からおそらくメグが攻撃をしているからか、ソイツはついにその場を動く。ただ楽観視は出来ない。動いたということは、俺たちを無視して大量殺戮に向かう可能性もあるからだ。

先ほどヤツは飽きたと言った。メグの心を折るために俺たちを先に殺そうと考えていたようだが、俺たちは意外としぶとい。相手をするよりも、先に人のいる場所に向かおうといつ考えを変えてもおかしくなかった。だが、そうとわかっていてもソイツの動きを止める決定的な一手が思いつかない。

こんな時、メグならきっと突拍子もないことを思いつくのだろうな。だがその一見おかしなアイデアが、いつも有効な一手となるんだ。そう思った時、ふと暗い影の中で顔を真っ赤にして微笑むメグの姿が脳裏に浮かんだ。

「……待てよ？」

それをキッカケに、俺の中に一つの考えが浮かぶ。これなら、もしかするとうまくいくかもしれない。

俺の影は、俺自身と番以外が入ると精神が崩壊する。神相手にも効くかどうかはわからないが……試す価値はあった。しかし同時に、その一手は危険でもある。なぜならヤツは今、メグの身体を使っているのだから。つまり、もしソイツが番として認識されたのなら、ヤツは影の中で自由に動くことが出来、俺は逃げ場もなく一方的にやられることになるだろう。

まぁ、その点は無用な心配だという確信はあるがな。俺がヤツを絶対に受け入れたくないと思っているのが理由だ。

俺はメグの魂を愛しているのであって、いくら身体がメグでも中身が違えば拒否をする。とはいえ、激しく拒む相手を影に入れることで、俺にかかるダメージも相当なものにはなるだろうが。

考える時間も惜しい。出来る手は全て打つ。ただそれだけだ。

「リヒト」

ヤツに攻撃を仕掛けながら簡潔に説明をすると、リヒトは軽い舌打ちをした。己の力不足を悔やんでいるのだろう。俺にもその気持ちはよくわかる。

「それ、本当に大丈夫なのかよ……ギルがやられちまったら、さすがに俺一人で抑えらんねーぞ」

「成功させる。必ず」

まだ、メグからの声は微かにしか届いていない。ヤツに仕掛けたその時、名前を知ることが出来ているかどうかは賭けだ。

「ま、どのみちメグがやられたら俺も死ぬことになる。メグはギルに命預けてんだろ？　なら俺だって同じだし。ただ、俺はまだまだ死ぬ気はねぇからな、ギル！」

リヒトはそれだけを言い残し、どうにかヤツを誘導するように動き始めた。理解が早くて頼もしい限りだ。影に取り込むには地面か壁か、どこかに触れていてもらわなければならないからな。

「は。死なせるつもりはない」

すでにリヒトには届いていないだろうが、無意識に口に出して呟く。

さて、俺もただリヒトに頼ってばかりもいられない。反対側から回り込み、ヤツを追い込むとしよう。

勝負の分かれ目というものは、ほんの一瞬で決まる。リヒトが全力で剣を振るったのとほぼ同じタイミングで、俺も反対方向から刀を振るった。ヤツの頭上には影の魔術が迫っている。咄嗟に回避行動を取るなら恐らく……！

ヤツの右のつま先が、地面に着いた。その瞬間、全神経を集中させてヤツを影に取り込むことに全力を注ぐ。ほんのわずかでも、影に触れれば取り込める！

「これ、は……！」

初めてヤツの顔が歪む。それによって、この一手が有効なのだということがわかった。

「う、あああああっ‼」

「ぐぅっ……！」

強烈な不快感が俺を襲う。同時に、メグの声で聞こえてくるヤツの叫び声はなかなか心にくるものがあった。だが、これでようやくヤツの動きを止められた。長くは持たないが、まだ俺はどうにか動ける。あとは、名だ。教えてくれ、メグ……！

「がっ、は……！」

口の中に広がる鉄の味。ああ、血を吐いたのかと気付くのに数秒を要した。ここまでのダメージを負うのはかなり久しぶりだな。不思議なもので、危機が迫った時ほど笑えてくる。

荒い呼吸をしながらつい笑みを浮かべた時だった。

——ギル、さん！

……ああ、聞こえた。

まだ小さな声だが、愛する者の声だ。一言も漏らさなかったぞ、メグ。

思い通りに動かない身体を無理矢理起こし、足に力を込める。今にも影から逃れ、出て行こうとするヤツを目がけて思い切り踏み込んだ。

一瞬で間合いを詰め、ヤツの胸倉を掴む。ああ、メグ。乱暴に扱ってすまないな。

「っ、テレストクリフ！」

「な……っ⁉」

名を呼ぶと、ビクリとその身体が一瞬だけ硬直した。同時に、ヤツの繰り出した黒い炎が俺の腕や腹、足に突き刺さっていく。しかしもはや痛みなど感じなかった。

だがダメージは負う。そのせいで影の外に飛び出してしまったが……もう遅い。条件はもう、全て満たせるのだから。俺は再びヤツの名を呼び、先ほどよりも確実にその動きを止めてやった。

「ぐっ、こ、の……虫けらが……っ」

俺たちが何をしようとしているのかを、本能的に察知しているのだろう。憎々しげに俺を睨んでくる。その顔でやられると、色々と思うところはあるが……まぁいい。

影の収納から魔石を取り出し、ヤツの身体に押し付ける。

「この者テレストクリフを繋ぎ止め、捕縛せよ‼」

ピピィが持つ特殊体質「絶対防御」の力を使った捕縛魔術。縛りたい者の名を告げれば、その威力はさらに確実なものとなる。

無色透明な魔石が巨大化し、テレストクリフを呑み込んでいく。ヤツは叫びながら暴れていたが、抜け出すことも出来ずに魔石に身体の半分以上が埋まることとなった。それを見届けてから俺もその場を離れると、あっという間に魔石を中心に防御壁が展開される。魔石に埋まるテレストクリフ一人が納まる程度の、小さな範囲。だからこそより強固なものとなるのだろう。

やがて、魔石の光が収まった。小さな防御壁の中では、魔石に埋まるテレストクリフがこちらを射殺さんばかりに睨んでいる。口元まで埋まっているため、声を発することも出来ないようだ。

「ひとまずは、これで良し、か……？」

「……ああ」

駆け付けて来たリヒトの声を聞き、大きなため息を吐く。まだ安心は出来ないが、これでしばらくの間、メグの身体を操るテレストクリフが誰かを傷つけずに済むだろう。

「けど、この姿が捕らわれているのを見んのは、あんまり気分良くねーな」

「……」

それには完全同意だ。だが、あまり答える気にはなれなかった。

久しぶりに疲れたな。簡単な魔術を使って、ひとまず身体に負った傷を止血していく。肋骨(ろっこつ)が何本かと、内臓もやられているようだが……今のうちにルドの下へ戻って治療を頼むべきか、少し悩む。

「すぐに治療して来いよ。俺が見張ってるから転移で送ってやることは出来ねーけど。ただ出来るだけ早く万全な状態で戻って来てくれないと、俺が困る」

「……ふ、わかった」

人に思考を読まれるのは微妙な心境だな。だが、リヒトの言う通りだ。ボロボロの状態で再戦は避けたい。願わくば、もう戦わずに済むような結果になってもらいたいとは思うのだが。何があるかはわからないからな。

『ギル、さん！』

先ほど聞こえたメグの声を思い出す。辛そうな声音だった。きっとメグも、無茶をしたのだろう。俺も人のことは言えないし、今は無理をする時だ。わかってはいるが……。

「必ず、取り戻す」

作戦のためとはいえ、身体をテレストクリフに渡したメグ。本当なら自分は存在しなかった、自分こそが身体を横取りしたのだと心の奥底で気にしていたな。口に出して言ったことはないが、俺には伝わっていた。

「その身体はメグのものだ。他の誰にも渡さない」

本当は、今にもテレストクリフを殺してやりたいほど腹立たしい。殺意が漏れ出なかったのは、メグの身体だったからに他ならない。自分の物だと？　ふざけるな。たとえ神でも、許す気はなかった。

「……さっき止血したのにな」

じわりと怪我をした場所から血が滲むのを感じ、気持ちを落ち着ける。大丈夫だ、メグなら。いざという時にメグをこちらに引っ張れるよう、受け止められるように、心を保て。そう自分に何度も言い聞かせながら、俺はオルトゥスに向かうべく影に潜った。

2　メグの戦い

【メグ】


気持ちの悪い沼にはまっているかのような心地だ。

ねっとりとした泥が体中に纏わりついて、思うように動けない。それどころか、頭がボーッとして身体に動けという命令さえ出せていないんじゃないかって感じ。

このまま沈んでしまったら、楽だろうな。沼は冷たくて、ちょっと気持ち悪いけど……力を抜いて楽になりたいって思ってしまう。

だってなんだか息苦しいし、このままは辛かったから。

「メグ！」

「……」

でも、それを許さないとばかりに誰かが私の名を呼んだ。聞いたことのある声。えっと、誰だっけ。確か……。

「レイ……？」

「そうだよ。意識をしっかり保って。楽な方に流れてはいけない！」

苦しくて、辛いのに、眠ることを許されないなんて。なんでダメなの？　なんで頑張らなきゃいけないんだっけ。

ダメだ、うまく頭が回らない。ねぇ、レイ。知っているなら教えてよ。どうしてこのまま眠ってはいけないの？

「大切な者はなに？　メグが絶対に守りたいものは？　そう簡単に忘れてしまえるようなものじゃないでしょう？」

「たいせつな、もの……」

うっすらと目を開けると、必死な様子で私に声をかけ続けてくれる黒髪の青年が見えた。彼はどうしてここまで一生懸命なんだろう。それに応えてあげたいけど……眠くてどうしようもない。また瞼が下りてきてしまう。

「愛する人が傷ついてる！　そのままでいいの⁉　メグ！」

愛する人……？　再びほんの少しだけ意識が覚醒して、言われたことを繰り返して声にする。

『メグ……！』

どこかで、私の名を呼ぶ声が聞こえた。この声はレイじゃない。もっと低くて、温かくて、愛おしい。

「ギル、さん……」

ああ、そうだ。私の愛する人の声だ。それで、傷ついている……？　……えっ、傷ついてる⁉

ギルさんが⁉

急激に意識が覚醒していく。グイッと何かに身体を引き上げられたような感覚だ。でも実際に引き上げられたわけじゃない。

えーっと、どうしたんだっけ。今は……生身じゃない、ね。うん。また夢の中かな？　そう思って魔力で探ってみたけど、それともまた違う。

ああ、そうだ。ここは私の心の中だ。

正確にはまた違うのかもしれないけど、そういう表現がしっくりくるのでそう呼ぶことにしよう。

「え、あ、あれっ、何っ、この状況⁉」

改めてよく見れば、私は身体のほとんどを黒い何かによって搦め捕られている状態だった。さっき夢現(ゆめうつつ)だった時も気持ちの悪い沼の中にいる感覚だったけど、概ねそのままの状況だった！　ひえぇ、気持ち悪い！　抜け出したいぃ‼

でもいくら抜け出そうともがいても、黒い何かがまとわりついてくるだけで全く抜け出せそうにない。嫌ぁぁぁ！

「ああ、やっと意識がハッキリしたね。よかった。第一段階はクリアだ」

「第一段階？　それに、ちっともよくないよぉ！」

ホッとしたように微笑むレイだったけど、ほんと、まったく安心出来る要素がないんですがっ！

「このまま眠っていたら、二度と君が身体を取り戻すことが出来ないところだったから」

「それは由々しき事態ですね‼　うん、よかった！　確かによかった！」

これはもがいてどうにかなる問題じゃないといち早く気付いた私は動きを止め、大きく頷きながらレイに答えた。

でも良い状況とは言えない。ピンチなのは変わらないままである。作戦とはいえ、自分から身体を引き渡したのは早まったかなぁ。でも、レイはこうするしかなかったと言うし。

「強引に奪われていたら、たぶん君は目を覚まさなかったよ。自分から明け渡したからこうしてギリギリのところで目覚められたんだ」

「そっか。でも、レイがいなかったら同じ結果になっていたかもしれないよね。ありがとう」

レイが起こしてくれたからこうして目覚めることが出来たんだもん。お礼を言うのは当たり前のことだ。でも、レイは私がお礼を言ったことをとても驚いているみたいだった。感覚の違いってヤツかな？　神様と人とは色々とズレていそうだもんね。

ともあれ、まずはこれからどうするかを考えないと。

「一応ね、事前に色々と作戦は練っていたの。時間がなかったからあまりじっくりとは考えられなかったんだけど……どうにかして、テレストクリフの名前をギルさんに伝えられないかって」

ギルさんだけじゃなく、オルトゥスの人たちからも聞いた話によると、神様の名前は特別なものだから呼ぶことで動きを少しだけ止めることが出来るんじゃないかって。

それを伝えると、レイはああ、と頷いて感心したように頷いた。

「神と呼ばれる者の名は特別だからね。ただ、人から呼ばれたとしてもほんの少しだけ動きを止める程度の抑止力しかないかな。でもそれが大事な一手になる可能性はあるね」

やっぱり名前は特別なんだ。でもそこまで重要ではなさそう。思えば、レイは自分から私に教えてくれたもんね。その程度の認識だったから教えてくれたのかもしれないな。

ただ、絶対に敵わない相手だからこそ、そういう小さな一手が大事だったりもするのだ。特に、ギルさんやリヒトならその僅かな隙を無駄にはしないはず。

「それでね？　なんとか伝えたいとは思ったんだけど……」

「ああ、首の魔術陣で妨害されていたからね。その勘は正解だよ。でも、今なら妨害もないから伝えられるんじゃないかな」

「うん。それもわかるし、そうしようと思ってた。でも、いざとなるとどうすればいいのかわかんなくって」

ギルさんには力強く、必ず私が伝えるからって言っておきながら、実際は方法が何も思いついていない。謎の自信だけはあったから、いざとなったらわかるかなって軽く考えてたんだよね。こういうところがつくづく私である。

「あはは、メグって本当に見ていて飽きないよ。こんな時だというのに、笑っちゃうなんて」

「も、もうっ！　これでも必死なんだよ！」

適当だと思われるかもしれないけど、その時その時を必死で生きてるんだよ、私だって！

でも、まぁ、行き当たりばったりなのは事実だし自覚もあるので笑われても仕方ないです、はい。

「頼もしいから笑っているんだよ。ねぇ、メグ。自信があったんだろう？　なら、すでに方法は君の中にあると思うよ」

「私にはすでに、わかっているってこと？」

レイはニコニコしながらこちらを見つめて頷いている。私からどんな方法が出てくるのかを楽しみに待っているようにも見えた。うーん、そうは言ってもなぁ。

「……祈るしか」

「じゃあ、それが正解なんだろうね」

えぇ？　そんなことでいいの？　でも、今の私に出来るのはその程度だ。魂の状態だけど体の自由を奪われているわけだし。ここは心の奥の方だろうから、表に出て身体を取り戻すのにはまだ時間がかかりそうだし。

祈る、か。冗談みたいな考えではあるけど、確かにそれが正解なのかも。だって、私とギルさんは番同士なんだから。強く祈れば、伝わるかもしれない。

目を閉じて、ギルさんに意識を向ける。どうか見せて。貴方の見ている景色を。どうか教えて。貴方が今、どんな気持ちなのかを。

すると、ぼんやりとだけどイメージが浮かんできた。イメージは途切れ途切れでよくは見えなかったけど、どうやらリヒトと死闘を繰り広げているみたいだ。私に攻撃出来ないからか、回避してばかり、なのかな。うぅっ、二人が本気を出して攻撃すればもっとテレストクリフの動きも止められると思うのに。

まぁ、私の身体は脆（もろ）そうだから戸惑うのもわかるけど。でも魔大陸中の、ううん、人間の大陸もだね。この世界、全ての命がかかっているんだから思い切って攻撃してほしい。ああ、もどかしい。

今見えたことをレイにも伝えると、彼はふむと腕を組んだ後に小さく微笑んだ。

「クリフにとってもこの身体は大切なはずだよ。神へと為ったらいらなくなる器ではあるけど、それまでは絶対に必要だから」

「……そっか。この身体と私の魂があるからこそ、全ての条件が揃っているんだっけ」

つまり、テレストクリフも攻撃されたらこの身体を守ろうとするってことか。それを伝えるか、どうにか気付いてくれたら私の身体にも攻撃してもらえるだろうか。

「でも……条件が揃っていたって、神には戻れない、よね？」

レイは愛を知ったから地上に堕とされたのだと言った。だから、今更どんな条件を揃えたところで戻れないんじゃないかと思うんだけど。

私が疑問を口にすると、レイはこれまで穏やかに微笑んでいたその顔からスッと表情を消した。

「……すでにクリフは神に戻ろうなんて思ってないよ」

え、どういう、こと？　だって、そのために長い間ずっと……。ゾクリ、と背筋が寒くなる思いがした。

「戻るんじゃなくて、新しい神になろうとしているんだよ。クリフは」

理解が追い付かなかった。言っている意味はわかるんだけど、話があまりにも私の知る世界から逸脱(いつだつ)しすぎていたから。

「新しい、神……？」

声が震えてしまう。レイは小さく頷くと、感情のない顔で淡々と説明を続けた。

「まずクリフは、この世界の全てを破壊し、命を刈りつくすよ。そうして真っ新(さら)になった世界で、自分にとって都合の良い新たな命を生み出すんだ。そうすれば、彼はその世界の神と言えるだろうから」

「や、やばい思考すぎてついていけないんですが……？」

天地開闢ってやつ、だよね？　まさしく神話だ。実際それをやろうとしているだなんて、現実味がない。

でも、じわじわと恐ろしさを感じるのは、それが出来てしまう力をこの身体が持っているとわかるからだ。私では無理でも、テレストクリフが操るこの身体なら出来てしまう。その力があるのだから。

「いくら世界を創り直したって、神になったって……きっと同じことを繰り返すだけだろうに」

レイはとても悲しそうに目を伏せた。

それは……私も、そう思う。自分に都合の良い世界なんて、出来っこないもん。命を吹き込まれた生き物には、それぞれ意思が宿るんだから。もしくは、魂を持たない存在をつくるつもりなのかな。私が宿る前のこの身体や、ダンジョンの魔物みたいに。

……ダンジョンの、魔物？　そこまで考えた時、レイがフッと悲し気に目を伏せた。

「……君の想像通りだよ。ダンジョンの魔物は、クリフが生み出したシステムだ。人の能力を底上げするために生み出された存在で、魂を持たない。オリジナルのコピーにすぎないんだ」

「コピー……？　じゃ、じゃあ、倒されてもいずれまた復活するのもそういうシステムだからなの？」

「そうだね。この世界の神だった時に彼が創ったものだ。君という器も彼が手を加えたからこそ生まれてきた。完全なる彼の創ったものとは言えないけれど。そうでもなきゃ、魔王とハイエルフの間に子どもなんかほぼ出来ないよ」

……まさかここでダンジョンの魔物について知ることになろうとは。衝撃の事実過ぎませんかね？　というか、私がこの世界にいられるのもある意味テレストクリフのおかげってことじゃないか。大きな意味で生みの親というわけだ。ふ、複雑……。

「そうだったんだ……でも、魂を持たない存在であっても、コピーであっても、心は生まれたよ」

だって、この身体が望んだからこそ私の魂が呼ばれたんだもん。ダンジョンの魔物だって、微かに意思のようなものを感じる時があったし。

思えば、私と同じような存在だからこそ感じ取れたのかもしれない。他の人にはわからない、微かな意思を。

「そうみたいだね。これは新発見だよ。だからこそ、クリフのしようとしていることは……失敗する」

最初はうまくいくかもしれない。彼にとっての理想の世界で、思い通りにいくのだろう。でも、ほんの欠片(かけら)だった意思は確実に成長していき、いつかは彼の思う通りに動かなくなる。育まれた心によって、世界はそこで生きている者たちが動かすようになるんだ。

そうだよ。世界は神様のものじゃない。そこで生きている者たちのものだ。生み出してくれたことに感謝はするし、敬(うやま)う気持ちもある。でも支配は違う。絶対に違うって思う！

「でもこれは僕の推測だ。当たっているとは思うんだけどね。ごめんね。僕はこの世界の生き物たちを守ることに全力を使ってきた。だから、彼を止めるどころか思考を探る力もあんまりないんだ。今思えば、対話することこそが最も必要なことだったのかもしれない」

レイの推測は私もほぼ当たっていると思う。けど、そっか。ハイエルフの郷に別種族と子を生してはならないという掟を作ったり、膨大な魔力を分散させるために勇者という存在を連れて来たり、随分と遠回しな援助だなって思っちゃっていたけど……そういう理由だったんだ。レイは、自分に出来る精一杯で私たちを守ってくれていたんだね。

「でもクリフは、僕の存在に一切気付いてくれないから。ううん、それは言い訳だ。僕だって、彼と向き合うのが怖くて本気で対話しようとしていなかったのだろう」

テレストクリフは神になるために全ての力を注いでいる。だから、愛したはずのレイの存在にさえ気付かないってことか。

……なんだろう、違和感がある。それが何なのか、ハッキリとはわからないけど。

「確信を持ってアドバイスが出来なくてごめん。最悪な推測だったよね。不安を煽(あお)るだけになってしまったかな?」

そこまで話した後、レイは申し訳なさそうに私の顔を覗き込んできた。最悪な推測、か。ふふっ、そのくらいは慣れていますとも。

「大丈夫。常に最悪を想定して動くのが、オルトゥスのルールだから!」

「！　そっか。そうだったね」

とにもかくにも、今はギルさんたちに私を攻撃しても大丈夫だってことに気付いてもらいたい。

まずはそれを祈ってみよう。どうせ今はこの拘束から抜け出すことが出来ないんだから、出来る手を一つずつ！

『もし、私が身体を乗っ取られて、暴れるようなことがあったら……ギルさんが私を止めて。殺してでも』

ふと、あの時にギルさんとした約束を思い出す。あの覚悟は、今も変わっていない。たとえ身体が死ぬことになったとしても、私はそれを後悔したりしない。ただそれは、ギルさんの手による終わりであってほしいとは思うけどね。これは私のワガママだ。

「そうだ。あの時のことを、ギルさんが思い出してくれたら……！」

ポツリとそう呟いた瞬間、脳裏にギルさんがその刀を私に向かって振るうイメージが見えた。あまりにも速いその攻撃に、理解が追い付かない。追い付かなかったけど……。

「私に、攻撃をしかけてくれた……？」

もしかしたら、あの時のことを同じタイミングで思い出してくれたのかもしれない。その上で、腹を括ってくれたのかも。これが番としての繋がりだなんて都合の良い解釈かもしれないけど、信じてみる価値はあるよね。

ギルさんが攻撃を繰り出したことで、リヒトも吹っ切れたのか二人して攻撃を仕掛けるイメージが途切れ途切れに見えてくる。うん、うん！　そうだよ！　それでいい！　よかった、絶望的にも思えた戦況に少し追い風が吹いたかもしれない。

「伝えられたみたいだね？」

「うん。でも名前となるとイメージで伝えるわけにはいかないから難しいな……ううん、伝えてみせるよ！」

そう、愛の力で！　……なーんて、ね。うっわ、恥ずかし。こんなこと、今しか言えないや。

すると突然、レイがお腹を抱えて笑い出した。ちょ、ちょっと！　思考を読んだの？　さすがに恥ずかしいんだけどっ！

「違うよ。おかしくて笑ったんじゃない。互いに愛し合うことって素晴らしいなと思ったんだ。それと……」

相変わらず笑いながらだけど、レイが本当に馬鹿にして笑っているわけじゃないってことはわかった。でも、微妙な心境にはなるからやめてほしい。いや、いっそ今みたいに笑ってくれた方が清々しいかもしれない。恥ずかしいけど！

でも、レイがここまで嬉しそうに声を上げて笑う姿は初めて見たな。なんだ。私たちと同じように笑えるんだ。元神様でも。

「いつの間にか、メグは僕に対して気軽に話してくれているなって」

「え？　あ……」

「それが、すごく嬉しいんだ」

そ、そういえば、最初は間違いなく丁寧に敬語で話していたはずなのに。い、いつからこんな気軽に接しちゃっていたんだろう？　元とはいえ神様が相手なのに申し訳なく……いや、今レイは嬉しいって言った。こんなふうに接した方が良かったってこと？

「僕は、人を愛しているからね。メグ、君のことはその中でも特に愛しているよ」

そうだった。そうだったよね。レイはこの世界に生きるものたちを愛しているからこそ、必死で長い間守ろうと戦ってくれていたんだ。なら、今度はそんなレイにもお返ししたいな。ずっと一人で戦い続けてくれたんだもん。

「ね、レイはどうしたい？」

「え？　そりゃあ、みんながこの先も幸せに暮らせるように……」

「ううん、そうじゃなくて」

言葉を途中で遮るように伝えると、レイは不思議そうに首を傾げた。こうして見ると、なんだか幼い少年のようにも見えるなぁ。

「レイ自身はどうなりたいのかなって。この先も、神様のような存在としてこの世界に生きるものたちを見守りたい？　それとも……」

私には、聞く前からその答えがわかるような気がした。レイはハッとなって息を吞む。

「人と同じように生まれて、死んで。巡る魂の輪に入りたいと思っているのかな」

人を愛しているとレイは言うけれど、もしかしたら憧れているのかもしれないって思ったんだ。愛してしまったから堕ちたのではなくて、自分も人と同じように生きてみたいって、そう願ってしまったから、堕ちたんじゃないかなって。

「……メグは、すごいね。うん……うん、そうだ。僕は人になりたい。もう、解放されたいよ……」

そう言って笑ったレイは、まるで泣いているようにも見えた。だから私は余計に、彼のことも救いたいって思ったのだ。それが烏滸がましいことだとしても。

さて。テレストクリフの思惑はわかった。レイの願いもわかった。ついでにダンジョンの魔物についてと、私の出生の秘密もハッキリした。

「まずは名前を伝えて、この身体が他の人に危害を加えに行かないようにしないとだよね」

目標がハッキリすると、何をすればいいのかが見えてくるというものである。どうしたらいいのかサッパリわからなかったはずなのに、今ならわかる気がした。この感覚は、メグになってから何度も経験しているけど本当に不思議だよね。

心に、従おう。

『メグ……！』

「ギル、さん！」

その時、急にギルさんが私を呼ぶ声が聞こえてきた。思わずレイに目を向けて見ると首を横に振られたので、どうやら聞こえていたのは私だけみたいだ。ならこれは、魂に直接語りかけているということだ。つまり、私からも伝えられるということ。

ふと、ギルさんが怪我をしているイメージが浮かぶ。どうやら精神へのダメージが一番大きいみたい。一体どんな戦いをしているの……⁉

ううん、心配している暇があるなら早く伝えなきゃ。それがギルさんを、みんなを守ることに繋がるんだから。

貴方を、信じているからね。

「聞いて、ギルさん」

その身体を今、乗っ取っているのは――。

「「っ、テレストクリフ！」」

ギルさんと私の声が重なった気がする。そして次の瞬間、私を捕らえていた沼がわずかに揺らいだのがわかった。あ、ちょっとだけ身体が動かせる。

それから数秒後、さっきよりももっと沼が揺らいで、いとも簡単に拘束が緩んでいった。それでもまだ身体に纏わりついていたから、私は慌ててその場から離れる。

レイも手を伸ばして私を引き寄せてくれたことで、ようやく私は沼から脱出することが出来た。よ、よかったぁ。本当に気持ち悪かったもん。もう二度と捕まりたくはない。

「い、今は何が起きたんだろう。レイはわかる？」

途切れ途切れながらもイメージが伝わってきたからなんとなくはわかるよ。ギルさんとリヒトがうまくやってくれたんだってことが。でも、何がどうなったのかはよくわからないや。

「そうだね。君と魂を分け合った勇者がうまく隙をつくって、その間に君の番がうまく動きを止めたみたい。今は魔石に封印されて、動きを制御されているみたいだね。たぶん、もうすぐ……」

レイがそこまで口にした直後、数メートルほど先にぼんやりと何かの輪郭が見えてくる。この心の中、というか精神の中にいる間、距離なんてさして意味はないかもしれないけど、ちょっと離れた位置に現れたことに、何かしらの意味がある気がした。

たとえば、そう。出来ればあまり見られたくない、とか。

何かが現れたのがわかるだけで良くは見えないんだけど、同じ空間にいるからそれが何なのかは予想がつく。

「テレストクリフ……？」

「そうみたいだね。行ってみようか」

「う、うん。でも、レイは大丈夫？」

二人の間には気まずい何かがあるんじゃないかなって思ってそう聞いたんだけど、レイはおかしそうにクスクス笑った。

「僕はそもそも、彼と話したいとずーっと願っていたんだよ？　まだ彼が僕を認識出来るかはわからないけど、もしかしたらって期待しているくらいだ」

「そうでした」

「それより、メグの方こそ大丈夫？　彼の前に行ったら、またあの手この手で身体を寄越せって言ってくると思うよ？　邪魔するなって」

うーん、その可能性は高いと思う。というか、すでに身体は彼に乗っ取られているのに、それでもまだ言ってくるのかな？　そんな私の疑問を察したのか、レイは難しい顔で腕を組んだ。

「確かに今、身体の所有権はクリフにある。けど、少しだけ綻(ほころ)びが出来ているよ。今なら頑張ればメグが取り戻せると思うけど……また奪い返されるかもしれない」

「その繰り返しになりそうだよね。私にもそんな予感はあるよ」

出来ればすぐにでも身体を取り戻したいし、この世界を滅ぼされるのは絶対に防ぎたい。けど、物事にはタイミングというものがあると思うのだ。幸いにも、今はギルさんとリヒトのおかげで動きを制御されている状態だ。それなら、今のうちにここで出来ることをしておきたい。

出来ること、それはずばり対話である。っていうかそれくらいしか出来ないし！　戦いなんて向いてないもん！　すぐ負けるもん、私！

「行こう。のんびりしたって、何も始まらないし終わらない！」

「ふふ、そうだね。行こうか」

レイは笑いながらそう言ったけど、その目はどこか不安そうに揺れているように感じた。

二人でテレストクリフのもとに近付いていくと、あちらも私のことに気付いたようでものすごい形相で睨んできた。私の顔で。

私って、あんな顔も出来たんだなぁ……。メグは怒った顔もまったく怖くない、なんていつも言われていたけど、あの顔はちょっと怖いと思う。憎しみや怒りって、本当に人の顔まで変えてしまうんだな。

「テレストクリフ、だね？」

『身体の盗人(ぬすっと)か。何の用だ。今さら来ても、身体は返さぬぞ』

彼は無色透明な魔石に身体の半分以上を取り込まれていた。口元も覆われているから喋ることも出来ないみたい。だから念話で話したのだろう。この空間が精神世界だからか、その声はビリビリとした不思議な響きを持っていた。

しかも私の声なんだよね。高めでかわいらしい感じの声だからか、凄(すご)まれてもそんなに怖くない。

私の身体、グッジョブ！　これで声もおどろおどろしかったら震えているところだ。だって怖がりだもん、私。

そんなわけなので、私は強気に彼の前に立つ。見た目は私の姿だから変な感じだけど、気にしてなんかいられません。

「不可抗力とはいえ、私がこの身体を横取りしたのは確かだと思う。でも、ここまで無事に育ったのは私のおかげでもあると思うんですけど」

色んな人に助けられて、愛されて、たくさんの経験をして。心も身体も健やかに育ってきたと自負しています。まぁ、いろんなトラブルには見舞われたけども。それでも、なんとか乗り越えてきたもん。ここまで無事に成長した、私にも身体の持ち主としての権利はあると主張します！

『ふん、人に助けてもらえる容姿に創ったのだ。放っておいても誰かが育てることはわかっていた』

えっ、それさえも計算尽だったんだ……!?　やけに整っているもんねぇ、確かに。エルフという特徴だけではなくて、ほんのりピンク色の輝く髪といい、雰囲気といい、実際ものすごくかわいらしい容姿ではある。中身がこんなんで申し訳ないと常々思っていたから、あえてそうしたのだと知ってものすごく納得しちゃった。

いや、そんなことを考えている場合じゃない。どうにかして説得しなきゃ。

『笑いに来たのか？　神ともあろう存在が、人ごときに捕らえられたこの情けない姿を』

「ううん。話をしにきたの。世界を滅ぼすのは止めてほしいから。世界を創り直そうだなんて、考えないでほしい」

『は……』

しかし、私に交渉事は向いていなかった。

わ、わかってたよ！　でも、よく回らない頭で無理に交渉をしようと思ってもどうせうまくいかないんだから、ドストレートにいくしかないでしょっ！　時間もないことだし！

『お前、なぜそれを知っている』

「え？」

呆れられるだけだろうと思っていたんだけど、どうもテレストクリフの様子がおかしい。さっき以上にすごい顔で睨みつけてきたから、思わず一歩後ろに下がってしまった。

『私が世界を創り直そうとしていることを、なぜ知っている……！』

「そ、れは。聞いたから……」

私の声を遮るように、誰に⁉　と叫ばれてさらに一歩下がる。

ああ……改めてわかったよ。やっぱり見えていないんだね。ここで彼と話し始めてからそんな気はしていたけれど。だって、私の隣にはずっとレイが立っているというのに、何の反応も示さないんだもん。

「レイだよ。レイフェルターヴ。貴方には見えないのね？　ここにいるのに」

『戯言(ざれごと)を‼』

ゴウッという音とともに、ものすごい魔力の圧を感じた。心の中だというのに飛ばされそうで、慌てて両腕で顔を覆った。

だけど、思っていた以上の衝撃はいつまでたっても襲ってこない。おそるおそる目を開けると、私を守るようにレイが前に立ち、魔力の圧を防いでくれていた。

『な、なぜ防げる……!?　ただの人間の魂ごときがっ！』

つまり、今はテレストクリフの目の前にレイが立っている。だというのに、彼の目にはレイの姿が一切見えていないようだった。

「クリフ……どうか、僕に気付いてよ。僕の意見を聞いてよ。僕は、この世界を滅ぼしたくなんか、ないのに」

レイの背中はとても悲しそうに見えた。

なんで？　どうして？　テレストクリフはレイのことを愛しているんじゃないの？　だから堕ちたんじゃないの？　それほどの愛を抱いていながら、どうしてレイのことを見付けられないのだろう。

『わかったぞ。人間の分際で、私を動揺させる気なのだな!?　我が最愛の名を出して虚偽を告げるなど……許せぬ。決して許せぬ!!』

なんかものすごく怒ってる!?　ちょ、私は嘘なんて言ってないのに！

テレストクリフがさっき以上に魔力を放出しているけれど、私は相変わらずレイに守られているから無事だ。それがせめてもの救い……そう思っていたんだけど。

「メグ、ダメだ！　この魔力は外でも放出されている！　魔力に関しては結界も意味を成していない……世界中で、魔物の暴走が始まってしまう！」

焦ったように叫んだレイの言葉を聞いて、背筋が寒くなる。そ、それって。

「また、始まってしまう。魔物と人の、戦争が……！」

そんな……！　身体の動きを止めても、魔物の暴走が始まってしまうなんて。

それでも、一番厄介な敵となるであろう本体は動けないままだ。大丈夫。落ち着いて。こういう日が来た時のために、オルトゥスだけでなく他の特級ギルドや魔王城の人たちも対策を練ってくれているのだから。

信じよう。そして、私は全力で彼を止めよう。ここからが、私の戦いだ。

3　それぞれの使命

【サウラディーテ】


ギルからメグちゃんの動きを止めたという連絡が来てしばらく経った頃、魔大陸全土が嫌な魔力で覆われる気配を感じた。メグちゃんの、というのとは少し違うわよね。確か、暴走する魔力だったかしら。どのみち、これがメグちゃんの意思ではないことは確か。それさえわかっていれば問題ないわ！

私はすぐさまギルド内にいる全員に聞こえるよう、魔道具のマイクを起動した。オルトゥスのメンバーだけじゃなく、外から仕事を受けに来た人たちもいるけど構うもんですか。これはもはや、オルトゥスだけの問題じゃないもの。全員に自覚を持ってもらわないと。

「全員、聞きなさい。ついに恐れていた時が来たわ。でもまだ食い止められる。そのために準備をしてきたでしょう？　わからない者は職員に聞いて、自分に出来ることをするの！　……頭領の葬儀をしっかり行うためにも、この危機を魔大陸に住む者、全員で乗り越えるわよ!!」

近いうちに魔王の魔力暴走が始まるかもしれない、という話は、もう随分前から魔大陸全土に知らせてきた。それが魔王本人の意思ではないことは、魔王ザハリアーシュの時の経験から魔大陸に住む者、全員の知るところとなっているから、そこまで大きな混乱は起きなかったわ。

だからこそ、この呼びかけに反応する者は多い。あの戦争を経験した者はもちろん、次世代もずっと言い聞かされてきたから。それに、何の前触れもなかったあの時とは違って、心構えが出来ているはずよ。

ただ……いくら理解は出来ても、魔王に対する憎しみがすべて消えることはなかったけれどね。

大事なのは、同じことを繰り返さないこと。これだけは、全員が共通している思いだと信じてる。

でも、それは仕方のないこと。憎むなとは言わないし、許せとも言わない。

今はただ、あんな悲しい思いをメグちゃんがすることのないよう……いいえ、起こさせないように全力を尽くす。それはきっと、亡き魔王ザハリアーシュの意思でもあるはずだわ！　そのために、各特級ギルドや上級ギルド、中級や初級ギルドにいたるまでいざという時の対応を周知徹底してきた。

連絡用魔道具を起動させると、どこのギルドもざわついているのがわかった。でもさすがね。混乱している様子はなさそう。そのことにホッと胸を撫でおろす。

……この十年間。私は頭領からこっそり聞かされていたわ。十年前後で、メグちゃんがこうなるかもしれないということを。

託されたこの想いを、絶対に無駄にはしないっ！

「オルトゥスのトップ、その代理として私サウラディーテが命じます。全員、予定通りの配置につき、魔物の暴走を止めなさい！　その際、誰一人死ぬことは許さないわ!!」

何よりも守らなければならないのは、メグちゃんの心。魔物には誰も殺させてはならない。それは、守る側の私たちだって同じこと。出来ればケガもしてほしくないけれど、贅沢は言ってられないわ。

命さえあればいい。とにかく分担して、担当した町や村を守り切らなくちゃ！

小さな村々には、頭領の最期が近いと悟った時すでに避難勧告をしてあった。村の被害は出てしまうかもしれないけれど、人命が何より優先だから。全てが終わった後に、村の復興を手伝うと告げてようやく納得してもらえたのよね。

そうして人を大きな町に集め、実力者たちには町を守る部隊、町の内部で混乱を防ぐ部隊、町の外に出て襲い来る魔物を少しでも食い止める部隊に分かれてもらう。

いつ終わりがくるかわからない戦い。あの頃の恐怖が蘇る者たちも多くいることでしょう。けれど、あの時代を知っている私たちが率先して動かなければ。経験は力よ。今度は前の時よりもうまく立ち回れるはず。

あの時、子どもだった私たちの力で食い止めてみせるわ！

「アスカ、貴方は私たちとともに町の人たちの避難誘導をしますよ。私は南側の地区へ向かいますが、アスカは東側へ」

「えっ、シュリエは一緒じゃないの？」

受付の近くで、シュリエとアスカが早歩きしながら会話をしているのが聞こえてくる。少しだけ不安そうなアスカの声に、思わず目を向けてしまったわ。

「貴方の物怖じしない性格と明るさは、町の人たちを安心させられるでしょう。適任だと判断し、私が推薦したのです。期待していますよ」

「シュリエ……うん。わかった！　ぼく、やるよ！」

だけど、そこはさすが師匠ね。アスカの性格を熟知した発破をかけているわ。いいわねぇ、アスカって。本当に素直で扱いやすいわ！　そういうところ、大好きよ！

「何かあればいつでも連絡してください」

「ふーんだ。そんなことにはならないんだからねっ！　行ってくるー！」

「ふふ、頼もしいですね。ではサウラ。私も向かいます」

「ええ！　よろしくね！」

こんな時だというのに、ついクスクス笑っちゃった。本当に頼もしいったら。シュリエも誇らしげに微笑んでいたし、あの二人はきっとうまくやれるわね。

「ワイアットぉ！　どっちが多く狩れるか勝負な！」

「うえぇ、マジでやんの？　オレはジュマと違ってひ弱だからそんなに倒せないし！　勝てない勝負はしない主義なのー」

「は？　お前がひ弱だぁ？　本当にひ弱なヤツに謝れよ！　メグとか！」

片眉を下げて告げたジュマの言葉に、ワイアットが思わずと言った様子でブハッと噴き出した。

ちょっと……メグちゃんはひ弱なんじゃなくてか弱いの！　まったく、ジュマは相変わらずね。目的を忘れないでもらいたいわ。

「ジュマ？　遊び感覚でやられちゃ困るわ。貴方たちの任務は、町に魔物を一匹たりとも向かわせないことよ？」

「わぁってるよ。もー、サウラは相変わらずうっせーなぁ。つまり、全部ぶっ飛ばせばオッケーってことじゃん」

「そうだけどそうじゃなーいっ！　ワイアット、貴方もよ！」

「オレも怒られるんすか⁉　勝負するなんて言ってないのに、理不尽っ！」

ええい、お黙りなさいっ！　軽口を叩いてジュマの言うことに噴き出して笑ったワイアットも同罪よっ。ちょっとだけかわいそうだけど、ジュマと一緒にいたのが運の尽き。

私は立ち上がってビシッと指を出口に向け、二人にサッサと行くよう声をかけた。ジュマは生意気な様子で、ワイアットは敬礼をしてようやく向かった。

まったくもう。でも、二人ともとっても頼りにしているわ。うちの高火力部隊だもの。きっとちゃんとやってくれるって信じてるからね。

「サウラディーテ。最後の確認だけれど、本当にこの町の防衛は君とルドヴィークの二人だけに任せていいのかい？」

バタバタとみんなが移動を始めてギルド内の人数が減ってきた頃、ケイが心配そうに声をかけてくる。もう、それは事前に何度も話し合ったでしょうに。

「しつこいわね、ケイも。大丈夫だって言っているじゃない」

「でも万が一、町に魔物が押し寄せるようなことがあったら……」

まったく、それも何度も話したでしょ！　私はむっとしながらちょいちょいと指を動かし、ケイに近付くよう指示を出す。ケイは相変わらず心配そうな顔のまま私の前に屈んだ。よし、今がチャンス！

「んむぐ、ちょ、ひゃうらでぃーて？」

「いいほっぺしてるわねぇ、ケイ？　もちもちお肌の秘訣、教えてもらいたいわね！」

私が両手でケイの頰を思い切り挟んでやると、変な顔になったケイの顔が出来上がった。ふふっ、面白い顔っ！　いつもスマートなケイが、なんだか可愛く見えるわね！

「平気なのよ。だってこの町に魔物は来ないんだもの。そうでしょう？　ケイたちが外で魔物を追い払ってくれるんだから」

「ひょれは、ひょうだけろ……」

ぶふっ!!　その顔と喋り方で真面目な顔しないでよーっ！　笑っちゃうーっ！　私のせいだけどーっ！

私はケイのほっぺから手を離し、今度はその手で頭を撫でてあげた。ケイが驚いたように目を丸くしてる。その顔も、珍しいわね。

「仲間を信じなさい、ケイ。それはとても難しいことよ。信じていたって、失敗はつきものだから。でもね、もし失敗したとしても私たちはそういう時のために動く訓練だってしているでしょう？」

「それもわかってるし、信じているよ！」

「いい子ね。なら、ちゃんと信じなさい。みんながしぶとく生き残るってことをね」

ケイの目を真正面から見つめてそう言うと、ケイは目を丸くした。そんなにおかしなことは言っていないのだけれど。むしろ、当たり前のことを……そう思って私が首を傾げた時だった。

急にケイの顔が迫って来て、頰に柔らかな感触。……へ？　は？　んんっ⁉

「あは、真っ赤になっちゃってかわいい」

「……っ⁉」

「オッケー。ちゃんと信じるよ、サウラディーテ。続きは全部が終わってから、ね」

私が何も言えずはくはくと口を動かしている間に、ケイはさらにスッと立ち上がってそのまま振り返りもせずに立ち去ってしまった。

い、意味がわかんないんだけどっ⁉　続きって、続きってなによっ‼　も、もうっ、これだからイケメンは嫌なのよ！　人を勘違いさせて楽しんでるんだわっ！　キーッ‼

どうにか心を落ち着かせるために地団駄を踏んだ私は、次いで思い切りパァンと自分の頰を叩く。

照れたりしている場合じゃないのよ！　これからが正念場なんだから。

まずはルドと防衛態勢の確認ね。それから逃走経路。ま、これは使う予定なんかないけどっ！

熱くなった顔をどうにか冷ますため、私は滅多にしない全力疾走でルドの元に向かった。あああ
ああ、思い出すんじゃないわよ、私っ‼

【ルーン】


「い、今の、何……？」

いつも通り、アニュラスで仕事をしていた時、それは突然訪れた。訪れた、というか感じたんだけど。

慌てて近くにいたグートに顔を向けると、グートもまた驚いた顔でこっちを見ていた。

「ルーン、今のって」

「うん、私も感じた。っていうか、みんな気付いたんじゃないかな。なんだろう……この、不安になる感じ」

私たちはお父さんを捜すため、慌ててアニュラスのホールに走った。駆け込んだ先のホールには、私たちと同じように困惑した人たちが集まっていて、みんなが不安げな顔を浮かべている。

それが伝染して、なんだか怖くなっていく。不安が胸いっぱいに広がって、私も泣きそうな顔になっているかもしれない。

「ルーン、大丈夫だ。しっかりしろ」

「グート……でも」

「俺たちは、いつかアニュラスを背負って立つんだろ。ここで不安に負けたらダメじゃん。俺たちがみんなを励まさないと」

グートだって顔が引きつっているくせに、無理やり笑ってそんなこと言われたら……私だって弱音なんか吐いていられない。グッと息を呑み込んで、軽いグーパンチをグートに向けた。

「～～～っ、グートのくせにっ！」

「ははっ、その調子、その調子！」

グートはそんな私のパンチを手のひらで受け止めながら明るく笑う。グートもまた、こうしたことで緊張が少しだけ解れたみたいだった。さすが私っ。

気を取り直して、現状の把握に努めなきゃ。最初ほどの衝撃はないけど、今もじわじわと嫌な感覚が襲ってきている。冷静になってみれば簡単なことだった。だって、こうなることは予想済みだったんだから。

「これってさ、あれだよね。あの日が来たってことでしょ」

「だな。そうとしか考えられない」

魔王の魔力暴走。

今の魔王が亡くなった後、新しい魔王が誕生する。その時、膨大な魔力に耐え切れず、暴走してしまうんだったよね。

昔もその暴走が起きて、大暴れする魔物たちと人の大戦争があった。私たちはそれを人からの話でしか知らないけど、その戦争を生き抜いた人たちは今もたくさん残ってる。お父さんたちの世代だから当然だよね。

「メグ……大丈夫、かな」

グートが心配そうにポツリと言った。そう、メグこそが次期魔王。つまり、この魔力暴走はメグが引き起こしているってことなんだよね。

話を聞いた時はよくわからなかったけど……こんなにも大きな宿命を背負っているなんて知って、すごくショックを受けたよ。だから、私は何があってもメグの友達でい続けようって思ったんだよね。最初から友達をやめるつもりなんてこれっぽっちもなかったけどっ！

「大丈夫。メグならきっと」

「……そうだな。なら、俺たちには俺たちに出来ることをしないと」

信じることしか出来ない。メグの暴走を止めるのは、私たちには出来ないことだってわかってるから。自分たちに出来ることなんてほんのわずかだ。それがすっごく悔しいけど、やるべきことも出来ないなんてもっとダメダメだからね！

私はグートと顔を見合わせてから、未だ混乱の中にいるギルドのみんなに向けて声を張り上げた。

「みんなー、落ち着いて！　きっともうすぐ頭(ヘッド)から説明があるはずだから！　それに、何が起きてるかなんて予想出来るでしょ？　きっと、今日がその日なんだよ」

お行儀が悪いけど、ギルド内のテーブルの上にぴょんと飛び乗って目立つように両腕を上げて伝える。おかげでみんな、ちゃんとこっちに注目してくれた。テーブルは後で拭(ふ)くから許してねっ！

「なら、私たちが今するべきなのは心構えだよ。頭からの報告を、そんな顔で聞くつもり？　私た

ちは、特級ギルドアニュラスのメンバーでしょ⁉」

腰に手を当てて、偉そうに言うのがポイント。みんなだって、私がこうしていつも通りに振舞っていた方が安心すると思って。

それと、まだ成人前の子どもにこんなこと言われたら、きっと火が付くでしょ？　そんな思いが透けて見えるように、私はニッと歯を見せて笑ってやった。

「さすがは俺の娘だな」

「お父さ……頭っ！」

私の言葉を聞いてみんなが顔を見合わせた時、タイミングよくお父さんがやってきた。うっかりお父さんって呼びそうになっちゃったけど、今は頭として扱わないと締まらないと思って慌てて言い直す。

「くっ、お父さんと呼んでもらえないのも辛いな」

「い、今はそんな話している場合じゃないでしょっ」

だけど、お父さんの方がこんな調子だから力が抜けるよぉ。周囲で見ていたギルドのみんなも思わず噴き出して笑っちゃってるし！　もーっ、頭なんだからしっかりしてよねー！　締まらないんだからっ。

「いい顔してるな、お前ら。すっかり怯（おび）えて縮こまったかと思ったぜ」

でもそれは、お父さんなりの気遣いだったのかもね。程よくみんなの肩の力が抜けているのが見てわかるから。やっぱりお父さんの存在感は違うなぁ。私はまだまだみたい。それでも、少しは力になれていたと思うけどね！

お父さんはフッと笑った後、私が立つテーブルの横に立って表情を引き締めた。

「魔王の暴走が始まる。これまでずっと準備してきたな？　厄災ってのは、ある日突然訪れるもんだ。そして、まだこれから状況が悪化していく恐れがある。各自、役割を全うし、町や人々を守れ！　あと、絶対に死ぬなよ！」

おう！　という声がギルド中に響き渡った。もう、さっきまでの混乱した雰囲気はない。誰もが戦いに向けて気持ちが切り替わっている。

「ルーン、グート。お前らも持ち場につけ。暴走した魔物たちは子どもだからって容赦しちゃくれねぇ。前線には立たねぇが、いつ町で魔物に遭遇するかはわかんねぇからな。心構えはしておけよ」

みんながそれぞれ動き出したのを確認した後、お父さんは私とグートに向けてそう言った。そんなの、とっくにわかってる！

「任せてよ！　ちゃんと町の人たちを誘導するから！」

「ああ。だからこっちは任せて、父さんはもう行ってくれ」

特級ギルド、アニュラスの頭がいつまでもこんなところにいたらダメだからね。私もグートも、ちゃんとわかってるんだから。

「ああ、お前たち。随分大きくなったなぁ……」

だけど、お父さんの方が離れがたいみたい。私を右腕で、グートを左腕でグイッと引き寄せるとギュウッと力強く抱きしめてきた。ちょ、ちょっとぉ！

「もうっ、しんみりするのはやめてよっ」

「そうだぞっ、もういい加減に離れろって！」

私たちがジタバタ暴れ始めたのを見て豪快に笑ったお父さんは、ようやく手を離して歩き出した。そして、振り返ることなく去って行く。その後ろ姿はとても頼もしくて、誇らしくなっちゃうな。

それと同時に、ほんのちょっぴり心細さも感じたりして。

本当は、ギュッとされて嬉しかった。ちゃんと父親として、私たちのことをすごく心配してくれているのが伝わってさ。泣きそうになったのは内緒。だって、同時に信頼されているのがこれ以上ないほど嬉しいから！

「俺たちには父さんがいるけど、オルトゥスは今、そのトップを失ったばかり、なんだよな」

……そうだったね。魔王とユージンさんは魂が繋がっているから、メグは一気に父親を二人とも喪（うしな）ったってことになる。これは、まだ限られた人しか知らない情報だ。私たちはメグから聞いていたんだけど。

別れを悲しんだりする暇もなく、この状況があるんだ。アニュラスなんかとは比較にならないくらい混乱していたりして……。

さっき、私はお父さんに抱き締められてすごくホッとした。じゃあメグは？　たくさんの味方がいてくれるし、メグにはギルさんという番がいるからきっと大丈夫だとは思うけど。それでも、喪った悲しさに浸ることも出来ないなんて辛すぎるよ。……でも。

「……ううん。オルトゥスは大丈夫だと思う。事前に心構えくらいしているんじゃないかな。私たち以上に、こうなることが予想出来ていただろうし」

心配になったけど、すぐにそう思い直した。だって、あのギルドって同じ特級ギルドとして悔しくなるくらいすっごくヤバい人が多いんだもん！　きっとこのピンチだって切り抜ける手を打っていたはず。心配するより、お互いに信じ合うのが今は大事だよね。うん、きっとそう！

「そっか。そうだよな。特級ギルド、ステルラや上級ギルドのシュトルもきっと迅速に対応してる」

ステルラにいるマイケは、もう成人だったっけ。泣き虫だったピーアも頑張ってるかな。シュトルにいるハイデマリーは……意外と肝が据わってそうだから大丈夫かな。

闘技大会の時に出会った年の近いお友達。あれからたまーにしか会ってないけど、今でも手紙でやり取りしている大切なお友達だ。同年代の子たちも頑張っているって思うと、不思議と力が湧くよね。負けてられないって。

それは、メグも同じ。でも、あの子は本当に色んなものを背負って生きているから……時々、すごく遠い存在のように思えちゃう。でも、忘れちゃいけないって思うんだ。

色んなものを背負っているだけで、本当は普通の女の子なんだってこと。きっと誰よりもこの状況を止めたいって思っているよね。あんなに優しいんだもん。

これで誰かが傷ついたりしたら、メグが正気に戻った時すっごく苦しむ。そんな思い、絶対にさせたくない。ううん、させない。大事な友達なんだから！

「確かに私たちは商業ギルドで、こういったことはあまり得意じゃないけど……後れを取るわけにはいかないよね！」

「ああ、そうだな。よし……行くぞ！」

それこそ、特級ギルドの名が廃るってもんよ！　私とグートは力強く頷き合ってからギルドを飛び出した。

4　新たな始まり

【メグ】


ノイズが入ったようなイメージが、時々頭の中に流れ込んでくる。どうやら各地で魔物の暴走が始まったみたいだ。

テレストクリフが放つ魔力は本当に禍々しい。それを浴びた魔物たちがどんどん正気を失っていくのを見るのは……正直、すごく辛い。しかも、魔物が進化したと言われる亜人たちにも影響が出ているみたいだった。

普段から鍛えていて耐性のある人なら少し取り乱すくらいなんだけど、そうではない町の人たちの様子がおかしくなっている。さすがに魔物ほど自我を失うわけではないけど、少し攻撃的になっているというか、どこか苛立っているというか。ちょっとした刺激で、人同士が争い合ってもおかしくない状況だと思う。一触即発というか……。

そっか。先の戦争でも、こういうことが起こっていたんだね。魔物が相手というだけで、そこまでの被害が出るなんておかしいって思ってたんだよ。でも、魔王の威圧とも言える暴走した魔力によって、亜人にまで影響が出ているというのなら話は別。

人同士が魔力の影響を受けて、争い合ってしまうからだ。そして、止めようとする人たちは彼らを無暗(むやみ)に攻撃出来ない。いくら実力があっても、大勢の罪のない人を力で止めるには限界があるんだ。

厄介なのはたぶん、攻撃的になる人だけではないっていうのもあると思う。大きな不安に襲われる人や、正気を失って取り乱す人もいるみたいだから。

それは人から人へと伝わって、大きな恐怖に膨れ上がる。あらゆる負の感情に刺激を与えて、増幅していく。それが、この魔力暴走の最も厄介なところなんだ。

改めて、その恐ろしさを思い知った。これは一刻も早く止めなきゃいけない。いけないいんだけど

……!

『レイフェルターヴ！　いるというのならなぜ出てこない！　嘘吐きめが……！　もう構わん。さっさと世界を一掃(いっそう)し、新たな世界でヤツを見付ければ良い！』

この、分からず屋ーっ!!　怒りに我を忘れたテレストクリフは私の話なんかこれっぽっちも聞きやしない。目の前で彼に気付いてもらおうと頑張るレイのことも、相変わらず一切見えていないようだ。

こんなにもレイは必死なのに。この世界にすむものを、愛するものを守ろうと、それだけを必死で考えているというのに、同じ元神とは思えない頑固者だよっ。

……っていうか、ちょっと待って。なんか、おかしくない？

どうして気付かないの。レイを愛しているんじゃないの？　会いたいんじゃないの？　それなら、真っ先にその存在に気付くはずじゃない？

『レイよ、共に新しい世界で自由に過ごすのだ。永遠の時を！　私と二人で……！』

やっぱり、おかしい。テレストクリフはどこまでも自分勝手だ。それはもはや……。

「自分のことしか、考えていないじゃない」

フツフツと怒りが込み上げてきた。

拳を握りしめて私が呟くと、隣で必死に叫んでいたレイがぎょっとしたようにこちらを見てきた。

でも、そんなのもう気にしない。

「ねぇ、テレストクリフ。あー、もう長いし、クリフって呼ぶからね」

『な、その名で呼ぶな！　それは、レイだけが呼ぶことを許されているのだ！』

「それだよ、それ！　もう、どうしてそんなに上から目線なの？　許されているって……貴方は、レイより偉いわけ⁉」

叫ぶように告げると、クリフはキュッと眉根を寄せた。ようやくこちらの言葉を聞いてくれたようでなによりだよっ！　私はね、怒っているの。分からず屋のクリフに！

『我らの間に、貴賤（きせん）はない』

「それなら余計に、クリフは自分がどれほど自分勝手かを知った方がいいと思う！」

聞いてくれるようにはなったけど、なんだこいつ、みたいな目で見られている。ええい、めげるもんか。たぶんこの人には強気で物を言った方が効果的なんだ。喧嘩（けんか）を売る感じで。

その後、怒らせて手が付けられないなんてことになったらどうしよう、っていう不安はある。それに私は喧嘩をするのがすごく苦手。

これは、賭けだ。これから私はクリフにとってものすごく嫌なヤツになる。言われたくないだろうことを、ズケズケと言うから。

不安だとか、苦手だとか言ってる場合じゃないし、下手すると状況は悪化する恐れだってある。それでも私は、この行動が正解だって信じたい……！

私は震えそうになる手をギュッと握りしめ、クリフを睨みつけた。

「レイを愛しているなんて、嘘でしょ。貴方は絶対にレイを愛してなんかいない」

『こ、の……！』

特に、レイのことを話題に出すと沸点が低くなる。彼を怒らせるのはとても簡単だった。

でもさ。そうやって怒るってことは、図星を指されたんじゃないのかな？　同時に、レイへの愛が全て嘘ではないとも感じる。

拗（こじ）れている。そうか。クリフは、愛するということをわかっていないんだ。

「だって本当に愛していたら、今もここで叫ぶ彼の声が聞こえないわけがないもの！」

クリフの眉間のシワがさらに深くなっていく。ワナワナと震えているように見えるから、とても怒っているんだろう。

正直、とても怖い。でも、ここで畳（たた）みかける……！

「私は聞こえるよ。愛する人の声が。私を心配して、信じてくれている声が、今も聞こえる。でもクリフには聞こえていないんでしょ？　その理由がわかる⁉」

ほんの些細な違いだ。私がギルさんの声を聞けることと、クリフがレイの声を聞けないその差は。

「クリフは、愛する人の声を聞こうとしていないからだよ‼」

声を聞こうと思っているかどうかだ。その些細な違いが、とても大きな差になっている。

「偉そうなこと言って、全部をレイのせいにしないで！　愛するレイのために世界を綺麗にする？　そうすればレイのためになる？　ふざけないで。それは全部クリフの望みじゃない！」

はぁはぁと息を切らせていると、クリフが小刻みに震えていることに気付いた。怒りによるものだろうか……？

怖い。もしここで爆発させたら、現実の世界がどうなってしまうのかと思うと責任重大だ。それによってたくさんの命が奪われたらどうしよう。大切な人たちが傷ついたらどうしようって。

でも、信じる。みんなはとっても強くて頼りになるから。もしミスをしても、きっとカバーしてくれる。

負けるな。負けるな。怖気(おじけ)づいちゃダメ。

『やめろ』

クリフが震える声でそう告げる。念話でも声が震えるって相当だよね。ただ、その感情がいまいち読めない。怒っているのは間違いないと思うんだけど、それだけじゃない気もするんだよね。

「クリフがただ、レイと二人きりになりたいだけ。クリフがただ、神様になりたいだけ。それをレイも望んでいると、彼に直接聞いたことがあるの？」

『や、めろ……』

震えそうになる声。それでも、やめない。一歩、また一歩とクリフに近付いて、私はさらに言葉をかけ続ける。

「レイが羨ましいんでしょう。誰かを愛するレイが輝いて見えたんだ。だから、愛するということを知りたくなった。違う？」

レイも驚いたように目を丸くして私を見ていた。意外、かな？　でもね、これは事実。同じ身体を共有している状態だからなのか、私の魂がクリフに呑み込まれかけているからかわからないけど、だんだんわかるようになってきたの。

彼の、心の奥底にある感情が。

「でも、理解が出来なかった。それを認めたくなかった。だから、そう思うことにしたんじゃない？」

『やめろっ‼』

「クリフは、自分のことしか考えられない！　愛をまだ知らない！　愛するということに憧れただけの、ただの人なんじゃないの⁉」

『やめろぉぉぉっ‼』

ついに、クリフを捕らえていた魔石が割れてしまった。煽った自覚はある。こうなるだろうっていう予想も。

事態は最悪かに思えるけれど、次の一手に繋げられたって確信している。きっと大丈夫。だからあとは。

「クリフっ!!」

「っ!?」

……レイに、任せればいい。

大きな声で叫びながら、レイはクリフに飛びついていた。首に手を回し、ギュウギュウと彼を抱き締めている。

絵面的には私がレイに抱き締められているみたいでなんともいえない気持ちだけど。

「見えている？　僕の声が聞こえている？　ねぇ、僕はここにいる。ずっと君の近くにいるよ」

「レ、イ……？」

魔石から解放されたクリフは、自分の声で言葉を紡ぐ。私の声だけど。いやいや、そんなこと気にしていたらキリがない。今はただ、彼らの決着を見届けなければ。

「そうだ。レイフェルターヴだ。ねぇ、テレストクリフ。僕のことを少しでも気にかけてくれているのなら、僕の言葉をちゃんと聞いてほしい。僕の願いを、知ってほしいんだ」

やっと、声が届いた。

そのことに気付いたレイは、一生懸命言葉を紡いでいる。これまでずっと伝えたくて、伝えられなかった言葉を。

クリフは、信じられないといった様子で呆然としていた。行き場を失ったクリフの両手が、レイを抱き締め返すことも出来ずに宙で震えている。

「僕はね、この世界が愛おしいんだ。壊されたくなんてない。彼らを守るためなら、神に戻れなくてもいいんだ」

「なっ、それでは、いつか終わりが来てしまう！　私たちは永遠に一緒だと、約束したのを忘れたというのか⁉」

約束？　そっか。そんな約束をしていたんだ……。でもさ。それってきっと、レイだってその約束を破るつもりはなかったはずだよ。でも、神から堕ちて……それが叶わなくなってしまっただけなんだよね？

レイは、申し訳なさそうに目を伏せた。でも言葉を止めることはなく、悲しそうに口を開く。

「覚えているよ。それに、約束を守りたいとも思ってる」

「ならっ！」

「どちらも、叶えたいんだよ。ずっと君にそれを伝えたかった」

レイは両手でクリフの顔を挟み込んだ。距離感がなんとなく恋人のそれで、どことなく恥ずかしい気持ちになっちゃう。

「人はね、生まれ変われるんだ。記憶はなくなるけれど、魂に刻まれた何かは残る。だからね」

レイはそのままクリフとおでこ同士をくっつけた。私とギルさんがよくやるやつ。

……なんだかすごく、ギルさんに会いたくなった。

今頃、どうしているかな。魔物被害を食い止めてくれているのかな。それとも、私の近くでクリフを見張っているのかな。怪我をしていないといいな……。

「僕たちだって、何度でも出会える。人として生を終わらせて、生まれ変わろう？　覚えてなくたって、きっとわかるさ。僕らの絆はそれほど強いんだから。だから、ね？　生まれ変わる度に、何度でも出会ってずっと一緒にいよう。それは、永遠に一緒にいるという約束を果たすことにならないかい？」

そうしている間にも、レイはクリフに話しかけ続けている。先ほどまでの荒れ狂ったような気配は、いつの間にか嘘のように消え去っていた。

沈黙が流れる。表情はどちらもあまり変わっていないけれど、なんとなくクリフの中で葛藤しているような雰囲気を感じた。少なくとも、レイの言葉は届いたのだと思う。

「……もうすぐ、神に為れるのだぞ。私の悲願が、ようやく叶うのだ」

諦めきれない、そんな感じかな。まぁ、これまで気が遠くなるほど長い年月を、ずっと神に戻ることだけを考えてきたんだもんね。そう簡単に割り切れないのも仕方ないとは思うよ。でも、諦めてもらわないと困るんだけど。

「もし、クリフが神に為ったら。僕はこの身体から離れるよ」

「なっ」

「そうなったら、まもなく僕は消滅するだろうね。君が世界の人を滅ぼすように、あっけなく消えてしまう」

おぉ、レイが自分を人質に交渉し始めた……！　クリフはかなり動揺しているみたいだし、これはなかなか効果的なんじゃなかろうか。

「させるものか」

「止められないよ。守るものがなくなるのなら、僕だって全力で抵抗出来るんだから」

ああ、これは完全にレイのペースだ。確かに、この世界が全て滅んだら、レイにはもう守るものがなくなる。そうなったら何も気にすることなくクリフと対峙（たいじ）出来るようになるもんね。今は、私たちを守ることに力を注いでいるから劣勢なだけ。本気でぶつかり合ったら、クリフの思い通りにはならないんだ。だって、同じ元神様なんだから。

それがわかっているからか、クリフもグッと言葉に詰まっている。

「教えて。君は神に為るのが目的なの？　それとも……僕と永遠に一緒にいることが目的なの？」

レイはそう訊ねてジッとクリフの目を見つめた。クリフもまた、何も答えられずに歯を食いしばってレイを見つめ返している。

どうか届いてほしい。クリフの本当の願いが、レイとともに在ることであってほしい。

そりゃあさっきは本当に愛しているとは言えない、って啖呵（たんか）をきりはしたけど……レイに向ける気持ちは本物だって信じたいというのが本音だもん。

今こそ、愛するということを知ってほしい。祈るように、二人をただ見つめてしまう。

「酷い、ヤツだ……」

どれほどの時間が経っただろうか。ようやく力を抜いたクリフが、諦めたように小さな声で呟いた。その声がとても悲しくて、寂しそうで、こっちまで胸が締め付けられる。

「うん。ごめんね。君を巻き込むことになるなんて、思ってもいなかったんだ」

レイも泣きそうな顔でそう告げる。そのままレイはクリフをそっと抱き締めた。

それを見ていただけだというのに、なぜか私が涙を流してしまっている。この感情をどう言い表せばいいのかはわからない。だって、二人の気持ちが流れ込んでくるから。この涙は二人の涙なのだと思う。救われた、のかな。どうだろう。仲直りが出来た、といった方がしっくりくるかも。

なんであれ、レイとクリフの長い長いすれ違いの喧嘩が今ようやく終わったと言えるんじゃないかな。

私はぐすっと鼻を啜って、手で涙を拭った。

「……え、わ」

急に、フワリと身体が温かいもので包まれるのを感じた。驚いて小さく声を上げつつ、自分の身体を見下ろすと、キラキラと輝いているようにも見える。な、何？

「身体の所有権が君に戻ったんだよ。メグ、たくさん迷惑をかけたね」

レイの優しげな声が聞こえてきて、自分の手をグーパーと動かしてみる。……うん。さっきまでとは違って、血が通っているような感覚が戻って来た。

ここはまだ心の中なのだろうけど、不思議なことにちゃんと自分の身体に戻ってきたという感覚はしっかりとある。

あまりにも突然で、呆気なかったな……？　いや、なかなか大変な思いはしたけれど。

「えっ。じゃ、じゃあ、クリフは」

「その名で呼ぶな」

諦めてくれたの？　と続けようとした言葉は、他ならぬクリフによって遮られた。それはとても不機嫌そうな、低い声。……あれ、低い声？

さっきまでメグの声だったからビックリしてクリフに目を向けると、真っ白に輝く長い髪を靡かせる美しい男性がそこに立っていた。

ハイエルフの特徴を備えているとびっきりの美形さんだ。心なしかシェルさんに似てるかも。

「ええと、テレストクリフは、もう……？」

愛称で呼ばれるのがとにかく嫌なのだろう。私はすぐに名前を呼び直して再び問いかけた。どのみち嫌そうな顔ではあるけど答える気はあるようで、テレストクリフは顔を逸らしながら口を開く。

うん、やっぱりシェルさんっぽい。

「私の望みは、最初からレイと永遠に共に在ること。長年の悲願を捨ててまでお前のような者に身体を渡すというのは、愛を知らない者には出来ぬ選択だろうな」

「な、なんかごめんなさい」

すっごく根に持たれている……！　煽ったのは確かに私だけどぉ！　というか、今更だけど私ったら元神様に対して失礼な態度をとりすぎだよね？　ひぃ……。

冷や汗を流しながらペコペコ頭を下げていると、クスクスと笑う声が聞こえてくる。

「素直じゃないな、クリフ。メグに気付かされたくせに」

「違う。私は最初から気付いていた」

「はいはい」

とても幸せそうに笑うレイに、ムスッとしながらもどこか嬉しそうなクリフを見ていたら、ようやく肩の力が抜けてきた。

ああ、これで全部終わったんだね……。

「もうこの先、魔王になる者が膨大な魔力に呑み込まれることはなくなるよ。暴走だって起きない。ただ、魔物の制御は難しくなるかな……」

暴走する魔力もなくなるし、それを抑えるための呪いも必要なくなるんだもんね。その代わり、ずっと魔王の、というか神の魔力に抗えずにいた魔物たちは解放されるってことか。誰にも従うことがなくなるから、野生の本能に任せて生きることになる。

「それは、きっと大丈夫です。私が伝えていきますから。みんな、とても強くて頼もしいですし！」

魔物が大量発生したり、暴走したり、魔物による被害が増える可能性があるってことだよね。これまでだって、出来る限り魔物たちが自然のまま生きられるよう、彼らの世界には手をつけてなかったんだもん。

それは父様の方針だったから。手が付けられない状態になった時だけ、父様が力を使っていたんだよね。

いつか、自分が魔物たちを抑えられなくなった時、他の者たちがなんの対処も出来ないようでは困るって。その教えが、今後の私たちを救ってくれる。実際、魔物討伐はオルトゥスでもよくある依頼だったし、討伐依頼に喜ぶメンバーもいるしね！

レイも、その辺りはあまり心配していないみたい。ふわりと微笑んで小さく頷いてくれた。

「ああ、それと。ダンジョンは残しておくよ。その方が、君たちにとっては色々と便利だろう？」

「助かります！」

ダンジョンって本当に修行に向いている場所だからね。一度攻略しに行ったからよくわかる。きちんと段階を踏んで挑めばものすごく強くなれるシステムだから、あそこは。

「それから最後に一つだけ。君に……君たちには、呪いが残ることになるよ」

「呪い……？」

これまでニコニコしていたレイが、急に申し訳なさそうに告げたのでドキリとする。呪いという言葉の響きもあって、ちょっと不安……。

だけど、続けられた説明を聞いた私が最初に思ったのは「そんなことか」だった。確かに呪いではあるけれど、私には、私たちにはなんの問題もないことだと思ったから。

「……わかりました。でも、別に大したことじゃないです」

「そう言ってもらえると、いくらか心が楽になるよ」

だから、こう答えたのは強がりでもなんでもない。それが伝わったからこそ、レイも安心したように微笑んでくれたのだと思う。

まぁ、少し懸念があるとするなら……ギルさんは、どう思うかなってことくらいかな。たぶん、ギルさんも気にしないって言うだろうけど。あーでも、なんだかちょっと話すの恥ずかしいな。でも大事なことだ。ちゃんと伝えなきゃね。

「それじゃあ、僕たちはそろそろいくよ」

「あ……えっと、どこに？」

フワリと淡く光を放って浮かび上がったレイとテレストクリフを見上げ、答えはなんとなくわかってはいたけど質問を口にする。

「この命を、終わらせに。新しく、始まるために」

心の世界だというのに突然ザァッと風が吹き、二人が光の玉へと変化していく。レイが残した声がこの空間中に響き渡って、今になって初めて彼らを神々しいと感じた。

彼らが私たちの言うところの神として存在し、人の世界に堕とされてから何千年も経った。一柱は神の世に戻ろうともがいて、一柱は人として生き、死にたいと願い続けた。

神の世に戻る願いは結局叶うことはなかったけれど、大切な相手とともに魂が還り、きっといつか人として生まれ変わるのだろう。

神様の生まれ変わりだなんて考えると、なんだかすごいことのような気がするけど……その時には記憶もなくなっているだろうから、まぁ関係ないか。それでも、きっと二人は出会えばわかるはず。運命の相手だもん。二人は番になるんじゃないかな。

だから、願わずにはいられない。生まれ変わったその世界で、二人が再び出会うことを。

今度は、普通の人生を幸せに送れますようにって。

「大丈夫。きっと出会えるよね。その時、二人が幸せでいられるように……私はこの世界を平和に保つ努力をしないと」

世界平和なんてものは、幻想だ。全てには目が届かないし、常にどこかで誰かが不幸な目に遭っている。

だけど、目の届く範囲くらいはって思っちゃうよ。だから、頑張り続ける。それに意味がないなんて思わない。

「ああ、力が抜けていく」

二人が消えていくのと同時に、スルスルと体の内側から何かが抜けていくのを感じる。彼らの力もまた、消えていくんだなってわかった。

でも大丈夫。これで、全部終わったから。そして、ここからがまた、新たな始まりなのだから。


ふわりと意識が浮上して、ズシリと身体が重くなる。ああ、久し振りの身体だ。たぶん、数日程度しか経ってはいないのだろうけど、もう何年も魂のまま彷徨っていたかのような錯覚を覚える。

ゆっくりと身体の感覚も戻って来て、瞼を少しずつ開ける。私の身体を支える温もりには早い段階で気付いていた。

「ギル、さん……？」

「メグ……戻って、来たんだな」

目を開けて最初に飛び込んできたのは、安心したように、そして少し泣きそうな顔で微笑むギルさんだった。

目覚めて最初に見るイケメン。この状況、よくあったよねぇ、なんて思い返してしまう。ごめんね、心配かけて。たくさん頑張ってくれてありがとう。言いたいことは山ほどある。

「うん。……え、ギルさん？」

それらを伝えようとゆっくり上半身を起こして気付いた。ギルさんが、ものすごくボロボロな状態だということに！

急激に背筋が寒くなる。あんなに強いギルさんが、どうしてこんな重傷を負っているの⁉ 慌ててバッと身体を離し、ギルさんの状態を確認する。本人は苦笑を浮かべるばかりだけど、そりゃあ驚くし心配もするでしょぉ⁉

「ど、どうして⁉ どうして、こんな傷……！」

「ああ、メグ。気付いたんだな。まぁ落ち着け。こんな状態だけど、命にかかわるような怪我じゃねーから。っつっても無理か」

慌てに慌てまくる私に気付き、リヒトも駆け寄って来てくれた。そうだよ！ 落ち着いてなんかいられないよ、わかってるじゃん！

でも、ちょっとは落ち着かないと説明も聞けないよね。だ、大丈夫。大丈夫。すぅ……はぁ……。

さて。リヒトが言うには、テレストクリフが魔石を破った時、周囲に破片が飛び散ったのだという。ギルさんの怪我はそれによるものがほとんどなのだそうだ。破片の一つ一つがとんでもない殺傷力を持っていて、魔術の防御だけでは到底防ぎきれないものだったんだって。ひぇ……。

「な、なんで逃げなかったの⁉」

ギルさんだったらそんな破片程度、一欠片だって当たることなく避けられたはずなのに。まさか、動けないほどの怪我をその時から負っていたとか？　いや、でも影移動があるはずだし……。

困惑と心配で泣きそうになりながら問いかけると、ギルさんは困ったように眉尻を下げて口を開く。

「悪いな。そんな顔をさせるって、わかってはいたんだが……」

その一言だけで、すぐに理解した。私だ。私の身体があったから、動けなかったんだ。

ギルさんは、私の身体に傷を付けないように身を挺して守ってくれていたんだ……。

「メグが、傷つくより……ずっと、いい」

「～～～っ、馬鹿っ……！」

思わずギュッとギルさんを抱き締める。本当に馬鹿！　おかげで私はかすり傷一つ負ってないよ！　もうっ!!

……大好き、すぎる。

「ありがとう、ギルさん」

「……ああ」

怒り散らかした後、小さな声でそう呟くと、ギルさんは優しくそう返事をして私を抱き締めてくれた。

帰って来た。やっと、私の居場所に帰って来られたんだなぁって。この時、ようやく実感出来た。

少し落ち着いた後はお互いに状況報告タイムである。もはやここがどこだかわからないくらい、周囲が瓦礫だらけだってことに気付いたからね。すっごく驚いた。

どうやら、私が身体を乗っ取られてからすでに十日が経過していたらしい。年単位で彷徨っていたような感覚はあったけど、実際は数日程度かなって思っていたからこれにもビックリだよ。長かったのか短かったのかは……正直よくわからない。でもたぶん、思っていたよりもずっと早く解決出来たんじゃないかな？

でもその間、魔物たちは暴走し、あらゆる場所で大暴れ。特にここの辺り一帯はテレストクリフによる魔力解放の影響をもろに受けてしまったからこの通り、建物も全壊してしまったのだそう。あ、あんなに頑丈な闘技場が見る影もないなんて……。申し訳なさすぎる。

周囲の町もなかなか酷い有様だった。でも、事前に避難をしていたおかげで住民の被害はゼロ。それだけは本当に、ほんっとーーーに安心した！

復興作業は大変かもしれないけどね。責任を感じているのでもちろん手伝えることはなんだってするつもりである。

その他、各地域でも魔物による襲撃が起きていたそうだ。今はまだ被害確認作業を進めている途中らしいけど……こちらも信じられないことに今のところ人的被害はゼロらしい。

怪我をした人たちはたくさんいるけど、命に関わるような怪我をした人はいない上に、重傷患者は全て討伐部隊、つまり特級ギルドのメンバーだけだと聞いて涙が出そうだった。

「でもさ、これで全部……終わったんだろ？　俺みたいに、異世界から勇者が来ることもなくなるんだよな」

「……うん。魔王の暴走も、もう二度とないよ」

私からもレイやクリフとのやり取りを説明し終えると、リヒトが感慨深げにそっかぁ、と呟いた。

色々と思うところがあるんだろうな。それは、私も。

まぁ、すでに異世界の魂を持った者がいる以上、縁の深い人の魂がこの世界に転生するって可能性はなくもないだろうけどね。でも、記憶を維持して転生することは滅多にないだろうから、拗れることもないんじゃないかなって思う。

「あ、あと、その。私の中にいた二柱の神はもういない。だから……」

「魔力量、か」

私の言葉を拾って、ギルさんが先に答えを口にしてくれる。

そう、私にはもう以前のような膨大な魔力はない。それどころか、一般的な成人ハイエルフが持つ量よりずっと少なくなっているのだ。そうはいっても成人エルフ並にはあるから、亜人基準で言えば多い方なんだけどね。だから、もう暴走を起こしようもない。

私はようやく、ただのエルフになれたのだ。

「だからごめんね、リヒト。本来なら万年単位で生きるはずだったのに、千年程度で寿命が来ちゃうみたい」

「十分、気が遠くなるほどの年数だわ！　ハイエルフジョークやめろ」

運命共同体のリヒトは、私と同じ年数を生きる。だから寿命が短くなったことを伝えなきゃと思って。えへへ。ちなみに、私もリヒトとまったく同じ感想である。

ずっと緊張状態が続いていたから、ここでようやく私たちは声を上げて笑った。

「あとは、ちょっと呪いが残ったくらい、かな」

「呪い？」

「うん。でも、これはあってもなくても私的にはあんまり変わらないんだけど」

呪いと聞いて心配そうな顔になったギルさんに、慌ててフォローを入れる。で、でも。ちょっとだけこれをここで話すのは恥ずかしい。もしかしたら、ギルさんにとってはショックなことかもしれないし。

「あ、あとで話す……」

「？　わかった。大丈夫なんだな？」

「うん！　それは保証する！」

出来ればもっと落ち着いた時、二人きりで話したい。そう思って少しだけ赤くなった顔を冷ますように手でパタパタと扇いだ。

話のキリが良くなった時、リヒトが気まずげに近付いてきた。頬を人差し指で掻きつつ、ちょっとだけ照れくさそうに。なんだろう？

「あー、と。メグ。せっかくだから今話しちまうんだけどさ……一つ、提案がある」

「提案？」

「そう。ギルにはすでに話したんだけど」

改まったように姿勢を正すリヒトを見ていたら、こっちまで緊張してきた。一体何を言い出す気なのだろう。ドキドキしながら待っていると、リヒトは覚悟を決めたように口を開く。

「メグ。俺と勝負してくれ。命を懸けた、真剣勝負だ」

「え。ええっ⁉　ちょ、何を言ってるの？　私、もう前みたいに無茶な魔術は使えないんだよ？」

「わかってる。それでも、勝負してくれ。全力で。俺を殺す気で」

「む、む、無理だよ‼」

リヒトだって、私が殺意を持って誰かと戦うなんて無理だってことくらいわかってるだろうに。

というか、言い出した理由がわからないんだけど！

「無理だろうがなんだろうが、俺は今からお前を攻撃する。避けなきゃ怪我するだけだからな」

「え、そんな……」

「行くぞ‼」

えええええっ⁉　リヒトはすぐさま右手に剣を持ち、構えた瞬間飛び掛かって来た。ぎゃーっ‼

「お、意外と避けられるな……これなら、どうだっ！」

「ひゃあああっ！　ちょ、待ってよ！　なんでこんなっ、うわっ」

リヒトは攻撃の手を止めない。私の質問になんか答える気がないみたいに。なんなの、もうっ！

でもこんな時、真っ先に止めようとするはずのギルさんが動かない。だから、たぶん理由があるんだってことはわかる。……リヒトのことはよくわからないけど、ギルさんのことは信じてる。いや、リヒトのことも信じてるけども。

たぶん、私のためにしてくれているんでしょ？　それなら。

「みんなっ、手伝って！」

『まっかせるのよーっ！　ご主人様、待ってたのよーっ‼』

あらかじめ逃がしていた精霊たちは、私が呼ぶと一瞬で集まって来てくれた。前に約束した通り、ちゃんと信じて待っていてくれたのが心に伝わってきて、じんわりと温かな気持ちになる。

「反撃くらいは、するんだからねっ！」

「そうこなきゃな！」

やけに生き生きした精霊たちと一緒に、全力でリヒトに立ち向かう。身体は疲労困憊だったけど、たぶんそれはリヒトだって同じ。

ほんと、せっかく解決したのに何やってるんだって感じ。でも、なぜだか楽しいって思う自分もいる。別に戦闘狂なんかでは決してないけど。

「これで、終わりだっ!!」

そうやって私が全力で戦っても、勝負はあっという間についていてしまう。わかってたよ。敵うわけないって。

剣を振りかぶるリヒトが目の前に迫ってくるけど、私には絶対に避けられない。ああ、リヒトったら本当に強いなぁ。そう思った時。

「そこまでだ」

私の前に黒い影が立ちふさがり、刀でリヒトの剣を受け止めた。ギィンという金属音が、試合終了の合図みたいだ。

「この勝負、リヒトの勝ちだ」

ギルさんが刀を納めながらそう言うと、リヒトもようやくニッと笑いながら剣を下ろしてくれた。

寸止めしてもらえるとわかってはいたから怖くはなかったけど……張り詰めていた緊張が解れてふぅ、と息を吐く。

「いい加減、説明してほしいんだけどっ」

それから、腕を組んで頬を膨らませながら抗議をしてやった。説明もなしに始めるなんてずるい。リヒトは悪い悪い、と言いながらも絶対にそう思っていないのが丸わかりだ。ギルさんも黙っててさー、仲間外れなんて酷くない？

「メグ。これで俺は、魔王を倒したことになるよな」

「え？　……魔王って、私のこと？」

リヒトはそう言いながら一歩ずつこちらに近付いて来る。そして、目の前に立って膝に手をつき、私に目を合わせた。

「そうだ。俺は現魔王よりも強いことが証明された」

「そうだけど……でも、そんなの戦わなくてもわかることじゃない」

意味がよくわからなくてさらに言い返すと、リヒトはニヤリと悪い笑みを浮かべた。

「いいや。ちゃんと見届け人の前で証明する必要があったからさ。いいか、メグ。そしてギル！」

リヒトは身体を起こし、親指で自分をビシッと指さしている。

「今、この瞬間から。この大陸の王、魔王は……俺だ‼」

朝日をバックに宣言したリヒトが、眩しく見える。え、今、なんて……？

「俺が、魔王を引き継ぐ。だからメグ、お前は魔王にはなれない」

「え……え？」

戸惑う私の頭に、リヒトはポンと手を乗せて柔らかく微笑んだ。それって、つまり……。

「お前はさ、オルトゥスのメグでいろ。そこがお前の居場所だろ？」

どこまでも優しい目で告げたリヒトの言葉。その意味を理解した瞬間、私の涙腺は決壊した。

5 葬送と誕生

全てが終わったあの日から、十日ほどが経過した。

魔大陸全土の被害は、実のところそこまで酷くはなかった。部分的に酷い地域はあるけど。その酷い地域っていうのは私がいた付近なんですけど。……ごめんなさぁい!!

で、でもね？　他は町に被害が出る前にギルドの人たちが防いでくれたみたいなんだ！　それもこれも、私が戻って来た時にショックを受けないようにみんなが頑張ってくれたからだと聞いた時は、またワンワン声を上げて泣いちゃったよね。もう大人になったというのにこれですよ。でも、これは泣くって！　仕方ないって！

それでも、あちこちで壁が崩れたり町の門が破壊されていたり、森の木が薙ぎ倒されていたりという被害はあった。各地で問題が解決したという報告が次から次へと届くようになって、ようやく落ち着いてきたってところかな。やることは山積みだけどね……！　特に私は、毎日のように被害

の酷かった地域に通って修繕作業のお手伝いで大忙しである。だって、私のせいだもん。このくらいはやらなきゃ！

精霊たちをたくさん働かせることになっちゃったのは申し訳ない。本人たちは役に立てて嬉しいって言ってくれているけど、週に一度はめいっぱい甘やかしてあげようと心に決めている。

「メグちゃん、準備は出来たかしら？」

「はい、サウラさん」

だけど、今日は大事な日。全ての作業をお休みにして、やらなければならないことがあるから。

「思っていたよりも落ち着いていて安心したわ」

「それは、サウラさんもですよ。でも……やっぱり泣いちゃうかも」

「ふふっ、そうね。今日は私も一緒に泣こうかしら」

それは、お父さんと父様の……葬儀だ。やっと落ち着いて二人を見送ることが出来る。

亡くなってから何日も過ぎているけど、この世界には魔術があるからね。葬儀が行われる今日まで、二人は眠りについた時のままの姿で守られていた。

この世界の葬儀の方法は特に決まっていない。服装は自由だし、決まった作法があるわけでもなければ、香典が必要なわけでもない。故人に別れを告げたい者が自由に参加出来るし、その場に来られなくとも今いる場所から祈りを捧げるだけでもいいのだ。わざわざ自分のために都合をつけさせるなんて、お父さんは嫌がりそうだから丁度いいよね。

だけど、参列する人たちはなんとなく暗めの色の服を着ているし、お供え物を持ってきてくれていたりする人がほとんど。それほど、お父さんは色んな人から好かれていたんだなって感じて……なんだか嬉しくもしんみりしてしまう。

弔(とむら)いの方法は火葬が一般的だ。前の世界と違うところは、燃えていく様子をみんなで見守るってところかな。あ、もちろん棺(ひつぎ)に入れられた姿は最後まで見えないような仕組みになってるよ！　棺だけが燃えていくのをみんなで見守るって形だ。それでも、本当にいなくなってしまうんだなって感じてとても切ない。火を眺めながら故人を偲(しの)ぶのは、きっとすごく心に沁みるだろうな。

今日は魔王城でも父様の葬儀が行われる。時間帯はずらしているから、私はそのどちらにも参列する予定だ。私の他にも、どちらにも参加したいという人はたくさんいるけど、移動の都合上、全員は向かえない。

リヒトがいれば割といくらでも移動は出来るけど、ただでさえ慌ただしい葬儀という場に大人数が移動するのはよくないからね。だから最終的に、私とギルさん、リヒト、クロンさんだけが両方に参加することになったのだ。

ちなみに同じ場所で一度に行わないのは、二人の最期の意思を尊重するため。お互い、慣れ親しんだ場所で見送られたいって言っていたもん。それから別日にしなかったのは、やっぱり同じ日に見送ってあげたいなっていう思いから。

だって二人は魂を分け合った一蓮托生(いちれんたくしょう)の身。仲良し、だなんて言ったら「気持ち悪い」って言われそうだけど……絆が深いことは知っているもん。旅立つなら同じ日に、ね。最後まで二人には仲良くしてもらいたい。

「二人とも、そろそろだ」

「ええ、わかったわ。じゃあ、私は先に行くわね。途中で泣いても最後まで言うわ！」

「一緒に泣くので大丈夫ですよ、サウラさん。よろしくお願いします」

葬儀の進行はサウラさんがしてくれることになっている。ちなみに、父様の葬儀ではクロンさんが進めてくれる予定だ。

私にどうかって話も出てはいたんだけど……なんとなく相応しいのはこの二人な気がして辞退させてもらった。だってサウラさんもクロンさんも、一番近くで二人を支えてくれたパートナーだと思うから。クロンさんは父様の右腕だって自称していたくらいだもん。これ以上の適任はいないよ。

それに、私が進行したらグダグダになってしまう未来しか見えない。まだ成人したばかりのヒヨッコに、こんな大事な舞台を任せちゃダメです。それでも許してもらえるのはわかっているけど！私自身がそんな中途半端な葬儀にしたくないのだ。頼めるなら頼んじゃいます。二人も、快く引き受けてくれたしね。

「メグ」

「あ、はい」

ギルさんに呼ばれて、ようやく一歩踏み出す。久しぶりにみんなが勢揃いするから、テンションが変なことになっていたんだけど……こうしてギルさんと並んで葬儀場まで向かうと、現実に戻ってしまうな。

今日はとても悲しい日。そのはずだけど、妙に気分は晴れやかというかなんというか。無理に明るく振舞っているってわけじゃないんだよ？　この気持ち、わかるかなぁ？

「頭領が、明るい雰囲気を好むことを知っているからだろう」

そんな複雑な心境をギルさんに伝えたら、百点満点な答えが返って来た。うん、そうだ。たぶんそれが正解。最期の瞬間まで、明るく笑って見送ってもらいたいってお父さんなら思う。それを私は無意識のうちに実行していたのかもしれないな。

別れは悲しい。でも、共に過ごした日々は幸せな思い出の方が遥かに多いんだもん。

「じゃあ今日は、たくさん別れを惜しんで、たくさん思い出話をしながら過ごそうかな」

「ああ、それがいい」

ギルさんを見上げながら笑顔で告げると、ギルさんもまたフワリと微笑んで答えてくれた。差し出された手を取って歩き始めたら、力強く握り返してくれるのがとても心強い。

さぁ、棺に花束を供えよう。

『オルトゥスの頭領、ユージンは偉大な人でした。彼のしてきたことをここで全て紹介することは不可能なので、みんなそれぞれが彼との思い出をたくさん語ってください。もちろん、文句もたくさん語っていいですからね！』

祭壇に置かれた棺を囲むようにたくさんの人が集まっていて、それぞれが思い思いに供え物を祭壇に置いていく。

その間、サウラさんが拡声の魔道具でお父さんのことを語ってくれていた。時々、冗談を交えるものだから、集まった人たちの顔にもたまに笑みが浮かぶ。悲しい顔だけじゃ、嫌だもんね。さすがはサウラさんだ。

だけど、やっぱり。お父さんの棺に火が付けられ、燃え上がる様子を見た時は勝手に涙が溢れてしまった。私だけじゃない。見守る誰もが静かに別れを悲しみ、沢山の人が同じように涙を流していた。


お父さん。……ねぇ、お父さん。

思っていたよりもずっと長かった人生はどうでしたか？

辛くて苦しい思いもしたよね。この世界に来てからは、大変な思いの方が多かったかもしれない。でも、幸せな人生だったでしょう？　貴方のために、こんなにもたくさんの人が涙を流してくれているんだもん。


目を閉じると、涙とともにお父さんとの思い出が溢れてきた。環だった時、よくお父さんとは口喧嘩をしたっけ。メグになってからは一方的に私がからかわれてばっかりだったけど、あの頃は私がお父さんにちゃんと休まなきゃダメでしょ！　って小言ばっかり言っていたんだよね。

この世界で再会した時、私が環だってことをなかなか言い出せなくてたくさん悩んだなぁ……。姿が変わってしまったから、信じてもらえないんじゃないかって。環の最期が過労死だったから、親不孝してしまったって。でもお父さんは全てを受け入れてくれた。また私のことを娘だと言って大事にしてくれた。

今思えば、お父さんならちゃんと受け止めてくれるってことが当たり前のようにわかるのに、当時は視野が狭かったな。

お父さんも、この世界に来てから少し性格が変わったよね。頭領としてのお父さんの方が大雑把で、思い切りが良くて、ちょっとだけ攻撃的な部分があって。環境が変わったんだから無理もないとは思うし、もしかしたら昔からそういう部分があったけど環の前では見せてなかったのかもしれない。どちらも、私の大好きなお父さんであることは変わらないけどね。

……ああ、どんどん思い出せてしまうなぁ。前世のことなんかもうすっかり忘れていると思ったのに。

どうか、ゆっくり休んでね。いつかは生まれ変わるかもしれないけれど、今はのんびり休んでほしいな。でも、仕事人間なところがあるから、案外早く生まれ変わったりして？

私はまだまだ人生が長いから、どこかで会えるかもしれないよね。お互いに、気付けないかもしれないけど。

それでも、また会えるのを楽しみにしたい。

『さようなら、頭領。……ユージン！　貴方は、とても偉大な人だったわ……っ!!』

どこまでも高く上っていく煙を見上げながら、涙声でサウラさんが魔道具越しに叫ぶ。その声を聞いて、さらに涙が溢れた。

だけど、不思議と笑顔になっている。みんな涙を流しながら、笑顔でお父さんを見送っている。

それがまた嬉しくて、涙が止まる気配がなかった。

夜は、弔いと称してオルトゥスの敷地内で盛大な食事会が開かれる予定だ。お酒を飲んで、たくさんの料理を食べて、お父さんとの思い出を語り、笑い合う。

私とギルさんは魔王城で父様を見送って、そのままそちらで食事会に参加する予定だ。だからオルトゥスの方にはあまり顔を出せないのが少しだけ残念。

「メグちゃん！」

「あ、チオ姉。どうしたの？」

早速、ギルさんと一緒に影移動で魔王城に向かおうとした時、意外な人物に呼び止められて振り返る。オルトゥスの料理長であるチオ姉だ。

「えっと。もし良かったらこれを持っていってもらえないかな？」

「これって？」

何のことかわからなくて思わず首を傾げる。すると、チオ姉はパッと収納魔道具から料理を出して見せてくれた。

「あ……こ、これ」

「オルトゥスで締め料理として出す予定なんだ。今日メグちゃんはもう戻ってこないだろう？　でもこれは、たぶん……メグちゃんも食べなきゃいけないかなーって思ってさ」

チオ姉が見せてくれたのは、ちらし寿司とプリンだった。私とお父さんの、思い出の料理。

じわじわと目の奥が熱くなっていく。

「も、もう……さっきあんなに泣いたのにぃ！　これ以上泣かせないでよぉ、チオ姉っ」

「あはは！　今日は身体中の水分がなくなるまで泣いてもらうよっ！　で、どう？　持っていくだろう？」

水分がなくなるまでって。なかなか厳しいことを言うなぁ、まったくもうっ。もちろん、答えは決まっている。

「持っていく！　お腹がいっぱいでもこれは絶対に食べるっ！」

「そうこなくっちゃね！」

涙をグイッと腕で拭って笑顔で答えると、チオ姉も少しだけ目尻に涙を光らせながら笑った。

さぁ、次は父様のことを見送らないと。ギルさんと顔を見合わせてから手をギュッと握り、一緒に影に潜った。


魔王城で行われる葬儀はやはりと言うべきかオルトゥスでのものよりもずっと厳かな雰囲気だった。城下町に住む全員が黒い服に身を包んでいて、町全体が白い花で飾られている。

父様も、みんなにどれほど愛されていた魔王だったかがよくわかるね。あとは、お父さんを見送りに来てくれた人よりも、悲しい顔をしている人が多い印象を受ける。

だからって、ずっと暗く沈んでいるわけではない。父様もまた、みんなが笑顔でいることを望む人だったから。町の人たちも父様のことを語る時は嬉しそうに笑みを浮かべている。

お忍びのつもりで町に遊びに来た時のこととか、まったく変装になっていない鼻眼鏡のこととか、父様の残念エピソードは町の人たちの間でも面白話として語られているのである。

偉大な逸話(いつわ)よりそっちの方が話されている気もするけど、父様らしいなって思っちゃう。もちろん尊敬しているからこそ、愛されているからこそ、面白おかしく語られていることはわかっているんだ。

「メグ、ギル。こっちだ」

リヒトの案内で城内に足を踏み入れる。父様を目の前で見送るのは、魔王城の中庭だから。お城で働いていた人と私たちだけがここで見守るんだって。これも、お父さんの葬儀とは少し違うところだ。

城下町の人たちはお城から上がる火の煙を見ながら、黙祷（もくとう）を捧げるのだそう。そして夜は町の人たちも広場で豪勢な食事を楽しむらしい。まぁ、一国の王様だからね。さすがにオルトゥスみたいにお城にみんなを呼んで盛大に、ってわけにはいかない。

『偉大なる魔王ザハリアーシュ様に、祈りを』

クロンさんが述べる言葉はとてもシンプルなものだった。それ以上の言葉はいらない、って感じかな。誰もが静かに目を閉じ、祈りを捧げる。

今この瞬間は、魔王城も城下町も静寂に満ちていた。静まり返った魔王城ではあったけど、時折すすり泣きが聞こえてきて、私もまた静かに涙を流した。……チオ姉の言ったように、今日は身体中の水分がなくなるかもしれないな。

空へと上っていく煙を見て、ほろほろと涙が流れていく。

とてつもなく整った容姿の、お茶目でかわいかった父様。メグの父親。偉大なる魔王。

誰よりも優しい王様だった。

父親としても、私をたくさん愛してくれてありがとう。母様の魂に、会えるかなぁ？　会えたら、最初にどんな話をするだろう。私のこと、話してくれるかな？

いつかきっと生まれ変わるとして、父様と母様は運命の番だからまた結ばれるよね。もしかしたら、母様は父様がそちらに行くまで転生するのを待っていたかも。そうだったら素敵だな。

そして今度はもっと長い時間を、二人で過ごしてもらいたい。私が生まれたことで、思いの外早くに別れがきてしまったから。ううん、きっと過ごせるはず。私はそれを祈り続けようと思う。

この世界の父様と母様がいたから、私はここにいる。色々と大変なことも多かったけど、やっぱり感謝しかない。

ありがとう、父様。もう魔王の悲しい運命は、魔力暴走の連鎖は終わったよ。異世界からわけもわからず転移してくる人もいなくなるし、魔王と魂を分け合わなきゃいけないなんてこともない。

だからどうか安心して、ゆっくり休んでください。私はこれからも、みんなと一緒に楽しく生きていくから。絶対に幸せでいるから。

ギュッと肩を抱き締められ、ふと隣を見上げる。そこには心配そうにこちらを見るギルさんがいて、反対の手でハンカチを差し出してくれていた。ふふ、私って本当にいつもこの手からハンカチを渡されてばっかりだね。ありがたく使わせてもらうよ。

私が思わず笑ってしまったのを見て安心したのか、ギルさんもホッとしたのがわかった。大丈夫だよ、ギルさん。悲しいけれど、これは旅路を見送っているだけなのだから。

厳かな葬儀が終わり、城下町にも賑やかさが戻ってきた。早速、各家庭で持ち寄った料理が広場に並び始めている。いい匂いがここまでする……！

魔王城の人たちは中庭に集まって、同じように豪華な食事を楽しむことになっている。そこには私たちもお呼ばれしているんだ！　とっても楽しみ。

だけどその前に。

『聞いてくれ、魔族たち！』

魔族の人たちがみんな集まるこの機会に、やっておかなくてはならないことがある。

城下町の中央広場で、宙に浮かびながらリヒトが拡声の魔術を使ってみんなに声をかけた。隣には私が浮かんでいる。何度か人前に立つことはあったけど……いつまでたっても慣れないよーっ！き、緊張する！　リヒトは緊張しないのかな？　慣れているのかな。さすが、って感じ。

『ザハリアーシュ様の後を継ぐため、今日から新しい魔王が必要となる。みんな知っているよな？魔王様の娘、メグだ』

リヒトが紹介すると、わぁっと大きな歓声が上がった。ひぃ、ダメだ、緊張がピークにぃっ！

それに比べてリヒトの堂々たる姿よ。やっぱり私にはこういうの、向いてないんだ。そりゃあ、やらなきゃいけない状況なら頑張るけどさ。でも、私よりもずーっとこういう場が似合うのが、リヒトなのだ。

思えば、リヒトは出会った時からずっと頼もしい存在だった。頼もしさで言えばロニーもそうだったけどね。自分だって大変だっただろうに、それを自分より年下の私に見せないように気を張ってさ。出会ったばかりの私を必死で守ろうとしてくれてさ。

正義感が強いんだよね。面倒見が良くて、思い切りもいい。自分の信じた道を真っ直ぐ突き進む力を持ってる、まさしく勇者なのだ。

『話はまだ終わりじゃない。次期魔王はメグだった。けど、俺はそのメグと勝負をして……勝利した！』

そんな勇者が、魔王になる。この魔大陸の王になるのだ。正確には、魔王城周辺の国の王なんだけどね。魔術を扱う者の中の頂点に立つ存在が魔王だから。

話の方向性が変わってきたことを察した城下町の人たちが、ザワザワと戸惑う様子を見せ始めた。

大丈夫、リヒトなら絶対に受け入れてもらえる。魔王として相応しいって、そう思ってもらえるはず。魔王至上主義な魔族のみんなが、娘である私ではなくリヒトを魔王として受け入れてくれるかどうか。それが不安だってリヒトは言っていたけれど。

『よって！　今日からは俺が、魔王に就任する！』

でもさ、見てよ。この貫禄。自信。みんなを引っ張っていける明るさやリーダーシップを。

そりゃあ血筋も大事かもしれないけど、それだけじゃないんだよ。素質ってさ！　魔王城で働く人たちも、クロンさんも、なんなら一足先に知らされていたオルトゥスのみんなも、リヒトなら問題ないって口を揃えて言っていたからね。もちろん、私もリヒトなら立派な魔王になれるって疑っていないもん！

『異論がある者は勝負しに来てくれ。いつでも受けて立つからな！』

リヒトが最後に大きな声で宣言すると、辺りがしん、と静まり返った。まるでさっきまでの葬儀中のように。

だけど、それは本当に一瞬のこと。すぐに割れんばかりの歓声が響き渡った。

「リヒト様！　魔王リヒト様‼」

「魔王リヒト様、万歳‼」

わぁっ！　さっき、私が紹介された時よりもずっと盛大な拍手と歓声だよ！　ほらね？　心配なんかいらないじゃん！　そんな意味も込めて肘（ひじ）で隣のリヒトを小突く。

「……なんか、めちゃくちゃ恥ずかしいんだけど」

「ふふっ、ほらほら手を振って。魔王リヒト様」

「てめ……くっそ、覚えてろよ、メグっ！」

それでも恥ずかしがるリヒトの腕をとって、私がえいやっと上に持ち上げながら手を振らせてやった。そのおかげでさらに歓声が大きくなる。

リヒトを称える声の他に、メグ様と呼ぶ声も聞こえてきた。あ、確かにこれはちょっと照れちゃうね。その声にはへらっと笑って手を振ることで応えた。

みんな、私のこともよくわかっているのだ。なんせ、子どもの頃から私のことを知っているんだから。もはや親目線。

私が本当はオルトゥスで働いていたいこと、魔王としてトップに立つのが向いていない性格だということも知っていたはず。それを、みんなはずっと心配してくれていたんだよね。ちゃんと私も気付いているんだ！

だからこうして温かな視線と声を送ってくれる。私に対しても理解がある、それがまたすごく嬉しい。ああ、また泣いちゃうっ！

こうしてその日、魔王城と城下町では明け方近くになるまで先代魔王を偲びつつ、新魔王の誕生も祝うこととなった。まるでお祭りだね！　結局はオルトゥスとあんまり変わらないかもしれないや。

「メグ、疲れたら言ってくれ」

「うん。でも大丈夫。出来れば最後まで見ていたいし。あ、ギルさんも食べる？」

賑やかな中庭から少しだけ離れたところで、ギルさんと二人並んで座りながらリヒトが囲まれているのを眺める。

チオ姉からもらったちらし寿司を膝の上で開けてギルさんに差し出すと、微笑みながら頷いてくれた。デザートにはプリンもあるからね！

幸せな顔が溢れている。二人の偉大な人物がこの世を去り、見送るというとても悲しい日でもあったけど……再スタートの日でもあったから、悲しい顔だけで終わらせずにすんで本当に良かったって思う。お父さんや父様も見ているかな？　届いていたらいいなぁ、この光景が。

「んーっ、チオ姉のちらし寿司は最高っ！　おいしいね、ギルさん！」

「そうだな」

せっかくだから、私も泣いてばかりいないで思い切り笑おうと思う。美味しい食べ物があったら自然と笑顔になるのがいいよね！　それにしてもこのちらし寿司、彩り豊かな飾りつけもセンスが光ってるし、味に関しては文句なしだ。

　ギルさんも小さく微笑んで同意してくれたし。いつの間にかお皿にあった分がなくなっているから、本当に口に合ったのだろう。うんうん、何よりです！

　満足げに私が頷いていると、ギルさんの手がスッとこちらに伸びてきた。その手は私の頬をそっと撫でてくる。

「だが、俺はメグが作ってくれたものの方が、印象に残っている」

　ふわりと微笑むその顔、めちゃくちゃ甘いんですけどーっ!!　え、っていうかそれ、いつの話!?　まさか私が幼女だった頃のこと!?

　よ、よく覚えてるなぁ……。まぁ、お父さんと再会した時のことだし、連動して思い出したのかな？　と、いうかちょっと待って！　そこは訂正したい！

「あの時は、ちょろっと飾り付けを手伝っただけだもん。作った、と言われると……！」

　特に味付けに関しては使った調味料を伝えただけで、私は全く手を付けなかったはず。あの味が再現出来たのは当時の料理長であるレオ爺の腕があったからこそなのだ。だから私が作ったもの、と言われるとむず痒くなってしまう。

　そもそもちらし寿司はあの時、この世界で初めて出した料理だったから、綺麗な飾りつけに驚いただけだよきっと。それが強く印象に残っているだけなのだ、うん。

「そうか……？」

　でも、きょとんとした顔で首を傾げるギルさんを見ていたら、なんだか悔しい気持ちが込み上げてくる。……これはチオ姉に頼み込んで作り方をしっかり聞いておこう。私も一応の作り方は知っているけど、プロの技を教えてもらいたいし！

それで今度は、私が一から手作りしたちらし寿司とプリンを食べてもらいたいな。たとえ失敗したとしてもギルさんなら美味しく食べてくれるってことはわかっているんだけど、これは意地なのだ。ギルさんの唯一の番として、美味しい料理を手作りで食べさせてあげたい、という私のちっぽけで壮大な夢でもある。

でもこれはまだ秘密。こっそり練習して驚いてもらうんだもんね！　ふふふ、待っててよギルさん。料理の腕を上げてみせるんだから！

6　オルトゥスへようこそ

あれから、五年ほどが過ぎた。

町の復興も驚くほどのスピードで進んで、今ではあの騒動がなかったのではないかと錯覚するくらい美しい町並みが戻っている。

被害の大きかった場所の修復も完璧だよ！　むしろ、以前よりも利便性の上がった造りになっていたりして。特にあの闘技場。戦うスペースがあの場所以外に、空中戦や水中戦の訓練も出来る場所が増えたんだって。作業のお手伝いに行った時にチラッとしか見てないから、ちょっと内部を見てみたい。

だってオルトゥスのみなさんが協力してくれたんだよ？　絶対にすごいことになっているはず。実際に足を運んで見たリヒトやクロンさんまでもが引きつった笑みを浮かべていたくらいだもん。察せるというものだ。

魔王としての引継ぎも、最初から父様の近くで仕事していたリヒトには簡単なことだった。それでも落ち着くまでには数年かかったけどね。

色々あったけど……その全てが片付いたから、ようやく計画を実行する日がやってきた。

今日は、私の人生で最も特別な日。

「……神々しすぎるわね」

「んー、本物の女神様だねぇ。メグちゃんが神の器だと聞かされた時は腹が立ったものだけど、こうして見るとうっかりそれが本当だったんだって思っちゃうね」

サウラさんとケイさんが、着飾った私を見て満足そうに頷いている。褒め言葉がキレッキレだ。いつものことながらとても大げさである。

「ありがとうございます！　ランちゃんの作った衣装のおかげですね」

でも今日は、今日だけはちゃんと素直にお礼を言うんだ！　実際に、そんな褒め言葉が出ちゃうくらいの素敵な衣装だしね。

そう、今日は結婚式なのだ。私と、ギルさんの。

私は今、プリンセスラインのウェディングドレスを着ている。純白で、レースをふんだんに使っている素敵なドレス。銀糸で美しい花の刺繍があちらこちらに施されていて、綺麗なのに可愛らしいデザインだ。

普段は下ろしている髪も片側でまとめるように編み込んで結っているから、首回りが少しだけスッキリとしている。この顔は童顔だから、少しは大人っぽく見えているといいんだけど。

胸は……結局サウラさんのようにはいかなかった。ナイスボディーの夢は叶わず……！　いいの！　私には私の良さがある！　たぶん!!

「何を言っているのよぉん！　着る人がハイパー可愛いからこそ似合うのよぉ、この衣装は！」

「ラグランジェの言う通りだね。メグちゃんだからこそ、この衣装が最大限魅力的に見えるのさ」

せ、制作者にそう言われるとさすがに恥ずかしいかも。ま、まぁ？　見た目だけは整っている自覚はあるからね！　ハイエルフっていうのはそういう種族っ！

でも。結婚式の花嫁というのは、世界で一番綺麗だって自信を持った方が良いっていうよね。今日は素直になるって決めたし、ちょっと自惚れてみようかな。えへへ、今の私ってば世界一可愛い！　恥ずかしい！　でも嬉しい！

リヒトとクロンさんの時にしたのが初の結婚式で、それ以降は魔大陸中で結婚式の文化が少しずつ広まってきていた。そのタイミングで、私たちは成人の儀で使う建物、つまり教会での結婚式を行うというわけ。

サウラさんがずっと前から計画を立ててくれていて、満を持してそれが実行されるのだ。要は、私とギルさんは宣伝要員。見た目だけは整っているからね、私も。かなりの宣伝効果が見込めると思う。

教会を使うという案を出した時、食い付いてきたアドルさんも最初からそこに目を付けていたもんね。サウラさんとのタッグは最強でした。すでに各地で何件も教会を使いたいという声が上がっているんだって。恐るべき手腕……！

「はー、本当に綺麗。メグちゃんのこの姿を見て、ギルは正気を保っていられるかしら」

「それはさすがに大げさですよ、サウラさん！」

ところで。サウラさんたちはもうずーっと口を開けば私の褒め言葉が飛び出すのですが！　さすがに照れちゃう。そう思っての言葉だったんだけど。

「あら。じゃあメグちゃんは、花婿（はなむこ）衣装で着飾ったギルを見て正気を保てる自信があるのね？」

「無理ですね！」

「ほらみなさい。一緒よ！」

サウラさんの反論には即答しちゃったよ。だって！　そりゃあ大好きな人のカッコいい姿を見たら拝み倒したくなるに決まってる！　だってあの超絶イケメンなギルさんだよ？　無理無理、呼吸出来る気がしない!!

えー、でも。そういう感覚をギルさんも抱くってこと？　あんまり想像出来ないんだけどなぁ。

「あ、噂をすれば。旦那様が迎えに来たわよぉん？」

「だ、旦那様って……！」

ニヤニヤしながら告げるランちゃんの言葉に、一気に顔が熱くなる。確かにそうなるわけだけどぉ！　改めて言われちゃうとすっごく恥ずかしい。

はー、今のうちからカッコいいギルさんを脳内で想像しておかないと。急に実物を目の前にしたら倒れてしまうかもしれない。今日は晴れの日なんだからそれだけは耐えなければ。スーハー。

教会の裏側に張られた簡易テントの中で身支度をしていた私たち。ギルさんが来た、ということで着付けをしてくれていたランちゃんや手伝ってくれたサウラさん、ケイさんの三人がそそくさとテントから出て行ってしまった。き、気を遣われている……！

「わ、ぁ……ギル、さん？」

そしてついに彼女たちと入れ違う形で顔を出したギルさんを見て、私は掠れた声を出してしまった。いや、だって！　本当にカッコいいんだもん！

いつもは黒一色って感じのコーディネートだから、余計に白を基調とした衣装が新鮮で、神々しくて、カッコよくて……お、王子様みたい。私の扱える語彙ではとても表現しきれない。うぅ、私の番様がカッコよすぎるぅ……！

もう正気を放り投げたいです。でも、私も素敵な衣装を着ている身なので地面に倒れ伏すのは我慢だ。耐えろ、私っ！

「……あれ？　ギルさん？」

一人脳内で大騒ぎしている間、なぜだかギルさんがずっと黙っていることに気付く。

気を取り直して再びギルさんの方を見ると、目を丸くしてぼんやりとこちらを見たまま固まっているようだった。私が声をかけたことでハッとしたギルさんは、それからすぐに片手で口を覆う。

あ、れ？　顔が、赤いかも。

「……すまない。見惚れていた」

「うぇっ⁉」

そしてあまりにも素直に告げられた言葉に、変な声が出た。

二人して顔を真っ赤にして黙り込んでしまう。少しの沈黙を挟んで、ようやく私が先に口を開いた。

「見惚れていたのは、私も、だよ。ギルさん、白もすごく似合うんだね。その、すっごくカッコいい！」

「そう、か？　俺は落ち着かなくて仕方ないんだが……メグが気に入ってくれたのなら、それでいい」

どうしてもよそよそしくなってしまうのは、二人ともいつもとは違う衣装に身を包んでいるからだろうか。

「メグも、その……とても、似合っている」

「っ、あ、ありがとう……」

結局、私たちはろくに話も出来ないまま、そろそろ式が始まるとサウラさんが呼びに来るまで顔を赤くして黙っているのだった。当然、サウラさんには呆れられちゃったよ。

いやほんと。何してるの、私たち？

新緑の美しい森の外れに立つ、白くて美しい教会。木漏れ日が程よく射し込むように整備され、教会の周辺には式の後に宴会が出来るようすでに準備が整っている。

でもまずは教会内部の厳かな雰囲気の中、親しい人たちだけを招いてみんなの前で宣誓する。

そのためのバージンロードを、私は今リヒトと腕を組みながらゆっくりと歩いていた。

なんだか、成人の儀を思い出すなぁ。あの時はこの道の先にお父さんと父様が立っていたっけ。

そして、二人の前で成人の宣誓をしたんだ。

でも今は、道の先に立つのは白い衣装に身を包んだ私の愛しい人。本当なら今、隣で腕を組んで歩いてくれていたのはお父さんか父様だったかもしれないなんて、ちょっと考えちゃったりして。

「悪いな、俺で」

隣を歩くリヒトが小さな声で呟いた。やめてよ、ちょうどそのことを考えていたから、泣いちゃうじゃん！

「いいんだよ。あの二人だったら、どちらが一緒に歩くかで揉めていたよ、きっと」

「くっ、違いねぇな」

だから、涙を流してしまわないように軽口で返すので精一杯だった。

席に着くみなさんの間をゆっくり歩く。涙ぐんでいる人や、すでに号泣している人たちの顔を見ていたら込み上げてくるものがあった。でもまだ泣いてはいけない。我慢、我慢。

ようやく祭壇の前に到着した私は、リヒトからその手をギルさんに渡される。リヒトがギルさんに向けてニッと歯を見せて笑うと、ギルさんもリヒトに向かってフッと静かに微笑んだ。うっ、カッコいいいっ！

それから私はギルさんと少し目配せをした後、祭壇に立つシュリエさんに二人で向き直った。

そう、神父さんの役割はシュリエさんが引き受けてくれたのだ。この美しいエルフは神父用の衣装が本当に似合いますね……！　背後のステンドグラスの窓から射し込む光の具合が羽にも見えて、まさしく天使様である。

「ギルナンディオ。貴方はこの……超絶可愛らしい、優しさの権化とも言うべき皆から愛されるメグを生涯愛し守ることを誓いますね？」

「……予定と文言が違わないか？」

しかしその威厳ある姿といつも通りの完璧な微笑みでそんなことを言うのは反則だと思います。ギルさんもうっかり突っ込んでしまっているじゃないか。しかも疑問形に見せかけた有無を言わさぬ確認……。

「何か問題でも？」

「……いや」

「誓うのでしょう？」

「ああ。誓う」

背後からブフッと噴き出す音や、クスクスという笑い声が聞こえてくる。もー、厳かな儀式のはずなのにー。でも、シュリエさんは大真面目だから許します。

ギルさんに対してよろしい、と告げた後、今度はシュリエさんが私の方に目を向けた。その慈しむような眼差しにドキリと心臓が鳴る。

「メグ。貴方はこの、どこまでも不器用で情けない……そして世界一頼れる男を、ギルナンディオを、生涯愛し支えることを誓いますか？」

文言はやっぱり予定とは違った。でも、シュリエさんがギルさんを普段どう思っているのかがよくわかる言葉に、じわりと目の前が滲んでいく。

ギルさんってさ、ギルさんもさ。仲間たちから、すっごく愛されているなってわかって胸がいっぱいだよ……！

「はいっ！　誓いますっ！」

「ふふ、元気でよろしいですね」

泣くのを誤魔化すために大きな声を上げてしまったけど、出てきたのは涙声だったからみんなにはバレバレかもしれない。

ギュッと口を引き結んで涙が流れないように我慢していたら、ギルさんの大きな手が私の肩を引き寄せた。チラッと隣を見上げると、こちらを愛おしげに見下ろすギルさんの顔。

感極まってしまった私は微笑みで返したけど、その瞬間に堪えていた涙がぽろっと一粒零れてしまった。

「ではここに、新たな番同士が誕生したことを祝福して。皆さん、盛大な拍手を」

シュリエさんが最後にそう締めくくると、会場内からわぁっという歓声が上がった。

勢いのまま教会の出入り口や窓も開け放たれ、外で待っていた人たちからも大きな拍手とお祝いの言葉が飛び交う。

「お父さんや父様に、見せてあげたかったなぁ」

その光景を涙で滲んだ目で眺めながら、本音をポツリと漏らしてしまう。すると、ギルさんがハンカチで私の目元をそっと拭いながら微笑みかけてくれた。

「……あの二人のことだから、どこかで見ているかもな」

「ふふっ、あり得る」

「そうしたらたぶん俺は今、殺気を向けられているはずだ」

「っふ、あははっ!!」

過保護な父親二人のその光景がありありと脳内に浮かんできて、堪え切れずに笑う。その軽い冗談が、私を元気づけるためだってことも伝わってるよ、ギルさん。

「ありがとう、ギルさん。私、今すっごく幸せ」

私の涙を拭ってくれていた手にそっと触れ、ギルさんに向けてそう告げる。ギルさんは少しだけ目を見開いたあと、俺もだと微笑んだ。

「メグ……綺麗だ」

それから蕩(とろ)けるような眼差しと甘い声でそんなことを言う。それだけで、頭がフワフワとしてしまいそうだ。

「ちょっとちょっとー。二人の世界に浸るのはもう少しお預けだよ、二人とも!」

見つめ合いながらうっとりとしていると、アスカの元気な声により現実に引き戻される。

そ、そうだった! 今はまだ結婚式が終わったばかり! これから主役の私たちはみんなにお礼を言って回らなきゃいけないんだった。っていうか、人前で見つめ合っちゃったな。は、恥ずかし

い……！

「続きは夜に、だな」

「はわ……！」

ほらほら早く、と急かしながら前を歩くアスカの後ろで、ギルさんが耳打ちしてくる。そのせいで私は宴会の間、ずっとぽわぽわした状態だったのは言うまでもない。

もうーっ！　ギルさんっ!!　つ、続きって、どういうこと……？　あーっ！　考えちゃダメったら、私っ！


結婚のお祝いは、夜遅くまで続いた。たぶん、まだ飲んだり食べたりしている人もたくさんいると思う。でも、私たちは適当なところで切り上げることにした。私たちのための祝いの席ではあるけど、早く休みたかったし、その。早く、二人きりになりたかったから……。

どこへ向かったかと言うと、私たちの新居だ。そう！　二人の！　家である！　色々と解決したら、一緒に住もうって約束がついに果たされるのです。ひぃ、幸せ過ぎるぅ……。

あ、さすがにギルさんが勝手に家を建てたってわけじゃないよ？　事前に場所の候補をいくつかあげてくれて、どんな間取りがいいかとか二人でたくさん相談して決めた。家具や必要なものも少しずつ揃えて……結婚式の日から一緒に住もうって。そう約束していたんだ。

「た、ただいまぁ……。えへへ、なんだか変な感じ」

オルトゥスのある町の外れ、少し小高い丘の上に建てられた家は、あまり大きな家ではない。でも、温かみのある優しい雰囲気が私はとても気に入っている。オルトゥスに比べたら不便なところもまだあるけどね。でもギルさんのことだ。その辺りは追々、付け足されていくのだと思う。

何度も二人で足を運んだ家だけど、こうして帰宅という形で入るのは初めてだからなんだかくすぐったい。

「ただいま、か」

「うん。これからは毎日言うんだから。いってらっしゃい、いってきます、おかえり、ただいまって」

「……いいな」

サラリと髪を撫でられ、ドキリと胸が高鳴る。さっきまで騒がしい場所にいたから余計に静かに感じて、なんだか緊張しちゃう。

今日はもう遅いからと、お風呂に入るのは明日にして洗浄魔術で身を清める。楽な服装に着替えて、あとは寝るだけ。

でもその前に、大切な話をしなきゃいけない。私はベッドにぽすんと腰かけて、ギルさんに切り出した。

「あのね、あの時……レイが言っていた呪いのことなんだけど」

それだけで、ギルさんは私がなんの話をしようとしているのか気付いたようだった。すぐに真剣な眼差しになって隣に腰かけてくれる。

「その呪いは、もう二度と人が神に戻ろうとすることがないようにっていう予防策なの。どうしてもハイエルフの身体は神に近いから……そう考える者がいつか再び現れないとも限らないって。だからね」

うまく伝えられるかな？　私は意外と前向きに捉えているけど、ギルさんはどう思うだろうか。それが少しだけ不安だった。

「わ、私が、最後のハイエルフになるって。種族の滅亡、ってやつかな。つまり、その」

「……ハイエルフは今後、子を生せないということだな？」

「う、うん」

もっとわかりやすく言うなら、私は子どもが産めないということだ。

私が最後のハイエルフ。一番若い私がこの世を去る時、もうハイエルフはこの世界からいなくなる。そういうことだ。エルフはたくさん残るけどね。

「元々、出生率がものすごく低い種族だし、心配しなくてもいずれハイエルフはいなくなる運命だったと思うんだ。それでも、万が一にもハイエルフが生まれないように、呪いをかけるんだって言っていたの。私はそれでいいって思った。どのみち、可能性はほぼないようなものだったし」

言い訳がましくなっていないかな？　ギルさんは、子どもが欲しいと思っていたかな……？　種族柄、ギルさんも希少種だから可能性はかなり低かったけど。可能性が、ゼロになるわけだから。どう思うだろうかと不安が膨らんでいく。

「私は、ギルさんがいればそれだけで幸せだから。でも、その。ギルさんが残念だって思うなら、申し訳ないなって思っ、わっ」

しどろもどろになりながら伝えていたら、思い切り身体を引き寄せられた。気付けばギルさんの腕の中に閉じ込められていて、温もりと鼓動が伝わってくる。

「俺も。メグがいればそれでいい。今だって、自分にはもったいないくらい幸せを感じているからな」

そして、感情も伝わってくる。……ああ。やっぱりギルさんも、私と同じ気持ちを抱いてくれたみたいだ。

私たちの間に子どもが生まれるなら、それはとても幸せなことだろう。でも、子どもが出来なくても幸せは変わらない。

「まだまだ。これからだよ。もっともっと幸せになるんだからね」

「そうか。なら、覚悟をしておこう」

幸せの形は人それぞれ。子どもが全てではないし、幸せの種は一つじゃない。

私たちは、これから二人で幸せになるんだ。まだまだたくさんの幸せを摑む気満々なんだから。

「そろそろ寝るか」

ようやく打ち明けることが出来たおかげで、なんだかすごく安心した。だからかな。いざ一緒に寝るとなると、こう……お、落ち着かない。いつまでたってもベッドの端に座っていると、ギルさんがクスッと笑う気配がした。

「な、なんだか照れちゃう……」

「何度も一緒に寝たことがあるだろう」

「それは！　子どもの頃のことでしょっ」

モジモジしていたら、ギルさんがからかってきた。ひ、一人で恥ずかしがってるよね、私？　ギルさんのこの大人の余裕が悔しいっ！

「そうだが、子どもの時は平気で今はなぜ照れるんだ？」

「〜〜〜っ！　子どもじゃないから、だよ……！」

すぐからかうんだから。ぷくっと頬を膨らませて怒ると、ギルさんがそっと頬に手を伸ばしてきた。

思わず見上げると、ギルさんの目が何かを求めているように見えた。ドクンと大きく心臓が鳴る。

「……そうだな。大人になってからは、初めてだからな」

そのままギルさんは私を引き寄せると、額にキスを落としてくる。

どうしよう。期待で鼓動がどんどん速くなってしまう。

「あの頃はもっと小さかった。手も、身体も」

ギルさんの手が頬から手に、手から腰に移動する。私はこの大きくて温かな手が大好きで仕方がない。

「今も、下手をすると折れてしまいそうだが……見かけよりずっと強いことを俺は知っている」

「……うん。ギルさんにちょっとくらいギュッてされても、へっちゃらだよ」

私の言葉にクスッと笑ったギルさんは、私の首筋に顔を埋めるとキスを落とした。そのせいで、自然と顔が上を向く。

ギルさんの大きな手が頬を包み、長い指で耳に触れられた。

「っ！」

「メグ……」

くすぐったいような、なんとも言えない感覚に身体が硬直してしまう。気付けば私はベッドの上に倒されていて、ギルさんがそんな私を見下ろしていた。

「子が生せなくても、愛せないわけじゃない」

その目が酷く切なげに細められているから、私もなんだか切なくなる。

「うん……そうだね」

暫く見つめ合った後、ギルさんはいつものように私の唇を親指で撫でた。ドクン、と心臓がさらに音を立てる。

「もう……いいな？」

「……うん。私は貴方の番だもん」

それに今更、何を我慢する必要があるというのか。今日、私たちは結婚したのだから。

見つめ合っていると、愛しい人の顔が近付いてくる。ドクンドクンと心臓の音がうるさい。ギルさんの唇から少しも目を離せなかった。

「おかしなことを言うかもしれないが」

唇と唇が触れるその直前で、ギルさんが囁く。吐息が唇に当たって、すでにのぼせそうだった。

「奪うのが、もったいないな」

フッと笑いながら言った言葉がなんだかおかしくて、私もつられて笑ってしまう。

「ちょっとその気持ち、わかるかも」

だって。初めてのキスは、一度だけだもんね？

そう思ったらなかなか踏み出せなくて、お互いに触れるか触れないかのギリギリのところで止まってしまった。だけど、それが妙に胸の奥をくすぐる。

愛が、深まっていく。

「……好きだ」

ギルさんの言葉は、唇が触れ合う前のものだったか、それとも触れた後だったか。

軽く触れ合った後、薄く目を開けて見つめ合い、それから何度も啄(ついば)むようなキスをした。角度を変えて、何度も。何度も。

次第に深くなっていく口付けに、どうしようもなく気持ちが溢れていく。いつの間にか私はギルさんの首に腕を回していたし、ギルさんは私の頭に手を回していた。

逃げられないし、逃げたくない。離れたくない。誰かに、そんな思いを抱くなんて。

どれほどそうしていただろうか。ゆっくりと唇を離し、額をくっつけ合う。

「……こんなに緊張したのは、生まれて初めてだ」

「ギルさんが？　緊張なんて、するの？」

「する。今もしている」

そう言いながらギルさんは、私の手を取って自分の心臓の上に置いた。トクトクと鳴る鼓動がものすごく速い。

「私だけじゃなかったんだね、緊張していたの」

静かな部屋に、二人分のクスクス笑う声が心地好く響く。

その夜、私たちは一生忘れることのない時間を過ごした。眠る時も、隣に大好きな人の存在を感じる。

それが、この上なく幸せだった。

幸せな日々。平和な毎日。

あれから百年が経過して、いろんな問題や事件が起きた。

すでにたくさんの出会いと別れを経験し、その度に喜んだり悲しんだり、大人だというのに大きな声を上げて泣くこともあった。

「魔王がすっかり板についたね、リヒト」

「そうかぁ？　まぁ百年も経てば仕事には慣れたけどさ。でも、ザハリアーシュ様を思い出すとさ、まだまだだなーって思うんだよ。いつまでたっても、追い付ける気がしないや」

今、私はオルトゥスにやってきたリヒトと近況報告をし合っている。時々こうしてお互いのことを話すようにしているのだ。ここにロニーやアスカ、それからウルバノが加わったりもする。

この五人はもはや固い絆で結ばれた仲間だ。リヒトだけはオルトゥスメンバーじゃなくて魔王なんだけどね！

もちろん、オルトゥスに加入した新しい仲間たちとの結束もある。信頼し合える素晴らしい関係を築けているよ！　でもそれとはまた別で、この五人は少しだけ特別な関係っていうのかな。私がずっと憧れていた、オルトゥス初期メンバーの結束みたいなものが出来ている気がするんだ。

「この間さ、宰相が交代したよ。まだ若くて自信がないのか、毎日半泣きだけどな」

「そっか。先代が亡くなってまだ日が浅いもんね。ゆっくり心も回復するといいなぁ」

こうした別れの知らせはよくあることだった。私たちの寿命は他の人たちより長いからね。仕方ない。けど、悲しいものは悲しいよね。

いつかは、最愛のギルさんを見送る日だって来てしまう。それはやっぱり怖いし嫌すぎるけど。

「俺は生まれ変わっても、メグの魂を見つけるつもりだが」

ギルさんがあまりにも当たり前のようにそんなことを言うから、肩の力も抜けるというものだ。しかも本当に見つけてくれそうなのが、もう。

そんな話を流れでリヒトにも告げると、ニヤッと笑いながら張り合ってくる。

「ま！　俺も生まれ変わったってクロンを絶対に見つけるけどな！」

「私だって！　記憶がなくても、魂が覚えてるもん。絶対に見つけるっ」

環の母親である珠希の生まれ変わり、マキちゃんとだって出会えたのだ。きっとそういう、引き寄せ合う何かがあるんだって信じてる。実際はわからないよ？　でもそう信じていた方が素敵だから、私は信じるのだ。

本当は、未来視すればわかることなんだけどね。魔力は全盛期に比べて大幅に減ったけど、そのくらいは今でも出来るから。でも、それはしない。するつもりがなかった。

私の特殊体質、夢渡りはもうずっと使っていない。今ではコントロールも出来るようになって、未来も過去も自由に視ることが出来る。でも、しないようにしているのだ。

だって、未来はわからないから怖くて、楽しくて、立ち向かえるんだもん。何があったって、絶対にみんなで乗り切る自信もあるからね！　知らない方が、きっと人生を楽しめるんじゃないかって。そう思って。

「あ、あの！　オルトゥスには初めて来たんです、けど、その……」

しんみりとそんなことを考えていると、どうやら新規のお客さんらしき声が聞こえてきた。受付では頼もしい仲間たちが即座に対応してくれている。

「おっと、長居しすぎたな。じゃ、そろそろ行くよ。またな、メグ。今度はお前が魔王城に来いよ」

「うん！　クロンさんにもよろしくね！」

いつものように歯を見せて笑ったリヒトが転移で姿を消すのを見届け、私はすぐに受付へと戻る。もう成人してからかなり経っているけれど、相変わらず私はオルトゥスの看板娘らしいので。新規のお客さんには顔を覚えてもらわないとね！

……看板「娘」って、いつまで有効なのだろうか？　まぁ、気にしたら負けである。

「初めてのお客さんですね？　ようこそ！　オルトゥスのメグといいます」

「ふぁっ!?　あ、あのメグ様、ですか？　ほ、本物だぁ……あのっ、あく、握手してもらえますかっ」

お客さんは顔を真っ赤にして興奮気味にそう言った。こういった反応は初めてではないので対応も慣れたものである。

ただ、好意的な感情って無下には出来ないから、うまく対応が出来ているかと言われると未だに自信はない。今回のように、いつまでたっても手を握ったまま見つめられると相変わらず少しだけ困ってしまうのだ。えーっと、どうしようかな。

「そろそろ離してくれないか。俺の番なんだが」

「ギルさん！」

そんな時、影からフッとギルさんが現れた。これもたまにあることだけど、今日は仕事で遠征に行ってなかったっけ？　ああ、ちょっと！　お客様に殺気を向けないで！

「わ、ぁ……！　ギル様！　うっ、あの伝説的なカップルをこんなに間近で見られるなんてぇ……！」

しかし、このお客さんはなかなか強靭(きょうじん)なハートをお持ちのようだった。どうやらギルさんのファンでもあるらしい。その気持ちはとてもよくわかる。仕方ないよね、カッコいいもん。

……いや、スルーしかけたけど伝説的なカップルって何？　これまでも色んな噂をされたけど、今回はどんな話が出回っているのか。知りたいような、知りたくないような。

「お客様。お話でしたらオレが引き受けます」

「ウルバノ！　た、助かるぅ」

ギルさんまでもが微妙な顔で黙り込んでいると、今度は受付内部の方から救世主がやって来た。私の同期で、とても頼りになる私の右腕。巨人族のウルバノである。

身体の大きなウルバノを見て、お客さんはようやくハッとなって姿勢を正しながら口を閉じた。大丈夫ですよー。ウルバノは見た目こそ迫力があるけど、とっても優しいので！

「お安い御用ですよ、メグ様。さ、お客様はこちらへ」

ほら、物腰も柔らかいでしょ？　隠しきれぬ強者のオーラはあるけど。そんなウルバノに逆らうような人はほとんどいない。お客様はようやく私たちから離れて仕事の話をしに行ってくれた。ホッ。

ウルバノは、リヒトが魔王になったあと暫くしてから単身でオルトゥスにやってきた。リヒトともたくさん相談して、自分はメグ様に生涯お仕えしたいからって言ってくれたんだとか。

真面目なウルバノが私の右腕的存在としてたくさん働いてくれるので、すっごく頼もしい。ウルバノが仕えるに相応しい自分でいられているかは、まだ自信がないけど……今後も精進あるのみだ。

「ところでギルさん！　仕事は大丈夫なの？　抜け出してきてないでしょうね？」

「……問題ない」

「抜け出したんだ。まったくもう。私は大丈夫だから、仕事に戻って？　ね？」

ギルさんの過保護はずっと変わらない。私がちょっと困っているだけですぐにこうして駆け付けてきてしまう。困ったものだけど……嬉しい気持ちの方が大きいのがもっと困りものだ。

「行ってくる」

「ふふっ、行ってらっしゃい！」

このやり取りも、今日は二回目。でも、気にしない。当たり前の挨拶は、何度だってしたいから。

さぁ、仕切り直してお仕事、お仕事！　今日はどんな一日になるかなーっ！

ふと、数メートルほど先に幼いエルフの女の子が見えた。きょとんとした様子でこちらを見ているあの子は……ああ、そうか。

大丈夫。貴女の未来は幸せがたくさん待っているよ。

そう思いながら微笑むと、エルフの幼女は、かつての私は、目を丸くしてその姿を消した。これでようやく、私の役目は終わったんだという気がした。

たくさんの大切な人たちとの思い出が詰まったこの場所は、今も思い出を積み重ねている真っ最中。

日々、新しい歴史が刻まれる特級ギルドオルトゥス。

みんなのホーム。

そんなオルトゥス受付で、私は毎日飽きるほど告げるこの言葉を今日も元気に繰り返すのだ。

「特級ギルド（オルトゥス）へようこそ！」

新婚初日の過ごし方

朝、ゆっくりと目を開けると窓から日差しが射し込んでいた。真っ白なレースのカーテンが風に靡いていて、その様子をただぼんやりと眺める。そして思った。ここはどこだっけ？

「起きたか」

「！」

まだ寝ぼけていた頭が瞬時に覚醒する。頭上で聞こえた大好きな人の声ですぐに思い出したのだ。ここが私とギルさんの新居で、今は初めてこの家で過ごした日の翌朝だということを。おかげで朝一から顔が真っ赤になってしまう。

だ、だって！　目覚めた瞬間に大好きな人の顔があって耳元で声が聞こえるなんてやばいでしょ！　いや、それ自体は初めてのことではないけども！　……新婚初日の朝だから、こうなってしまうんだよ。いや照れている場合ではない。挨拶をしなきゃ！

「お、おはよう……あれ？　ギルさん、ちゃんと寝た？」

チラッとやや上の方に視線を向けると、ギルさんが身体をこちらに向けて横になっていた。その姿は私が寝る直前に見た最後の体勢とほとんど変わらない。まさかとは思うけど一晩中こうして寝顔を見られていたのではないかと疑ってしまう。

そんな私の眼差しを受け、ギルさんは気まずそうに視線を泳がせた。

「……少しは」

「少しぃ？」

これは、ほとんど寝ていないということで間違いないだろう。目を鋭くしてギルさんを睨むも、相変わらずギルさんは目を逸らしたままだ。

もーっ！　恥ずかしいから寝顔をずっと見るのはやめてって言ったのにぃ！　ポカポカとギルさんの胸を叩いたけれど、ギルさんから返ってくるのはくっくっと喉の奥で笑う声と心の籠（こも）っていない「すまない」の言葉。絶対に反省してないっ！

プクっと頬を膨らませていた私だけど、あまりにも優しい黒い瞳と目が合ってしまったら何も言えなくなってしまう。番という繋がりのおかげで、ギルさんの私への想いが次から次へと、もうとめどなく流れ込んでくるから。うぅ、私の心へのダイレクトアタック……！　しかも朝からこんなに甘い眼差しで見つめられたら！

心臓がバクバクと鳴る。ああ、ダメダメ。昨晩のことを思い出したらますます動けなくなるから！　必死で平静を装いながら目を逸らすと、またしてもフッと小さく笑われてしまったから私の心情など筒抜けなのだろう。

私の気持ちもギルさんに流れ込んでいるのはわかっていたけど！　それでも察して！　ギルさんだって私が何にも喋らずに顔を真っ赤にしたままだと困るでしょっ！　……いや、困らない。この人は喜ぶだけだ。くっ！

しかし、注意はしなければならない。ギルさんは完璧超人だからこそ、休むという行為を疎（おろそ）かにしがちなのだ。それで実際に問題がないのもわかるけど、それでも休む大切さを忘れてはダメ。他の人にも示しがつかないし、何よりいつだってギルさんの体調は万全であってほしいからね！

「こほん。でも、ダメだよ？　ちゃんと休まないと。昨日は結婚式だったし、これまで仕事に準備に忙しかったでしょ？」

でも恥ずかしい気持ちはどうしようもないので、プイッとギルさんに背を向けての注意になってしまった。だって、なんだか顔を見られないんだもん。しかし、そんなことを許すギルさんではなかった。

「そうだな。だが」

途中で言葉を切ったギルさんはグイッと私の身体を引き寄せ、耳元に口を寄せてきた。

「メグとこうしていられることで、すでに十分すぎるほど休ませてもらっている」

ひえぇぇぇ！　恥ずかしいから後ろを向いたというのに、バックハグで密着されながら耳元で囁かれたら結果的に同じなんですけどぉ⁉

「メグの方こそ大丈夫か。その……疲れが残ってないか？」

「ハイ……大丈夫デス」

ギルさんの囁き声は私に良く効く。なんたる耳へのご褒美。硬直してしまったけど。

はぁ、やばい。みんなに祝福された最高な結婚式の後、新居に初めて二人で泊まって。これからは毎日こうしてこの家に住むんだって感動しながらベッドに入って。……たくさん、抱き締め合って。それで朝、目覚めても大好きな人がすぐ側にいて。体調を心配してくれて、優しく触れて囁いてくれて……。

し、幸せすぎる。これって現実だよね？　なんだか、思い出したらものすごく転げ回りたい気持ちになるし、今更ながらに緊張してきたんだけど！　ギルさんと一緒に眠るのはこれが初めてではないけれど、昨夜は……特別だったから。

「……今更、何をそこまで緊張しているんだ」

お言葉ですがギルさん。私はたぶん、いつまでたっても緊張すると思うのでそこは諦めてください。

「ギルさんがイケメンすぎるのが悪いと思いますっ！」

「なんだそれは……」

大体、どうしてギルさんはそんなに冷静なわけ？　私だけなのかな、緊張しているのは。なんだか悔しくて振り返らずにそう主張すると、ギルさんは私を抱き締める力を少し強めた。ふわりと感じるギルさんの体温にホゥッと息を吐く。

はぁ、敵わない。拗ねてしまう気持ちも、恥ずかしくて仕方ない気持ちも全て押しのけて、くっついていられるのが幸せだって気持ちが上回るから。

腕の中でゴソゴソと振り返り、ギルさんと向かい合う。それから私もギュッと抱きついた。胸元に顔を埋めると、より一層ギルさんの匂いがする。なんだか変態みたいだけど気にしてはならない。

「でも。朝からこうして二人でのんびり出来るのって、贅沢っ」

「ああ……そうだな」

それもこれも、今日から五日間は二人とも仕事がお休みだからこそ！

そう、実はいわゆる新婚旅行期間みたいな休暇をもらっちゃったんだよね。お父さんの教えを嫌というほど叩き込まれたサウラさんによる、半ば強制の提案である。提案なのに強制とはこれいかに。

ちなみに、五日だなんて休みすぎでは？　という私たちの意見はスルーされました。こうなったらもう、ありがたく休暇をいただくしかないでしょ？　笑顔のサウラさんには誰も逆らえないのだ……。

「それより、今日は何をしたい？」

「んー、そうだなぁ」

で、実を言うとこの五日間の予定は未定である。いやぁ、事件の後始末や結婚式の準備でとにかく忙しくて……。どこかに出かけたいとか旅行に行きたいとはとても思えなかったというか。

「とりあえず今日はのんびり過ごして、残りのお休みに何をするか決めない？」

「ああ、そうするか」

なにも、絶対に旅行しなければならないわけではないのだ。これまで慌ただしかったんだから、何にもしないでのんびりするだけの休暇があっても良いではないか。きっと、それだけでも幸せだし、楽しいいし、満足出来る自信があるもんね！

こうして、私とギルさんの新婚旅行ならぬ新婚休暇はゆるっと始まったのである。

ベッドの上でゴロゴロしているのが心地好すぎて、結局私たちが起き上がったのはかなり遅い時間になってしまった。朝食には遅く、昼食には早いという微妙な時間。というわけで、のんびりとブランチを摂ることにした。

だって、本当になかなか起き上がれなくって！　ギルさんの腕の中って、本当に安心するんだもん。たぶん、一日中あのままでも全く問題ないってくらい。ギルさんも全然離してくれないし。これはとても意外だった。あのギルさんがダラダラするなんて、誰も想像出来ないだろうなぁ。

でも、人としてダメになりそうだったのでお腹が空いたことを理由に無理矢理抜け出すことに成功したのだ。いやぁ、これから毎日こんな調子じゃ、仕事に遅刻しないか心配だな。さすがに仕事の日はギルさんもすぐに離してくれると思いたい。

「新居でもこうしてチオ姉のご飯が食べられるのはありがたいよね」

「そうだな」

ダイニングテーブルに並んだ豪華な朝食を前に、二人でほのぼのと他愛のない会話を繰り広げる。美味しいご飯、窓から射し込む柔らかな日差し、新居の香り、大好きな人。こんなにも幸せでいいのだろうか？　いいのであるーっ！

いずれは私がちゃんと料理を振舞いたいとも思うのだけど、いかんせんあまり料理が上手というわけではない。下手ってわけでもないけど……いつもプロの料理を食べているからか、微妙だなって思っちゃうというか。サンドイッチやおにぎりくらいしか、私の手作りが食卓に上がらなかったらどうしよう？　そうだとしても、ギルさんは気にしないだろうけど。

……でも、新婚生活において旦那様に手料理を振舞うということには憧れがあるので、いつかチャレンジしたい。

「食べ終わったら、少しこの周囲を散策してみるか？　まだちゃんと見ていないだろう」

「ん！　賛成！」

そうでした、まずはそれがあったね！　実は、新居の内部は何度も見させてもらっていたんだけど周囲はまだちゃんと見ていないのだ。転移の魔術陣が刻まれたドアで移動していたから、外に何があるかは話でしか聞いていないんだよね。便利さの弊害である。

ちなみに、ご近所さんへの挨拶などは必要ない。なぜなら、周囲に他の家が立っていないから！

……どうしてそんな辺鄙なところに家を？　とお思いかもしれませんが、ほら。私たちにとって距離はあってないようなものだから。立地のいい場所は他の希望者の方々に譲ることにして、私たちは静かで穏やかで綺麗な場所を中心に探したんだ。

もちろん、オルトゥスのある町からは出ていないよ！　歩いて通うことだって十分出来る距離ではある。坂道も多いし、時間はかかるけど。運動不足を感じたら徒歩で出勤しようと考えています。町の中を突っ切る形になるから、徒歩通勤も楽しそうだし！　寄り道は増えそうだけど。

あとは確か、お散歩するのにちょうどいい小さな森が近くにあって、家を出た場所には広い野原が広がっているんだよね。周囲には何もないけど、少し小高い丘の上にあるから町を見下ろすことも出来る。つまりとても良い眺めなのだ！　まだちゃんと見てないけど！　情報だけはあるのです！

それを直接見て回るのが今日の予定だね！　私は朝食のクロワッサンサンドをサクッと頬張りながら、楽しみな気持ちで胸を膨らませた。

片付けも終えたところで、早速散策のために家を出る私たち。こうして二人揃って家を出るっていうのもなんだか新鮮でいいなぁ。うへへ、新婚だからたくさん惚気ちゃう。

「鍵は必要ない。オルトゥスと同じで、魔力認証がないと入れない仕組みになっているからな」

家のドアを閉めながら、ギルさんが当たり前といった調子でそんなことを言う。もはや私は呆れるしかないわけで。

「……わかってはいたけど、セキュリティーには一切妥協しないんだね」

「当然だろう」

見た目はこんなに素朴な一軒家なのに。我が家は人や動物はもちろん、虫の一匹だって侵入を許さない堅固な造りになっているようだ。それどころか、認識阻害の魔術もかけられているので普通の人では見付けられないだろう。

そこまでする？　という気持ちでいっぱいだが、その点については全てをギルさんに任せる約束をしてしまっているので……。私に言えるのは「ありがとう」の一言のみなのである。ほら、満足そうに笑ってる。かっこいい。

安全なのはいいことだ！　今の私は前のように魔力でごり押しが出来ないから、ギルさんが心配するのもわかるしね。

それはそれとして！　今は散策、散策ぅ！　と、その前に。

「ギルさん！　そのぉ……て、手を、繋いでも、い？」

たとえ家の周囲の散策だけとはいえ、これもデートと言えなくもない、よね？　それに、せっかくだもん。手を繋いで歩きたい。でもちょっと気恥ずかしさがあるので声がだんだん尻すぼみになってしまった。許して。

「断るわけがないだろう」

そう言ってくれるのはわかってた。それに、すごく嬉しそうに微笑んでくれるのも。その顔を見るといつだって胸がキュウッとなる。差し伸べてくれた手に自分の手を重ねると、ギルさんは優しく握り込んでくれた。

「まずは家の周りを見て、それから森の方に行くか」

「う、うん！」

サワサワと風が草木を揺らす。赤くなった顔に、今はこの涼しい風が気持ちいい。ああ、幸せだなぁ。

玄関先はグレーの石が敷き詰められた小道になっている。その両サイドにはすでにお花が植わっていて、今はまだ芽が出たばかり。毎年同じ季節に一斉に咲くというので今から楽しみにしている。家を建てる時に、ここだけは先に植えてもらったんだ！　その他は手付かずだけど。

小道を通り過ぎると、今度はだだっ広い庭に出る。好きなようにしていいと言われている手付かずスペースだ。あまりにも広いから、あれこれと妄想が捗（はかど）っちゃうなー。

「あ、この辺りにたくさんお花を植えたいな。シズクちゃんとリョクくんが過ごしやすいスペースにしたい！　それで、テーブルとイスを置いてお茶しながら精霊たちを眺めるの」

「ああ。それなら明日は庭に置くものを注文しに行くか」

「わ、賛成っ！　あっ、あっちには焚火（たきび）スペースがあるといいな。ホムラくんとフウちゃんが喜びそう！　盛り上がり過ぎて火が大きくなり過ぎないかが心配だなぁ。安全装置も考えなきゃ」

「メグは精霊が基準なんだな？」

私がノリノリで妄想を口にするのを聞いて、ギルさんがクスッと笑う。それはもちろん、みんなのことが大好きだからね！

他にも、避雷針を付けてライちゃん専用スポットを作ってみたり、ショーちゃんが喜びそうな場所も作ってあげたいなー。他にも、契約した精霊たちのための憩いの場所を庭にたくさん作りたい！　契約精霊だけじゃなくて、余所から来た精霊たちとも交流出来るような、精霊パラダイスにしても良さそう。

「精霊たちが楽しそうだと、私も楽しいもん！」

「なら、俺も協力しよう。この休暇は、そういった場所作りに費やしてもいいな」

わぁ、それは素敵！　実際、休みが終わったら二人揃っての休暇は少なくなるし、今のうちに具体的な庭づくりをするのは大正解かもしれない。

なんだかテンションが上がってきた。そのせいで私はつい、あの場所には可愛いオブジェを置いてみたいだとか、この辺りは花の咲かない植物を植えたいだとか好き勝手に話し続けてしまった。

だって！　ギルさんってば聞き上手なんだもん！

「はっ！　ねぇ、ギルさんは？　こういう場所があったらいいなとか、ない？　なんだか私ばっかり言ってる気がする。下手するとこの庭が全部私好みで埋め尽くされちゃうよ……」

「俺はそもそも、影の中がパーソナルスペースだからな。メグの幸せが、俺にとっても幸せになる。だから気にするな」

も、もうっ、この人はそういうことをサラッと言うっ！　ええい、いつまでもここで照れて終わるだけの私じゃないんだぞー！

「私はっ、ギルさんにとっても居心地の好い家にしたいのっ！　私だってギルさんの幸せが私の幸せなんだよ？」

「……そうか」

ギルさんは軽く目を丸くした後、すぐに余裕の笑みを浮かべた。なかなかギルさんを照れさせることは出来ないらしい。大人の余裕かなぁ。悔しい。

「だが、オルトゥスの俺の部屋を見たことがあるだろう？」

そう言われてふと思い出す。本当に必要最低限の家具しか置いていない殺風景なあの部屋を。……確かに？　むしろ、あまり物を置きたくないのかな？　ミニマリスト？

「本当にこだわりがないんだ。だから、メグの好きなようにしてくれ。それが、俺にとっても好きな空間になる」

サラリと指先で私の髪を掬い、嬉しそうに言われてしまってはもう何も言えない。それが嘘でも遠慮でもなく本心だってことも伝わったから。

「わかった。なら、ギルさんのことを考えながらお庭づくりするから、期待しててね！」

「ああ」

私が両手で拳を作って宣言すると、ギルさんはとても嬉しそうに返事をしてくれた。俄然、やる気に満ち溢れた私である！

庭づくりの妄想でひとしきり楽しんだ後、私たちは庭を抜けて近くの森へと向かった。森と言っても適度に陽の光が射す人の手が入った森なのでとても明るい。それでも、木があるおかげで日陰も多いから吹く風は涼しかった。

『ご主人様ー！　ショーちゃんたち、森で遊びたいのよー！』

『リョクがもう行っちゃったよっ！』

『ここはリョクにとっては楽園だから仕方ないんだぞ』

ショーちゃんとフウちゃん、そしてホムラくんがわいわいと声をかけてきた。

もう、そんなこと聞かなくても好きに遊んできていいのに。わざわざ確認してくれるのがすっごくかわいいんだから、うちの子は！　リョクくんは先に行っちゃったみたいだけど。

でも、テンションの上がる場所だと他の子も同じようにフラッと行っちゃうんだよね。そこも含めてうちの子たちはかわいい！

「たくさん遊んでおいで！　楽しいことがあったら、後で教えてね」

『もっちろんなのよーっ！』

私がみんなに声をかけると、精霊たちはそれぞれいってきまーすと元気な声を残して森の奥の方へと消えていった。

「精霊たちも喜んでいるようだな」

「うん。ここが気に入ったみたい。もっと気に入るように頑張っちゃうぞー！」

あれだけ喜んでくれると、庭もつくり甲斐があるというものだ。精霊サイズのブランコを作ってもいいなー。シーソーも。きっとすごくかわいいもん。ああ、楽しみが増えちゃう！

さらに森の中を進むと、少し開けた場所に出てきた。なんだかとても素敵なスペースだったので、シートを敷いてその上に座り、軽いお茶の時間を過ごすことに。ブランチを食べた後だから、お菓子は少しだけね。でも外で食べる焼き菓子は格別なお味……！

「森の中でティータイムか。森というと野営ばかりだから新鮮だな」

「ふふ、遠征の多いギルさんはそうだよね」

森の中に行くなんて、基本は任務の時だもん。常に気を張ってなきゃいけないから、今みたいにのんびりするなんて滅多にないのはわかる。

せっかくなのでとことんのんびりしようということで、お茶の時間を過ごした後は少しだけゴロンと横になってみた。見上げた空は周囲に木々があるからか、いつもと違って清々しさが増して見える。私がご機嫌でそう告げると、ギルさんも隣に寝転んでくれた。

「……ねぇ、ギルさん」

空を見上げながらだったら、話しにくいことも言える気がした。ギルさんもまた、仰向けになったまま小さく返事をしてくれる。

「結婚したばっかりでこんな話をするのもどうかとは思うんだけど。いや、結婚したばかりだからこそした方が良いのかな……」

なんとも締まらない前置きを挟み、私はそのまま話し続けた。

「私って、どう足掻いてもギルさんよりもずーっと長生きをするでしょ？　いつか、ギルさんは私を置いて逝くじゃない」

「……」

やはりと言うべきか、ギルさんは何も言わずに黙り込んでしまった。いやぁ、私だって幸せの絶頂である新婚初日にする話か？　とは思うよ。でも、いつかは話さなきゃいけないことだ。後回しにして話すタイミングがわからなくなった、なんてことにはなりたくないもん。伝えておきたいことは、すぐに伝えるべきなのだ。

「それはすっごく悲しいだろうし、きっと何日も、何年も、ずーっと引きずると思うよ？　でも今日は、別にそれを伝えたいってわけじゃなくて……」

コロンと横を向き、ギルさんを見上げる。気付いたギルさんもまた、私に身体を向けてそっと腰に手を回してくれた。

静かな森の中、二人きりで横になる私たち。なんだか神聖な気もして、不思議な感覚だ。

「ギルさんがいなくなったら、私は寂しくてどうにかなっちゃうと思うんだ。もちろん我慢するけど、いつかは我慢の限界がくると思うの。でね？　ギルさんが前に言ってくれたことがあるんだけど。覚えてるかな……」

どのことか、とは聞かなかった。私のスパダリなギルさんはそれだけで察してくれたし、当然のように覚えてくれていた。

「生まれ変わって、メグに会いに行くって話か」

「ふふっ、さすがだね。そう、それ！」

この世に転生というものがあると、私はよく知っている。でも、私のように前の人生を覚えていることは稀だ。もしかしたら、また記憶を引き継いだまま転生することもあるのかもしれないけど……なんとなく、それはない気がするんだよね。今世が終わったら、私もみんなと同じようにその記憶を引き継がずに生まれ変わるだろう。そんな確信のようなものがあるのだ。

それは、ギルさんも。生まれ変わることは間違いないけど、記憶はなくなる。また一から人生が始まるのだ。

でも。それでも。

「魂が覚えているよね。私もギルさんも、何も覚えてなかったとしても、お互いを見つける自信があるでしょ？」

「そうだな」

根拠のない自信とはこのことである。だけどギルさんも迷うことなく即答してくれたのがすごく嬉しかった。

「話が戻るけど。私はギルさんよりもずっと長く生きる。だから、今の私が生きている間に、ギルさんの生まれ変わりに会える可能性もあるんじゃないかって思って」

「それは……そうかもしれないな」

ギルさんは希少な亜人だから普通の亜人よりも長く生きる。でも、私たちにはただでさえ年齢差があるのだ。二人で一緒にいられる時間はあと三百年ほどしかないのである。「しか」と言ってしまう辺り、感覚がマヒしているけどそれは置いておいて。

ここまでつらつらと話し続けて、つまり私が何を言いたいかというと。

「だからね？　あの。もし生まれ変わりのギルさんと出会ったら、私……その人と、浮気してもいい？」

私は生涯、ギルさんしか愛さない。それはギルさんも同じだ。だからこそ、かな。ギルさんの生まれ変わりに出会ったら、また恋に落ちると思うんだよね。だって、魂が貴方を求めてしまうんだもん。

お互いに生まれ変わった者同士だったら気付くのに時間がかかるかもしれないけど、少なくとも今の私がギルさんの生まれ変わりと出会ったら一目でわかる。

お父さんは、お母さんの生まれ変わりであるマキちゃんに出会っても恋には落ちなかった。お父さんは人間だから番という繋がりがなかったし、すっごく年が離れていたからね。そういうこともあるのだろう。でも、私はきっとギルさんの生まれ変わりに出会ったら、たとえ幼い子どもだったとしても恋しくて、恋しくて、たまらなくなると思う。

でも私の愛する人は目の前にいるギルナンディオさん、ただ一人だから……これは、浮気になるのでは？　と少し思っちゃったわけで。

「……今、人生で最も複雑な心境に陥っている」

片手で目元を覆ったギルさんは、暫く葛藤するように黙りこんでしまった。困らせたようである。

ご、ごめんなさい。でも、今のうちに聞いておきたいと思ったんだもん！

数十秒後、たくさん考えて答えを出してくれたのか、ギルさんはとても小さな声で「そうしてくれ」と言った。

それがなんだかとても愛おしくて、私はガバッとギルさんの上から抱き着いた。

大好き。大好き。大好き。そんな気持ちをいっぱい込めて。それが伝わったのかもしれない、ギルさんは耳まで真っ赤になってしまった。

だけど、私はすっごく安心したんだ。だってこの約束があれば、もう別れは怖くないもん。とっても辛いだろうし、たくさん悲しむだろうけど、次に会えるのを待っていられる。

「大好き」

気付けば、言葉にも出していた。

「今までも、これからも、来世だってずっと大好き」

森の中という開放感からか、どうやら私は大胆になっているようだ。赤くなったギルさんを見下ろしていると、愛おしさが膨れ上がっていく。不思議だなぁ。大好きな気持ちに際限がないや。毎日、毎秒大好きが更新されている気がする。

だからだろうか。自然な流れで顔を近付けて、私からギルさんにキスを落とした。それは触れるだけの軽いキスだったけど、気持ちが溢れすぎて胸が締め付けられる思いがした。

ギルさんは目を丸くして驚き、さらに顔を赤く染めた。それがまた愛おしい。緊張で心臓が爆発寸前だったけど、私は満足である！

「俺も、永遠にメグを愛している」

けれど、ギルさんはまだ満足していなかったようだ。そう告げるや否や、グイッと私の頭を引き寄せた。さっきよりも深いキスに呼吸を忘れそうになる。

次に唇が離れた時、思わず大きく息を吐いてしまった。私は今、過去最高に顔が赤いかもしれない。そ、外でかなり大胆なことをしてしまった気がする……！

でも、私たちは新婚だ。なんなら今日は新婚初日である。周囲には誰もいないし、こういうことがあってもいいじゃないか！　涼やかな風が吹く森の中、開き直った私は再びギュウッと最愛の人を抱き締めた。


その後、森を抜けきった場所に出たところで私は思わず「わぁ」と小さな声を上げてしまった。この場所が小高い丘の上で、見晴らしがいいとは聞いていたけど……。

「まさかここまでとはー！」

「思っていた以上に町がよく見えるな」

森の中は緩やかな坂だったけど、こんなに登ってきているとは思わなかった。さすがに町全体が見渡せるわけではないけれど、とても良い眺めだ。オルトゥスも見えるし！

「私、ここがお気に入りの場所になっちゃったかも」

「では、定期的に来なければな」

並んで見下ろしていると、この町が本当に私たちにとって特別な場所なんだなって改めて実感出来る気がする。

小さいけれど、私にとってはとても存在が大きな町。生まれはハイエルフの郷だし、両親は二人ともここで育ったことはない。でも、間違いなくここが私の故郷と言えるだろう。

「ね、ギルさんにとってこの町はどんな場所になるのかな。故郷とは違うよね？」

「どんな場所、か」

ふむ、と顎に手を当ててギルさんは暫く黙り込んだ。どうやら真剣に考えてくれているみたい。しまった、何の気なしに聞いた質問でこんなに悩ませてしまうとは。

「……始まった場所、だな」

「始まり？」

「ああ。オルトゥスに所属するまでの俺は、どうしようもない男だったからな」

最初は生き延びるために敵を倒し、誰よりも強くなることだけを考えていたのだそうだ。親に捨てられたことで人を信じられず、いつでも殺気を飛ばして敵を増やし、親切にしてくれる相手であってもそれを突っぱねていたという。それを語るギルさんはどこか後悔しているように見えた。

「あの頃のことを、今更どうにか出来るわけではないとわかっている。大切なのは、これからどう生きるかだということも」

「それって、オルトゥスで学んだこと？」

「少し違うな」

あれ？　違うの？　私自身がオルトゥスで学んだことだったから、ギルさんも同じだと思っていたのに。

そう思って首を傾げていると、ギルさんはクスッと笑って私の頬を撫でた。

「メグに教わったことだ」

「えっ⁉　私にはそんな大層なこと教えられないよ⁉」

「真っ直ぐ前だけを見て突き進むメグの姿を見ていたから、気付いたことだ」

予想外の答えに目を白黒させてしまう私。いや、だって。なんだか照れちゃうけど⁉　でも私がオルトゥスで学んだことを、その姿でギルさんに伝えることが出来たというのなら、これ以上に嬉しいことはないよ。えへへ、素直に喜んじゃおう。

「だからこの町は、俺の二度目の人生が始まった場所と言えるだろう」

ギルさんは、視線を町に向けて目を細めながらそう言った。二度目の人生が始まった場所、かぁ。まさしく私と同じだ。意味合いは少し違うかもしれないけど。

「じゃあ、故郷だね？　私と一緒！」

「ああ、そうだな」

私はこれからもずっと、ギルさんとこの町で生きていけるんだ。リヒトが魔王になってくれたから、オルトゥスの、この町の住人でいられる。

もし私が魔王になっていたとしても、この家から通うのだからあまり変わらなかったかもしれない。でも、圧倒的に魔王城で過ごす時間が多くなっていただろうから、リヒトには本当に感謝だ。

それを言うと、リヒトは自分が魔王になりたかったんだって言い張るけど。それも、リヒトの本音であることは魂の片割れとしてわかってはいるけど。それでも、感謝したい。私のためであったことも間違いではないのだから。

ただ、リヒトにとっての故郷は魔王城なのだろう。二度目の人生での故郷。リヒトが、この世界でそう思える場所を見付けられて良かったたって心から思えるよ。

「そういえば、ウルバノも似たようなことを言っていたかも」

「ウルバノ？　巨人族の子か」

リヒトのことを考えていたから思い出した。私に仕えると誓ってくれたウルバノのことを。魔王にはならないとウルバノに伝えるのが一番心苦しかったなー。だって、彼は当然のように魔王城で魔王になった私に仕えると思っていただろうから。ウルバノは魔族だし。

でも、反応は思っていたのとまったく違った。私が思い切って告げた時、ウルバノは当たり前のように受け入れたのだ。

『メグ様のいらっしゃる場所が僕のいる場所になるので。僕もオルトゥスのメンバーになれるよう、頑張らないといけませんね』

あまりにも受け入れが早くて私の方が大慌てだったよ！　そんなに簡単に故郷を離れられるの？　って。ウルバノが魔王城にいたいなら、それでいいんだよって。でも、そう言った時の方がものすごく悲しそうな顔をしたんだよね。メグ様には僕なんかいなくても良いのですか？　って。そんなわけ！　ないでしょーっ!!

『二番目の故郷が出来るってことじゃないですか。嬉しいとしか思いませんよ？』

その時、二番目の故郷だって言ってくれたんだよね。まだ成人前だというのに、私以上に大人で驚いちゃった。申し訳ないだなんて、思う方が烏滸がましいんだって気付かされたもん。

「なるほど。ウルバノの忠誠心は本物だな」

「うん。私の方がダメダメだったって実感した。ウルバノに誇ってもらえるような主人にならなきゃって改めて思ったよ！」

もう何度も改めて思っていることだけどね。何度だって改めて思おうじゃないか。

二柱の神様が私の中からいなくなったので、弱体化している私。だけど、戦闘力だけが強さじゃないよね。私は誰よりも長生きするから、いつかオルトゥスを背負っていけるような強さを身に付けたい。それが今の私の目標なんだ！

ウルバノには、そんな私の力になってもらいたいって思ってる。いつまでも変わらず、ついて行きたいって思ってもらえるように頑張るんだから！

「この場所、初心に戻りたい時に来ようっと。やる気が出てくるもん！」

「いいアイデアだな」

特別な場所がまた一つ増えた。初デートで行った場所とか、魔王城とか、ハイエルフの郷とか……特別な場所は他にもたくさんあるけれど、なんとなくこの場所が今後の私にとって最も尊い場所になる。そんな気がした。

「そろそろ戻るか」

「うん！　戻ったら何しよう？」

家の周囲の散策も、ほんの数時間で終わっちゃったしね！　仕事をしている時よりもゆっくりと時間が流れている気がするよ。

「明日からは庭を整えるのに時間を使うんだろう？」

「？　うん、そのつもりだけど」

ギルさんが横目で私を見下ろし、ニッと口角を上げた。なんだろう？　と首を傾げると、ギルさんは徐（おもむろ）に私を抱き上げた。わわっ！　び、ビックリしたぁ！　そしてそのままギュウッと私を抱き締めた。

「やはり今日は、ずっと家でこうしていよう」

な、なんて誘惑だっ！　つまり、後は家でイチャイチャしようってことですね!?　ギルさんって、意外と甘えん坊だったり？

「……悪くないですねぇ？」

「そうだろう？」

クスクス笑い合いながら、私もギルさんをギュッと抱き締め返す。そのまま、ギルさんは私を抱き上げて家まで戻った。なんだか、初めて出会った子どもの頃を思い出すなぁ。初心に返れる場所、だもんね。

「あ、そうだ。せっかくだから、夕飯を一緒に作るっていうのはどうかな？」

ちょうど今日の朝、旦那様に手料理を振舞いたいと思っていたところだ。でもそれだけじゃなくて、一緒に作るってこともしてみたい！　それが出来るのはこうして二人で一緒にいる時かつ、余裕のある時じゃなきゃ無理だもん。まさしく今じゃないか！

「一緒に？」

「うん！　ギルさん、料理も出来るでしょ？」

「そうは言っても、野営で適当に作るスープくらいしか作ったことはないんだが」

「十分だよ！　一緒にスープ作ろう！」

すでにやる気になっている私はギルさんに抱っこされたままウキウキで両拳を握りしめている。

「そんな私を見て小さく笑ったギルさんは、眉尻を下げながら仰せのままに、と告げた。

家の前でようやく下ろしてもらった私は意気揚々と扉を開けた。

「ただいまーっ！　そしておかえりーっ！」

一人二役である。ギルさんも穏やかにそれに乗ってくれたので大満足だ。

「まずはしっかり手を洗おうね」

腕まくりをしながら私がそう言うと、ギルさんも律儀に私の後からついてきて同じように手を洗ってくれた。付き合わせている感が満載だが愛を感じるので問題はない。ええ、惚気ですとも！

そのままキッチンへ移動し、調理器具や材料を手分けして用意していく。献立はさっきも言っていたようにスープだ。たっぷりの野菜とベーコンとミルクを使ったクリームスープにする予定である。それとお肉をシンプルにハーブソルトで焼こうと思います！

「ギルさんもエプロン着けてね！」

「む。だが、俺はエプロンを持っていないんだが」

「ふ、ふ、ふ」

困ったように戸惑うギルさんを前に、不敵な笑みを浮かべる私。じゃじゃーん！　と自分で言いながら収納魔道具から紺色のエプロンを取り出した。

「こんなこともあろうかと、用意してましたーっ！」

「……用意が良すぎるな」

実際は、こんなことがあったらいいなという思いだけでこっそり用意していたんだけどね！　早々に使う機会があってとても嬉しい。うふふ。

「私はピンクにしたんだ。シンプルなデザインだけど、お揃いなんだよ！」

形は後ろで紐（ひも）を結ぶタイプの本当にシンプルなものだ。でもポケットの位置やステッチが色鮮やかだったりと、ちょっとした工夫がされている。布も汚れがすぐに落ちる素材で出来ていて、機能的にもバッチリ！　お馴染み、ランちゃんのお店で購入しましたー！

「プレゼントってことで、使ってくれる？」

「そう言われては、断るわけにはいかないだろう」

少し照れたようにそう言ったギルさんを見て、思わずクスクス笑ってしまう。素直にエプロンに腕を通してくれたので、後ろに回って紐を結んであげた。自分で出来るだろうけど、隙あらばイチャつきたい新妻心です！

「大事にする。ありがとう」

「えへへ、どういたしまして！」

私の紐を結びながらギルさんがお礼を言ってくれる。私が振り返ったその隙に、チュッとおでこにキスされたのは予想外過ぎて動きが停止しちゃったけど。え、ずるい。ずるくないっ!? むむむ、と顔を真っ赤にして唸(うな)っていたら、ギルさんはフッと笑ってさあ始めようと言い出した。ああ、もう。敵わない。

よ、よーし！　料理開始だーっ！

「実は私、包丁を使うのが下手っぴなの。あんまり同じ大きさに切れないんだ……」

「食べられればいいんじゃないか？」

「火の通りとかがバラバラになっちゃうでしょ？　まぁ、気を付けていても出来ないんだけどっ」

ものすごく集中して時間をかければたぶん出来るとは思うんだけど……なんにせよ、刃物の使い方が下手くそなのだ。くすん。

今さら気取っても仕方ないので正直に暴露すると、ギルさんはふむ、と小さく頷いたあと包丁を手に取った。

「気になるのなら、具材を切るのは俺がやろう」

そう言った後、ギルさんは慣れた手つきで野菜からみじん切りにしていった。は、速いし綺麗……！　嫁としての敗北感。いや、ギルさんはなんでも出来ちゃうスパダリなので悔しがるのも馬鹿馬鹿しくなるってものですよ。こんなに素敵な旦那様がいて私は幸せ！　それでいいではないか！

というわけで、私は大人しく他の作業をこなします。この世界ではチーク肉と呼ばれている鶏肉は塊のまま焼くので、フォークで穴を開けてからハーブソルトをしっかりすり込む。皮も焼いてパリパリにする予定だ。これがまた美味しいんだよねーっ！　それから火が均等に入るように真ん中に切り込みを入れて、厚みを揃えておく。このくらいなら包丁もちゃんと使えますとも。

オーブン用のお皿に大きめにカットしてもらった野菜を敷き詰め、その上に鶏肉を乗せて。弱火でじっくり焼いたら出来上がり！　魔道具のついた高性能なオーブンにお任せである。いやはや、便利。

ちなみにこのオーブンは一般家庭には普及していない高級品である。結婚のお祝いに調理担当の皆さんから贈られたんだよね。高級すぎて受け取る時に震えたよ。オルトゥスメンバーは他の皆さんもすごい物を贈ってくれるものだから、あの時の私は震えっ放しだったからね！　金銭感覚どうなってるの？　って改めて思う出来事だった。

「まだ野菜は入れないのか？」

「うん！　先にベーコンを焼いておきたいから。あっ、つまみ食いはダメだよ？」

「残念だ」

お鍋やオーブンから漂う良い匂いと、他愛のない会話。少し前まで本当に慌ただしかったから、こういう平和な日常にとにかく癒される。大好きな人と二人、というところが大きなポイントでもあるけれど。

「出来たーっ！」

「俺が運ぼう」

「じゃあ、私はチオ姉の焼き立てパンを並べるね！」

さすがにパンまでは焼く時間がなかったので、大人しく頂いたものを並べます。収納魔道具に入っていたから、まだホカホカのフワフワだ。バターの香り、最高！　何もつけずにこれだけで何個も食べたくなっちゃう。

ダイニングテーブルの中央にハーブソルトのチーク肉、それからパンの入った籠と出来たての野菜クリームスープが並ぶ。お祝いの料理や、オルトゥスで出される食事には遠く及ばないけれど、私たちの新婚初日のディナーとしては百点満点じゃなかろうか。

「では っ、いただきまーす！」

「いただきます」

もはや恒例となった食前の挨拶を口にし、私たちは揃って最初にスープを口にした。野菜とベーコンの旨味が溶け込んだ、まろやかな味わい。素朴で優しいスープが心もほっこりと癒してくれた。

「うまいな」

「うん。大成功だね！　それもこれも、ギルさんが均等に野菜を切ってくれたおかげかも」

「味付けがうまいんだろう」

互いに褒め合ってさらにもう一口。じゃ、この美味しく出来たスープは二人の功績ということで！

塊のまま焼いたチーク肉はギルさんが綺麗に切り分けてくれた。それどころか、焼き野菜とともに綺麗にお皿に盛りつけてくれるギルさん、本当にスパダリ。しかも美味しそうな焦げ目がついたところを私に差し出してくれたよ。お、おぉ……至れり尽くせり。

なんだか与えられてばかりもいられないので、お皿にのったチーク肉の美味しい部分を一口サイズにした私は、サッとギルさんの口の前に差し出した。

「ね、先に食べて！」

「だ、だが」

「食べてほしいの！　ほら、あーんして！」

ついでに念願の「あーん」をするという作戦である！　子どもの頃も何度かした覚えはあるんだけど、気持ちを自覚してからは初めてだから。

ギルさんはわずかに顔を赤くしながらも、大人しく口を開けてくれた。

「お味はいかが？」

「ん、うまい」

「よかった！」

新婚っぽーいっ！　思わず脳内で一人はしゃいでしまう。こんなベタベタな新婚ムーブをまさか自分がすることになるとは思ってもいなかったよ。でも結婚したからにはやってみたいじゃない？

小さな夢がまた一つ叶って私はとても幸せである。

「メグ」

「えっ」

私がニコニコしていると、今度はギルさんがフォークを私の口の前に差し出してきた。おかげで

「あーん」をする時は口を開ける側の方が恥ずかしいということを学んだ。ギルさんが「わかっただろ？」と言わんばかりにニヤリと笑うその顔を、私はずっと忘れない……。

夕食の後は魔術であっという間にお片付け。こういう時、魔術があって良かったなって思っちゃう。社畜時代、仕事から帰ってシンクに洗い物が残っているとドッと疲れを感じていたんだよね。魔術でホイホイ家事をこなすのに慣れ過ぎて、あの時の大変さを今はほとんど覚えてはいないんだけど。

「悪いな、全部片付けてもらって」

「ううん、いいの。こういうのは得意な人がやるものだよ」

でもギルさんは基本的に生活魔術が少しだけ苦手だ。苦手意識があるだけで当然のようにこなせるんだけど、たぶん好きじゃないのだろう。荷物を最小限に抑えていることといい、影の中で生活出来ることといい、出来ればやりたくないのだろうということは薄々察してはいた。

私も昔は家事が好きではなかったけどね。今は結構好き。精霊たちと遊びを交えながら魔術が使えるからね！　洗い物や洗濯なんかはシズクちゃんとフウちゃんがルンルンでやってくれるし。それがまたかわいいんだーっ！

「それでも、手伝える時は必ず協力する」

というわけで、家事の分担に関してはほぼ私がやる方向になっているんだけど、ご覧のようにギルさんは少し気にしているみたいだ。苦手なことでも、私のためにやろうとしてくれるのが本当に嬉しい。その気持ちだけでいくらでも頑張れちゃうもんね！

さて。片付けも終わった後は何をするかと言えばお風呂である。昨日は疲れ切って洗浄魔術で済ませたけど、基本的に私はお風呂に入りたい派である。ギルさんは効率重視なのと水があまり得意じゃないからお風呂もあまり入らない派だ。意外と、正反対の部分も多い私たちである。

だから我が家の浴室はほぼ私専用みたいなものだ。だというのに広さがおかしなことになっている。浴槽なんか、五人くらいは一緒に入れる大きさだし。ジャグジー機能が付いてるし。以前、ルーンと一緒に泊まったあの高級ホテルより設備が整っている。これを見たら、ルーンにまたあれこれ言われそうだなぁ。

「本当にギルさんは入らなくていいの？　広くて快適そうだよ？」

こんな素敵な浴室を独り占めするのはもったいない！　そんな考えで聞いたんだけど。

「それは、一緒に入りたいと言っているのか？　そこまで言われたら俺も断るわけには……」

「い、いいいいいいいですぅぅぅっ!!」

すごいことを言われてしまった私は大慌てで浴室に駆け込みました！　意地悪そうに笑っていたし、からかわれたぁっ！

結婚したんだから別に一緒にお風呂に入っても構わないのはわかっている。けど、私はやっぱりこういったことに慣れていないので、当分の間は無理だ。ギルさんだって、苦手なお風呂に無理に入らなくていいし？

「なんか……ギルさんって、積極的になってない？」

お湯に肩まで浸かりながら、小さな声で呟く。番になってからというもの、ギルさんは気持ちを隠さなくなった。本人曰く、これまで我慢してきたからその反動もあるかもしれないとのこと。

そりゃあ、ギルさんが私に対して遠慮なく思いを伝えてくれるのはとても嬉しい。もう二度と我慢なんてしてほしくない。けど、どうにも刺激が強すぎる。色気やばい。甘い眼差し、やばい。

「でも、ギルさんはきっと……私に合わせてくれてるんだろうな」

そういった意味で、我慢はしてくれているのだと思う。私が怖がらないように。いっぱいいっぱいになりすぎないように。昔から真綿に包むかのように過保護にしてもらっていたけど、それは今も同じなのだ。

とはいえ、昨晩は大きな一歩を踏み出したわけだけど。……ああっ、夜になってまた思い出すなんて！　これ、慣れる日なんてくるのかなぁ？

そんな考えを払い除けるようにブンブンと顔を横に振った私は、のぼせてしまわないうちにサッとお風呂から出ることにした。鏡を見たらビックリするほど顔が赤かったので英断である。フウちゃん！　涼しい風をお願ぁい！

「ゆっくり入れたか？」

「う、うん！」

リビングに戻ると、ギルさんが部屋着で寛いでいた。そう！　部屋着を！　着ています!!　まぁ昨日も着ていたんだけど。

これも私がお願いしたことの一つなんだよねー。だって、ギルさんってば基本的にいつも同じ戦闘服のままなんだもん。平和になったこの時代、常に戦闘服で気を張る必要はもうないというのに。

そもそも、いざという時は一瞬で着替えられるのだから他の服も着ようよ！　と説得したのだ。

ランちゃん、ケイさんと密かに始めたギルさんに色んな服を着せよう大作戦は着々と進んでいます。デート服、結婚式の服、そして部屋着。今後は私服のバリエーションも増やしていきたいところです！

「部屋着はやはり楽だな。服などどれも同じだと思っていたが」

「そりゃあそうだよ！　用途によってデザインも生地も違うんだから！　戦闘服が万能なのはわかっているけど、やっぱりリラックス用に特化した服は違うでしょ？」

「ああ」

よしよし。これで服を着替える良さがわかってくれたことだろう。ではさらに作戦を進めようではないか！

「じゃあ、明日はこの服を着てくれる⁉」

「いつの間に用意をしたんだ？」

目を輝かせながら収納ブレスレットから取り出したのは、ケイさんとランちゃんによるギルさんのお出かけ着その一！　以前のデート服に比べて明るい色合いの小物が増えた感じ。黒を基調としているのは変わらないんだけどね。徐々に慣らしていこうという心遣いが垣間見える一着となっております。

「庭づくりのために買い物に行くでしょ？　それってデートだよね？　また着てくれるって言って

いたよね？　ね？」

「う……」

ギルさんは私のお願いにも弱いけど、約束まで出されては断れまい。少しだけ戸惑った後、ギルさんはすぐにわかったと了承してくれた。やったーっ！

「ならメグは今夜、俺の頼みを聞いてくれるな？」

「え、頼み？」

しかし喜んだのも束の間、今度は私がギルさんに押される番のようだ。グイッと腰を引き寄せられた私は、あっという間にギルさんとともにベッドの上に倒れ込んだ。

あ、れ？　この状況はちょっと、その、あれでは……？　自然と顔に熱が集まっていくのを感じる。そんな私を見てギルさんはとても優しげに目を細めた。

「今夜も、俺の一番近くにいてくれ」

そんなギルさんから聞かされた頼みは、切実で、真剣で、懇願するような響きを持って私の耳に届く。

一番近くに？　今日だって、一日中隣にいたというのに。でもきっと、ギルさんの小さな不安はそう簡単に消えるものではないんだよね。それほど、私はこれまで何度も危機的状況に身を置いていたんだから。それがギルさんの頼みだというのなら、何度だって安心させてあげるのが私の務めだ。誰にも譲らない、私だけの役目。

「今夜だけじゃないよ。ずーっとギルさんの一番近くにいる」

スッと両手を伸ばしてギルさんの両頬を包み込む。ギルさんは目を見開いた後、安心したように破顔した。そのまま、私に覆いかぶさるようにギュッと抱き締めてくる。力強いけど、とても優しい。

「幸せというのは、怖いものなんだな」

耳元で呟かれたその声はわずかに震えていた。わかる。わかるよ。その幸せがいつかなくなってしまうんじゃないかって思うと、同じだけ怖いんだよね。でも。

「今手にしている物を失うことを考えるのは愚かだよ、ギルさん」

「は、その通りだな」

ギルさんはもう一度だけ小さな声で「その通りだ」と呟くと、私の瞼にキスを落とした。

「なら、今はその幸せを堪能することだけに集中しよう」

見上げた先にあるその熱っぽい端正な顔は、私だけが見られる表情だ。他の誰も、この顔を見たことはないだろう。いや、見られたくない。そんな独占欲を抱いてしまう。

「……そんな顔をするな。誰にも見せたくなくなって、困る」

奇しくも、全く同じことを考えていたようである。ただ、今の自分がどんな顔をしていたのかは謎だ。一体、私は今どんな表情でギルさんを見つめているのだろうか。

「私も。独り占めしたいから、ギルさんも独り占めしてね」

「当然だ」

それから後のことは、二人だけの秘密。だって恥ずかしいもん。

ただ、窓から射し込む月明かりを頼りに見たギルさんは、史上最高に色っぽかったと叫びたい。

こうして、私たちの新婚初日はまったりと過ぎていったのである。

あとがき

皆さま、よくここまで来てくださいました。あとがきへようこそ！　阿井りいあです。

このお決まりの挨拶も、今回で最後となりました。「最後」と書くと本当に感慨深いですね……！　本当にメグたちの物語が完結したのだな、と思うと嬉しさと寂しさが同時に押し寄せてきます。

とはいえ、メグたちはこの後も山あり谷ありな人生を送り続けるのだと思います。さすがにこれまでほどの大きな事件はない、と思いたいですが！（笑）

ただ、幸せな日々を送ることは間違いありません。作者である私が保証します。それぞれのキャラが思うように人生を送ることでしょう。私も時々、メグたちの生活を覗き見るつもりですので、その様子を番外編として公開することがあるかもしれません。その時はぜひ見付けて、一緒に覗いてやってくださいね！

今作の一巻が発売されて、出来れば続きを出したいと思いながら書き続け、これまで駆け抜けて参りました。当初はまさか完結まで本にしてもらえるとは本当に思っておらず、いまだに夢のように思っております。

ここまで来られたのは決して私一人の力ではなく、たくさんの人たちの協力と読者の皆様の応援があったからこそ。この感謝の気持ちをどう表現しても伝えきれない気がしますが、作家ですのできちんと言葉にしたいと思います。

これまで大変お世話になりましたTOブックス様、毎回素敵すぎるイラストを担当してくださったにもし様、そして愛らしさ全開のコミックを担当してくださった壱コトコ様。

特級ギルドを本にしませんかと声をかけてくださった方々、より良い作品となるようアドバイスをくださった方々、作品を作るために尽力してくださった方々、他にも本作を世に出すために支えてくださった全ての皆様に、心からの感謝を申し上げます。

そして何より、お読みいただいた全ての読者様！　本当にありがとうございます！　皆様に支えられて今があります。またどこかでお会い出来たら嬉しいです。

最後に、特級ギルドの物語が、世界が、メグたちが、皆さまの心にちょっとした優しさと温もりを残せますように……！

阿井りいあ

出来損ないと
呼ばれた元英雄は、
実家から追放されたので
好き勝手に生きることにした
THE BANISHED FORMER HERO LIVES AS HE PLEASES
2024年4月1日からテレ東・BSテレ東ほかにて
TVアニメ順次放送開始!

［NOVELS］

原作小説
第⑦巻
2024年
5/20
発売！

［イラスト］ちょこ庵

［COMICS］

コミックス
第⑨巻
2024年
6/15
発売！

［漫画］鳥間ル　※8巻書影

［TO JUNIOR-BUNKO］

TOジュニア文庫
第③巻
2024年
6/1
発売！

［絵］柚希きひろ　※2巻書影

［放送情報］

※放送日時は予告なく変更となる場合がございます。

テレ東

4月1日から毎週月曜 深夜26時00分～

BSテレ東

4月3日から毎週水曜 深夜24時30分～

U-NEXT・アニメ放題でも
最速配信決定！
ほか各配信サービスでも随時配信開始！

STAFF

原作：紅月シン『出来損ないと呼ばれた
元英雄は、実家から追放されたので
好き勝手に生きることにした』（TOブックス刊）
原作イラスト：ちょこ庵
漫画：鳥間ル
監督：古賀一臣
シリーズ構成：池田臨太郎
脚本：大草芳樹
キャラクターデザイン・総作画監督：細田沙織
美術監督：渡辺 紳
撮影監督：武原健二　坂井慎太郎
色彩設計：のぼりはるこ
編集：大岩根力斗
音響監督：高桑 一
音響効果：和田俊也（スワラ・プロ）
音響制作：TOブックス
音楽：羽岡 佳
音楽制作：キングレコード
アニメーション制作：
スタジオディーン×マーヴィージャック
オープニング主題歌：蒼井翔太「EVOLVE」
エンディング主題歌：愛美「メリトクラシー」

CAST

アレン：蒼井翔太
リーズ：栗坂南美
アンリエット：鬼頭明里
ノエル：雨宮 天
ミレーヌ：愛美
ベアトリス：潘めぐみ
アキラ：伊瀬茉莉也
クレイグ：子安武人
ブレット：逢坂良太
カーティス：子安光樹

TVアニメ
公式サイトはコチラ！
dekisoko-anime.com

シリーズ累計90万部突破!!（紙＋電子）

累計45万部突破!!
（紙＋電子）

COMICS

イラスト：よこわけ

第5巻
好評
発売中!

コミカライズ大好評・連載中!

CORONA EX
コロナEX
TObooks

https://to-corona-ex.com/

最新話が
どこよりも
早く読める!

詳しくは
公式HPへ!

白豚貴族ですが
前世の記憶が
生えたので
ひよこな弟育てます

shirobuta
kizokudesuga
zensenokiokuga
haetanode
hiyokonaotoutosodatemasu

ドラマCD制作進行中!

「白豚貴族」シリーズ

NOVELS

第12巻
2024年
発売！

※第11巻書影　イラスト：keepout

TO JUNIOR-BUNKO

第3巻
2024年
4月1日
発売！

イラスト：玖珂つかさ

STAGE

第2弾DVD
2024年
3月29日
発売！

予約
受付中▶

AUDIO BOOK

TOブックス
Audio Book
朗読　斎藤楓子
第2巻

第2巻
2024年
5月27日
発売！

没落予定の貴族だけど、
暇だったから魔法を極めてみた
I am a noble about to be ruined, but reached the
summit of magic because I had a lot of free time.
アニメ化決定!!
[イラスト]かぼちゃ

NOVEL

原作小説 1〜8巻 好評発売中！

シリーズ累計 75万部 突破!!!（紙＋電子）

COMICS

コミックス 1〜8巻 好評発売中！

最新話はコチラ！

SPIN-OFF

「クリスはご主人様が大好き！」コロナEXにて好評連載中！

最新話はコチラ！

STAFF

原作：三木なずな『没落予定の貴族だけど、暇だったから魔法を極めてみた』（TOブックス刊）
原作イラスト：かぼちゃ
漫画：秋咲りお
監督：石倉賢一
シリーズ構成：髙橋龍也
キャラクターデザイン：大塚美登理
アニメーション制作：スタジオディーン×マーヴィージャック

詳しくはアニメ公式HPへ！

botsurakukizoku-anime.com

本がなければ作ればいい――
原作小説
（本編通巻全33巻）
第一部
兵士の娘
（全3巻）
第二部
神殿の巫女見習い
（全4巻）
第三部
領主の養女
（全5巻）
第四部
貴族院の自称図書委員
（全9巻）
決定!
ありがとう、本好き!
シリーズ累計
1000万部突破!
（電子書籍を含む）
アニメーション制作：WIT STUDIO
TOジュニア文庫
コミックス
第一部
本がないなら作ればいい!
（漫画：鈴華）
第二部
本のためなら巫女になる!
（漫画：鈴華）
第三部
領地に本を広げよう!
（漫画：波野涼）
第四部
貴族院の図書館を救いたい!
（漫画：勝木光）
第五部
女神の化身
（全12巻）

夢物語では終わらせない
ビブリア・ファンタジー
ふぁんぶっく
1〜8巻
ドラマCD
1〜10
ミニマイングッズ
椎名優描き下ろし
第三部「領主の養女」
アニメ化
Story
とある女子大生が転生したのは、識字率が低くて本が少ない世界の兵士の娘。いくら読みたくても周りに本なんてあるはずない。本がないならどうする？　作ってしまえばいいじゃない！
兵士の娘、神殿の巫女、領主の養女、王の養女——次第に立場が変わっても彼女の想いは変わらない。
本好きのための、本好きに捧ぐ、ビブリア・ファンタジー！
詳しくは原作公式HPへ
https://www.tobooks.jp/booklove
本好きの下剋上
司書になるためには
手段を選んでいられません
香月美夜
miya kazuki
イラスト：椎名 優
you shiina

特級ギルドへようこそ！ 13
～看板娘の愛されエルフはみんなの心を和ませる～

2024年4月1日　第1刷発行

著　者　阿井りいあ

編集協力　株式会社MARCOT

発行者　本田武市

発行所　TOブックス
〒150-0002
東京都渋谷区渋谷三丁目1番1号　PMO渋谷Ⅱ　11階
TEL 0120-933-772（営業フリーダイヤル）
FAX 050-3156-0508

印刷・製本　中央精版印刷株式会社

ISBN978-4-86794-125-6